徳 間 文 庫

剣豪将軍義輝 上

鳳雛ノ太刀

宮 本 昌 孝

徳 間 書 店

目次

鳳雛ノ太刀

第一章　初陣(ういじん)

一

轟(ごう)っ、轟っ、轟っ……。

火山の噴火を思わせるように、紫紺の空を茜(あかね)に染めて、山上の城が燃えあがった。

「なぜだ……」

足利義藤(あしかがよしふじ)は、わが眼を疑った。たしかに鳴物の音や鯨波(とき)は、山を根こそぎせりあげるような不気味さで這(は)いのぼってきてはいる。だが敵兵そのものは、まだ遥(はる)か山下にあって、ようやく登攀(とうはん)を開始した許(ばか)りではないか。

(なのに、どうして味方は城に火を放った。なぜ戦わぬのだ)

紅蓮舌(ぐれんじた)に舐(な)めまわされる本丸を茫然(ぼうぜん)と見上げるその義藤の脇(わき)を、身を錦繍(きんしゅう)に包んだ男女が、こけつまろびつ、走り過ぎていく。

「重うてかなわぬ」

華やかな陣羽織を着けた騎馬武者が、兜を脱いで、馬上から地へ叩きつけた。

「父上」

義藤は、愕いて声をかけたが、逃げるのに夢中らしい父義晴の耳には、届かなかった。大将たる身が、戦闘中ならば知らず、ただ遁走するのに重いからと兜を投げ捨てるなど、一体どういう料簡であろう。

「与一郎。江雲をよべ」

義藤は、近侍の細川与一郎を怒鳴りつけた。江雲とは、南近江守護六角定頼のことで、義藤の認識では味方の主戦力の筈であった。

「おそれながら、江雲は疾うに、敵方へ寝返っております」

「なにっ」

義藤には、寝耳に水のことであった。

この勝軍山城を難攻不落の城である、と義藤を安心させたのは、江雲ではなかったか。

「どうして報せなんだ」

「それは……」

與一郎は、ことばを濁した。

「伊勢だな。伊勢は、わしのことをまだ子どもだと思うて、何も報せてくれぬのだ」

足利義藤は、十二歳であった。伊勢というのは、政所執事にして、義藤の傅役でもある伊勢貞孝のことをさす。

（これでは名ばかりの総大将ではないか）

腸の煮えるのを義藤は抑えようがない。

「與一郎。わしは何者か」

「征夷大将軍足利義藤公にあらせられます」

「征夷大将軍の初陣が、戦わずしての遁走でよいのか。武門の棟梁として、末代までの恥ぞ」

「此度は、多勢に無勢でございます」

「兵力の差が、なんだというのだ」

麓で大軍の鯨波があがったぐらいで、恐怖に駆られて逃げ出すなど、武士のなすべきことではない。

「わしは遁げぬぞ。二度と遁げるものか」

肺腑から絞り出すような義藤の決意であった。

のちに義輝と改名し、剣豪将軍の勇名を馳せることになる足利義藤は、戦乱の中に生まれた。誕生場所が南禅寺だったのも、当時、将軍家の邸第が焼亡していたからである。父義晴は、みずからも幼少より流浪の辛酸をなめてきたことから、わが子に将軍家の威権回復の願いをこめて、菊幢丸と名づけた。大将軍の旗を「牙幢」という。天子の紋章たる菊に、幢の一字を添えたところに、義晴の世継ぎに託した夢が窺える。

菊幢丸は、四歳で八瀬へ移され、六歳のときには着のみ着のままで坂本へ落とされた。いずれの場合も、幕府執政の細川京兆家の内訌に巻き込まれたもので、将軍家の意思は一顧だにされなかった。七歳になってようやく洛中今出川の将軍御所に住まうようになったが、以後も細川京兆家の内紛はおさまらず、夜中に起こされて、京を逃げ出す仕度をさせられたのは、二度や三度ではなかった。

去年の暮れ、菊幢丸は元服式と同時に、名を義藤とあらため、父より将軍職を譲られた。伊勢貞孝や周囲がどうみようと、そのときから義藤は、もはや自分は子どもではない、歴とした征夷大将軍なのだ、という自覚をもった。

「足利将軍の威をみせてやる」

義藤は、曳き出されてきた白馬の鐙に足をかけるや、鞍上の人となった。細川與一郎があっと狼狽の声を発したときには、義藤は早くも馬に烈しく鞭をくれ、狭い尾根道へ駆け入っている。

　この勝軍山城は、洛北の一峰、北白川の勝軍山（瓜生山）山頂にあって、主要な尾根道を制圧するかっこうで、城郭が構築されている。人間ひとりがようやく通れる程度の狭さであるその尾根道へ、敵兵が下からあがってきたら、各曲輪の土塁や小丘の上から散々に矢を射かける筈であった。

　ところが、いま、それら尾根道は味方将兵の遁走路と化している。あとで義藤は知るのだが、城の自焼は伊勢貞孝の命令によるもので、尾根道を明るくして、遁げるのに不自由しないようにするためであった。難攻不落であるはずの城は、矢疵ひとつ、あるいは鑓疵ひとつうけるでもなく、ただ夜道を照らす灯火代わりにされて燃え尽きたのである。

「退け、退けい」

　義藤は、前を往く徒歩の者たちへ、馬上から怒声を浴びせた。

「誰か、公方さまをおとどめいたせ」

　與一郎ら近習どもが、脛をとばして義藤を追いかけつつ喚くが、あまりに狭い場所ゆえ、誰もどうすることもできぬ。却って混乱を煽るばかりであった。人々は、馬蹄にかけられるのを惧れ、尾根道の両側の樹木鬱蒼たる斜面へ、みずから転がり落ちるほかなかった。

尾根道の起伏の烈しさに義藤の尻は何度も鞍壺からはねあがり、そのたびに落馬しそうになる。馬のほうも、狭隘な道から斜面へ滑り落ちそうになっては、蹄で踏ん張った。

一丁ばかり走ると、分岐へ出た。その岐れ道を扼して築かれてあった曲輪も、早くも炎を高く噴きあげており、味方が皆われ先にと左の道へ逃げこんでいく醜態が、火明かりにまざまざと浮かんでいる。

左は白鳥越の道で、その先は近江の坂本へ下りていくことができる。王城鎮護の叡山の里坊である坂本まで落ちれば、ひとまずは安心してよい。逆に岐れ道を右へとれば、京へ下りることになり、のぼってくる細川六郎晴元の軍兵とぶちあたる。

（六郎めが……）

義藤は、腰の佩刀をぎらりと抜き放った。備前長船派の名工長光の鍛えし業物、大般若である。この名刀は当時、値は六百貫といわれ、大般若経六百巻にひっかけて、その俗称が生まれた。

（わが正義の太刀を受けてみよ）

義藤は、手綱をぐいっと引き寄せ、馬首を右へ向けて、白馬を跳ばせた。

この戦いは、将軍義藤の父にして後見役である足利義晴と、幕府管領の細川六郎晴元との仲違いから始まった。管領は、前時代の鎌倉幕府の執権にあたる、いわば室町幕府の宰相である。この当時は、細川右京大夫（京兆）家の世襲職のようになっていた。

将軍家が飾り物であることに嫌気がさし、実権を欲した義晴と、あくまで最高実力者たらんとする六郎晴元との確執が、きっかけを得て火を噴いたのである。きっかけとは、典厩家の細川二郎氏綱の登場であった。典厩二郎は、六郎晴元に討たれた前管領細川高国の跡目を称し、京兆家を継ぐべきは自分であると主張、足利義晴に款を通じて六郎晴元打倒を宣言したのである。

これによって京畿は、六郎晴元派と将軍家を擁する典厩二郎派とに二分されて、昨年秋ごろより、広域的な戦闘状態に入った。

三好四兄弟率いる精強無比の四国衆を主力とする六郎晴元派が、各地で典厩二郎派を圧倒、今年の三月末に到って竟に京都を制圧し、その軍政下においた。そのため義晴・義藤父子は、今出川の将軍御所を引き払い、洛北勝軍山に完工した許りの城へ入った。

以来、三ケ月余の籠城中、様々な政治的駆け引きがあったが、竟に六郎晴元と義晴との和議は成らず、今日に到ったものである。そのあいだ義藤は、敵と一戦も交えていない。というより、一兵の姿すら見たことがなかった。武門の棟梁の子らしく、初めてのいくさに逸りに逸っていただけに、拍子抜けも甚だしい。

それが、いよいよ合戦かと思えば、城を出たのは、出撃ではなく遁走のためというのだから、義藤にしてみれば憤懣をぶちまける場がなかった。臣下に攻められて遁げる父の不甲斐なさも、少年将軍の誇りを傷つけた。

（わしひとりで、敵を蹴散らしてくれる）

天を掩うばかりの気概を、まだ稚い相貌に精一杯示しつつ、義藤は九十九折りの隘路に白馬を駆った。左右から伸び出た梢を、邪魔と見るや、それがめざす六郎晴元ででもあるかのように、義藤は、馬上で大般若長光を揮って伐っ払う。

だしぬけに、左方で大音響が起こった。鞍上で振り仰いだ義藤の眼は、驚愕と恐怖にひき剝かれる。火だるまとなった巨木が、雑木を薙ぎ倒しつつ、斜面を転がり落ちてくるところであった。曲輪の建材に用いられたものに違いない。

義藤の不運は、その斜面に巨木の勢いを堰き止められるような太い立木の存在しなかったことであろう。義藤が手綱をさばくより早く、馬のほうが恐慌をきたし、前肢を高く上げて棹立ちとなった。道は下り。馬が前肢を地へ下ろした瞬間、義藤の五体は大きく前方へ放り出された。直後、そのあたりは一瞬、昼のような明るさに包まれた。

空中にある義藤は、頰に熱風を感じ、へし折られる木々の絶叫に混じって、ぐしゃっという異様な音と、馬の断末魔の嘶きを聴いた。義藤が憶えているのは、そこまでであった。

二

暑い。やりきれない暑さだ、と思った。焦げ臭いにおいが、鼻をつく。山全体が蒸し風呂みたいではないか。

(山……。山の中なのか……)

遠く蟬時雨がきこえる。それが遽に耳を聾さんばかりになるや、頭に鉄の塊を載せられているような感じがして、ゆっくり瞼を押しあげた。

眼に映る木々の幹が、どれも枝を下向きに生やしているのは何故だろうと思いつつ、まだ霞のかかったような脳中に、昨夜の出来事を少しずつ蘇らせはじめた。

喉から顎へ何かが伝いのぼってくるのが分かる。それは、下唇を湿らせてから、口中へ入った。塩辛かった。汗が逆流しているのか。

上体を起こそうと首を擡げて、異様な景色を見た。幾重にも重なり合う樹冠が、足下よりはるか下方にあった。そこから幾筋もの光の箭が射しのぼっている。

自身のおかれている状況を漸く把握することができた。信じられないことだが、義藤の五体は、崖の途中の宙空に逆さ吊りになっていた。崖上から垂れ下がった植物の太い蔓が左足首に絡みついて、それだけで全体重が支えられている。崖縁から義藤までの間隔は数尺とみえた。

こんどは喉首を反らせて、頭上を見上げて、いや、見下ろしてみる。眩暈をおぼえて、すぐに眼を瞑った。頭の下の地上まで十丈の余はあっただろう。

恐る恐る、再び瞼を押しあげた。こみあげてくる吐き気をこらえて、地上のようすを再確認する。谷底が見える。そこでは、両側を叢に掩われた白っぽい筋が一筋、うねっている。川床のようだが、今は水が涸れているらしい。

昨夜、馬上から投げ出された義藤は、山中の斜面を転がり、崖から谷間へ転落死しかねなかったところを、偶然にも足に絡んだ蔓によって救われたものであろう。運がよかったというべきかもしれぬが、現在の状況もまた死地そのものといえた。

「誰かある」

助けをもとめて喚いた。声がうわずるのは、どうしようもなかった。

「誰かある。わしは、ここだ。義藤はここにいるぞ」

いくら叫んでも、徒労であった。満山の蟬時雨が、少年の黄色い絶叫など、たやすく吸収してしまう。絶望感に胸を嚙まれたが、義藤はそれを振り払うように、力強く独語した。

「わしには八幡神のご加護がある。こんなところで死ぬものか」

武門の子ならば、自力でこの死地から逃れよ。そう自身を叱咤した。

（蔓を伝って、崖上まで登ってみせる）

逆さ吊りのまま、鎧を解きはじめる。身軽にして、動きやすくするためであった。兜は疾うに失せている。落馬したときに脱げてしまったのに違いない。大般若長光も失くした。

突然、総身が、がくんと下がった。

（死ぬ）

膚に粟粒が生じる。

わずかの落下で済んだ。鎧を解くのにもがいたことで、足首に絡みついていた蔓の、どこかにあった弛(ゆる)みが少し伸ばされたらしかった。

落下は止まったが、逆さ吊りの躰(からだ)は振り子のように左右へ大きく振られた。義藤は、身を硬直させ、眼を瞑り、息を詰めたまま、その揺れがおさまるのを待った。ひと振りするごとに、蔓が足首から離れ、自身は墜落してしまうような気がする。

ついに緊張の糸が切れた。泪(なみだ)が溢(あふ)れた。

「助けてよ、お玉(たま)……」

自然と義藤の口をついて出た。義藤付きだった侍女の名である。絶望の極みに到って、父でもなく母でもないお玉を思ったのは、少年義藤にとってこの世でもっとも愛(いと)しい女性(にょしょう)ゆえであった。

振り子の振幅は、きわめてゆるやかに狭まっていく。永遠とも思えるような、長い長い時間が過ぎた。

軈(やが)て揺れがおさまってからも、義藤は暫(しばら)く凝(じ)っとしていた。また動けば、こんどこそ蔓が足から離れるか、あるいは切れるかして、墜落するのは間違いないような気がする。

「いたぞ」

下方であがったその声に、びくんとして、眼を開けた。落武者狩り、という忌まわしい言葉が、真っ先に脳裡をかすめる。雑兵どもに捕らえられて、首を掻き切られるおのれの惨姿を、想像しないわけにはいかぬ。心底から、恐怖がこみあげた。助けをもとめる叫びをあげたことを、義藤は後悔した。

義藤が血走った視線を下方へ振ると、川床道の下流から、こちらへ向かって足早に歩いてくる二人伴れが見えた。ともに笠をかぶっており、一瞥して旅の武芸者とおぼしい身装である。

「遁がさぬぞ」

その二人伴れを追って、柿色の衣を尻端折りした白覆面の一団が駆けてきた。こちらは七人。

（犬神人どもだ……）

犬神人とは、神社に隷属して、死者の葬送や埋葬などの仕事にあたった人々をいう。かれらの、眼ばかりをのぞかせた覆面のつけかたは独特で、一枚の白布に頭部と顎を器用に巻きこんでいるらしく、回教徒の頭飾りにも似ている。

一団が、背後三間ほどに迫ったところで、二人伴れの武芸者は、笠を揺らせて振り返った。

「人違いと申したであろう」

犬神人らに向かって立つ武芸者が、怒気を含んだ声を発した。若い声である。

それに対して、犬神人たちは、川床の幅いっぱいにひろがり、六人が抜刀した。問答無用らしい。この時代、畿内あたりでは、武器をもたずに出歩く者は稀で、別して犬神人は、しばしば上級権力を悩ますほどの武装集団であった。六人の後ろに隠れた残りのひとりは、この一団の首領か、と義藤は思った。

若武者が、笠をとり、半身となって、刀の鯉口をきる。黒々とした総髪を後ろに束ねていた。

もうひとりの武芸者は、両腕をだらりと下げたなりで、笠もとらずに突っ立ったままである。

犬神人らが、武芸者たちの両側面へまわりこむべく、左右へ分かれた。総髪の若者は、これに応じて、おのれの側面へきた三人に素早く向き直る。その刹那、義藤の眼は、六人の後ろにいた首領の右腕が、武芸者たちめがけて、ぐうんと伸びるのを見た。

（幻術だ）

と義藤が見誤ったそれは、右腕が伸びたのではなく、長い紐が繰り出されたものであった。紐は途中から二股に岐れ、それぞれの先端に拳大ぐらいの石が結びつけてあるではないか。

印地打であった。正月や端午の節句に、河原などで、尚武的遊戯として行われる石合戦をそう称ぶが、犬神人はこれを得意とした。手錬者ともなると、一撃必殺の業をもつという。

首領は、六人の仲間の動きに、二人の武芸者が眼を奪われた一瞬を捉えて、二つの石を放ち、それぞれの顔面に命中させる。それで、武芸者たちを怯ませておいて、一斉に斬りつけるという戦法であったろう。

首領が石を投げうった瞬間、犬神人たちは、その戦法は成功したと思ったに違いない。

が、このとき、突っ立ったままだったもうひとりの武芸者が、腰を低く落とし、飛んでくる紐の下を滑るように奔って、印地打の首領の手もとまで達していた。他の犬神人たちはおろか、上空より俯瞰していた義藤でさえ、その動きに気づかなかった。

誰かが、ひと声、鋭く口笛を吹いた。義藤の耳にはそう聴こえた。首領の首が血汐の尾を引いて宙へ飛んでからでさえ、それが斬人音だったとは、義藤には分からなかった。

総髪の若者は、飛来する石の急襲にはっとしながらも、大刀を鞘走らせて、これに紐を絡ませ、躰への直撃を禦いだ。これが不覚の防禦とならなかったのは、かれの側面にまわった三人が、首領の首が宙高く舞い上がるのに眼を奪われ、一瞬、攻撃を忘れたからである。

総髪の若者は、素早く脇差を抜いて、大刀に巻きついている紐を断ち切るや、二刀をもって、たちまち三人を斬り伏せた。それでも、首領を一閃裡に斃した武芸者が馳せ戻って、あとの三人の生命を奪うのに後れをとっている。

「兵庫助。未熟」

竟に笠をとらなかった武芸者は、戦場鍛えとおぼしい、低いが、よく透る声で、総髪の若者を叱った。そうして、刀身に拭いをかけ、鞘へおさめながら、早くも上流のほうへ歩きだしていた。

どうやら、二人は兵法の師弟関係にあると察せられる。兵庫助とよばれた総髪の若者は、自分の笠を拾いあげ、すぐに師らしき男のあとを追うが、先の一言にうなだれているようであった。

瞬時に三人を斬り伏せた技倆のどこが未熟なのか、義藤にはもとより、分からぬ。また、そういうことを考えられるような状態でもない。義藤の息は停まり、五体は凍りついている。本物の斬り合いというものを、この目で生まれてはじめて見たからであった。

去っていく武芸者に助けをもとめることすら、忘れている。というより、二人の武芸者を怕いと思った。なんといっても義藤は、まだ十二歳の子どもにすぎぬ。

眼下にころがる七体の屍からは、まだ夥しい血が流出しつづけている。一体には首がない。斬り合いの最中よりも、事が終わってしまった今のほうが、義藤には、その凄惨さを実感することができた。

風もないのに、血の匂いが吹きあがってきたような気がして、吐き気をおぼえる。あわてて鎧を胴から解きはずすと、腹筋をつかって上体を起こした。無理な体勢で吐いたため、胸や喉や鼻に激痛がはしった。鎧が地に叩きつけられる音がした。

大軍の中へたったひとりで斬り込もうとしていた昨夜の自分が、いかに愚かであったか、この嘔吐が骨身に沁み入らせてくれた。

瞬間、足に巻きついていた蔓が、ずずっと動いた。顔面から血の気が失せる。無情にも、蔓は左足首から離れた。

（どうして）

と義藤は思った。どうして、こんなところで死なねばならぬのか。

真っ逆さまに墜落しながら、空中で手足をじたばたさせた。若い肉体が、生に執着している。

両手が何かに触れた。触れたときには、必死でその何かをつかんでいた。切り立つ崖の壁の隙間から生え出ていた樹枝であった。

義藤は、空中の倒立状態から両足を下へ振り出すようなかっこうで、その樹枝を支点として、ほとんど一回転しそうになる。同時に樹枝が、ぐうんと下向きに撓った。

撓った樹枝は、いったんもとへ戻りかけて、義藤の加速ののった体重を支えきれず、ぼきっと音たてて折れてしまう。義藤が観念するひまもなく、腰はどさりと地へ着いていた。衝撃は、ほとんどない。見上げると、義藤の命を救った樹枝の白っぽい折れ口がのぞいているのは、地上から一丈もない低いところではないか。

助かった。そう思ったとたんに、両手に鋭い痛みをおぼえた。樹枝を夢中でつかんだときに傷つけたのであろう、両の掌は鮮血に染まっていた。籠手もいたるところが破れている。しかし、生命が無事であったことに比べれば、何ほどのこともない。

わずかに生まれた心のゆとりは、崖裾に沿う叢の中に咲く花々を、義藤にきれいだと思わせた。どれも赤い斑点をもつ黄橙色の花である。

（射干かな……）

射干は祇園会の花。そういえば、今年は祇園会も見物していない、と義藤はぼんやりと思う。

立ち上がろうとすると、眼の前に黒い星が散った。長い間の逆さ吊りで、頭に血が昇りきっていたのである。叢に両手をついて、眩暈（めまい）がおさまるのを待った。

何度も眼をしばたたかせているうちに、射干の花の群生する中に、銀色に光るものを発見した。花を手で分けてみる。

「大般若だ」

嬉（うれ）しかった。去年の元服の折り、父に乞（こ）うてもらった一刀、見つけた喜びはひとしおである。

大般若長光をとりあげるとき、刀身が花に触れると、赤い斑点のひとつがくっついたではないか。

触ってみた。血だ。ここに咲いているのは、射干の花ではない。名も知らぬ花が、血飛沫（ちしぶき）をかぶっていたのである。自分は七つの肉塊の墓場へ降りてきたのだ、と慄然として思い出した。

大般若を右手にさげたまま、崖に向いていた顔を、川床のほうへ振り返らせた。どす黒い血の海の中に、屍が点在している。ほとんどの者が、怨（うら）みを残して、双眼をひき剝いたままであった。

義藤は、遽（にわか）に襲ってきた総身の顫（ふる）えを抑えることができぬ。そのとき、近くで、獣じみた叫び声があがった。白布で面体を隠した犬神人がひとり、川床道の下流から奔馳してくるところではないか。

義藤は、顔面をひきつらせながら、大般若の欛を握りしめ、そちらへ刀鋒を向けた。

三

その犬神人は、首のない屍体のところまで来ると立ち止まり、凝っと見下ろした。近親に違いない。両拳の顫えが、それを証している。

「おとう、首はどないした。無様ぞ」

生命の失せた肉塊を罵った。なんという情の剛さか。頸の斬り口からまだ血を流している生々しい父親の屍体を前にして、これに鞭打つような言葉を浴びせるとは。

犬神人は、義藤のほうへ、ちらりと視線を送ってから、周囲を眺めやった。憎悪の炎を燃やした視線に、義藤は身を竦ませる。

男は、叢の中に首を見つけると、それを思い切り蹴り飛ばした。首は、そのあたりの岩にぶつかって、胸の悪くなるような音をたてて撥ね返り、男の足もとまで転がり戻って来る。

男は、腹を立てたようすで、もう一度足をあげたが、さすがに何か思うところがあったものか、蹴るのをやめた。そして男は、面体を隠している白布をとりはじめた。

義藤は、からだを動かすことはおろか、声を出すことさえできぬ。男の所業の凄まじさは、少しばかり流浪を経験したとはいえ、柳営育ちの身である義藤には、地獄界のことのように思われた。

（白布の下には、鬼のような顔がある）

義藤はそう信じていた。犬神人が覆面をしているのは、悪病に冒されて顔が爛れているからだ、ときかされたことがある。見てはいけないものを見てしまうような気がした。

が、覆面を取り去った男の顔には、爛れたところもなければ、傷痕ひとつなかった。それどころか、鼻も顎も立派で、戦場往来の武人のような造作といってよい。

さらに意外であったのは、その顔つきの中に、自分とそう変わらぬあどけなさをとどめていることであった。衣よりはみだした手足は長く逞しく、またその膚は褐色に塗りこめられているので、一見して壮者とみえたが、これは二、三歳の年長にすぎぬと義藤は見当をつけた。

その逞しい少年は、取り去った白布で、父親の首を掩いかくした。白布に、たちまち紅が滲（にじ）んだ。

　少年は、義藤のほうへ、ずかずかと歩をすすめてくる。義藤は、あとずさった。

「小童（こわっぱ）。おとうを斬ったのは、わぬしか」

嚙みつくように、少年は云（い）った。義藤は、急いでかぶりを振る。

「そうじゃろな。その腰つきでは、大根も切れん」

あからさまな嘲笑（ちょうしょう）が、少年の太線で刷（は）かれたような唇に漂った。悔しいと義藤は思ったが、恐ろしさで口中はからからに渇いており、云うべきことばが出てこない。

「殺（や）ったのは、二人伴れの武芸者のはずや。どっちへ去（い）んだ。川上へ去んだのか」

　義藤は、肯定も否定もしない。恐怖から遁（のが）れるために、少年の云いなりになることは怯懦（きょうだ）の振る舞いだ、と思った。武門の棟梁の意地といえよう。

「こたえんか、小童」

　刀鋒を向けられているにもかかわらず、少年は威嚇（いかく）の一歩を踏みだして来る。義藤は、渾身（こんしん）の意地でもって、みずからに後退することを禁じた。そのため、少年の胸先すれすれのところに、大般若の刀鋒が擬されるかっこうとなった。

「なんや。やる気か、小童」

「小童はやめろ」

ようやく声が出た。いくらか落ち着きを取り戻すことができた。

「名があるんだ」

「ふん。どこぞの地侍かなんぞの小倅じゃろう。名などきいてもしようがないわ」

「わしは足利義藤だ」

「足利義藤だと。虚仮を吐かせ」

まさか当代の将軍の名を聞こうとは思わなかった少年は、せせら嗤った。

「わぬしが将軍なら、おれは天子さまや。だいいち、将軍がこんな山の中を、ひとりでうろついているものか」

そう決めつけられてしまえば、義藤には返す言葉がなかった。昨夜のことを、この少年に話したところで、信じてはもらえまい。

「わぬし、いい太刀もってるやないか」

義藤の大般若に眼をとめた少年は、

「小童には、不相応や。寄越せ。代わりに、こいつをくれてやるわ」

腰の一刀を鞘ごと抜いて、ぐわらりと義藤の足もとへ投げだす。落ちた拍子に、刀身が半ばまで鞘からとびだした。一見して、数打ちとよばれる鈍刀と知れた。この瞬間、義藤は、身内で憤怒を迸らせた。

「寄越さんか。親父を殺ったやつを斬るには、太刀が要るんや」

「汝なぞ、あの武芸者に敵うものか」

義藤の欛を握る両手に力がこもった。それをみてとると、少年は、おのが巨軀に後方へとんぼをきらせる。呆気にとられるほど、軽捷な動きであった。

「わぬしは、この熊鷹を怒らせたな」

熊鷹は、ワシの一種で、凶暴で貪欲なものの譬えでもある。父の首を蹴ころがした少年には、ふさわしい名といえようか。熊鷹の尾羽は、矢羽の最上とされるから、この少年はあるいは、京都八坂の祇園社の犬神人の子かもしれぬ。八坂の犬神人は、弦売僧ともよばれて、弓矢の製造販売で知られていた。

熊鷹は、さらに義藤から離れると、足もとの石ころをいくつか、素早く拾いあげた。

「鼻や」

と云うや、腰のあたりで右手首を、かすかに振った。

あっ、と義藤は悲鳴をあげる。小石を鼻の頭にあてられていた。防ぎようもなかった。鼻腔内がつーんと痺れて、泪が出そうになる。

「つぎは、右手の甲」

熊鷹のその宣言どおり、一瞬後、義藤の右手の甲で、びしっと音がした。手甲で掩っていても、痛みは鋭く、右腕全体に痺れがはしった。

熊鷹もまた、父親譲りらしい印地打の迅業に自信をもっているのであろう。

「どないした、小童。その太刀は、飾りか。それとも、公方はんは、箸より重いものをもったことがのうて、太刀は振られへんか」

面と向かって、これほどの嘲弄をうけるのは、はじめての経験である。義藤は、あまりの怒りのために度を失った。

「おのれ」

叫びざま義藤は、大般若を振り上げ、熊鷹めがけて突進した。

熊鷹は、すぐには動かず、義藤が迫って刀を振り下ろすのにまかせる。そうして、間一髪のところで、義藤の一撃に空を切らせておいて、

「少しはやるやないか」

と対手の腕前のほどを見極める余裕をみせた。

いともたやすく躱された大般若の刀鋒に地を打たせてしまったことに、義藤はうろたえる。前のめりになった胸に、熊鷹の狙いすました蹴りをまともに食らった。

「うっ」

義藤は、手から剣欛を放し、後方へのけぞって、ぶっ倒れた。大般若は、熊鷹の手

へ移った。

「斬れ味、ためしたる」

熊鷹は、残忍な笑みを浮かべて、刀鋒を義藤の喉首へ突きつけた。

悲鳴をあげたのは、しかし、熊鷹のほうであった。大般若をとり落として、左手の甲をおさえている。

川床道の下流から、駆けて来る者がいた。細い脛(すね)を剝き出しにした、みすぼらしい装(なり)の少女である。

「真羽(まは)……」

熊鷹はひどく愕いている。鷲(わし)の羽を真羽というが、この少女も弦売僧の子であろうか。

「おれに飛礫(つぶて)を打つやつがあるか」

いきなり熊鷹の怒声を浴びても、少女は昂然(こうぜん)と云い返した。

「阿呆(あほう)。こっちは人違いや。陸奥法師を斬った牢人者(ろうにんもの)どもは、もうやっつけたわ」

以下のことは、義藤が後に知ることである。

犬神人の陸奥法師なる者が、つまらぬ諍(いさか)いから、洛中で二人伴れの牢人者に斬られた。目撃者たちの話が曖昧(あいまい)だったために、混乱が生じた。印地守(いんじのかみ)とよばれるほどの印地打の名人だった熊鷹の父は、二人伴れの武芸者が洛北の山中へ入ったときいて、追跡にかかった。そのとき他出中だった熊鷹は、わずかに出遅れる。

ところが、その直後に、熊鷹の父たちとは別の一隊が、本物の下手人二人を発見し、これを討つのに成功した。真羽は、そのことを知らせるため、ひとり熊鷹を追って、山中へ分け入ったという。

「陸奥法師のことなぞ、どうでもええ。これをみい。皆殺しやぞ。おれは、おとうのかたきを討つんや」

熊鷹は息巻いた。真羽は、七体の屍を、ざっと眺めやる。べつだん悲しむようすもみせず、それどころか、汗と垢と埃で汚れた顔に、不敵ともいえる表情をつくった。

「いい気味や。こやつら、毎晩うちにへんなことしようとしおって。あんたのおとうもや」

「云うな、真羽。おれが、いつも守ってやってるやないか」

ふん、と真羽はそっぽを向いた。向いた先に義藤がいる。義藤は、すっかり怖じ気づいていた。

「あんたが殺したのん」

真羽の問いに、義藤がかぶりをふるより早く、熊鷹が喚く。

「こないな餓鬼に、おとうが殺られると思うんか」

「そんなら、なんで今、この子を斬ろうとしてたんや」

「こやつは、自分を公方だなどと吐かしおった。気に入らん」

「気に入らんだけで殺すなら、武家どもの争いと同じやないか」

「殺すか殺されるかの世の中や」

熊鷹は、云ったことを実証すべく、足もとの二握りぐらいの大きな石を片手でむずとつかんだ。それを頭上高く振りあげると、二間ほど向こうに尻餅をついている義藤に狙いをつけた。

「あかん、熊鷹」

真羽が跳びかかったが、

「どいてろ」

熊鷹の大きな腰のひとゆすりで、その細い躰は吹っ飛ばされた。うーんと唸って、真羽は気を失った。

義藤が死を意識するのは、これで何度目か。恐怖感は薄れはじめている。熊鷹の右手にある石で頭蓋を叩き割られるのだ。そうぼんやりと意識したとき、義藤は唐突に、初陣であることを思い出した。

（初陣は大敗北だ……）

利那、鋭く風を切る音がして、熊鷹の視線が急激に上方へ振られる。熊鷹は、石を放り出して、横っ跳びに五体を転がした。一瞬前に熊鷹の立っていた場所に、矢が突き刺さった。

「射よ。もっと射よ。大樹をお守りするのだ」

さっき義藤が宙吊りになっていた崖の上から、その声は降ってきた。崖縁に、弓矢をかまえた武者が数名、並んで、つづけざまに熊鷹へ矢を射下ろしてくる。下知をしているのは、細川與一郎であった。かれらは、義藤の姿をもとめて、山中に必死の捜索を敢行していたのである。

熊鷹は、矢雨から逃れるため、地をごろごろ転がりながら、わが耳を疑っていた。

（大樹やとっ……ほんまやったんか）

熊鷹は、わずかの間隙を縫って、立ち上がった。その一瞬、義藤と眼を合わせた。

「おい。討手なら、いくらでも歓迎したる」

これに対して義藤は、自分でも思わなかったことを咄嗟に口にしていた。

「討手なぞ出すものか。汝を、いつかこの手で斬ってみせる」

「おもろい。公方との一騎討ちなら、望むところや」

その言葉を別れの挨拶代わりとして、熊鷹は、川床道を上流へ向かって疾駆して行った。

義藤は、逞しい背が急速に小さくなっていくのを、眼で追いながら、熊鷹にいま宣言したことは、決して虚勢ではない、と自身に云いきかせていた。

(強くなってみせる。天下一の武人に……)

第二章　お玉

一

片肌脱ぎの義藤(よしふじ)が、顔面に汗が流れるにまかせ、弓弦(ゆんづる)をぎりぎりと満月に引き絞っている。その双眼は、二十間ばかり向こうの的へ注がれているが、義藤の心の眼は別のものを睨(にら)みつけていた。

（わが矢をうけてみよ）

ひょう、と射放った。かっ、と的に突き立った矢が、中黒の矢羽を顫(ふる)わせる。

義藤の唇から、悔しそうな呻(うめ)き声が洩(も)れた。的の正鵠(せいこく)を外したのである。

（これでは、あいつには勝てぬ）

義藤は、扈従(こじゅう)に次の矢を要求した。このとき背後から、小さな騒ぎが聞こえて来た。

「痛たたたたっ」

「この小娘、何をさらすか」

「おとなしゅうせんか」

少女が、小者たちに引き立てられるのをいやがって、かれらの腕といわず足といわず、顔の前へきたところへ思い切り噛みついている。昨日、義藤が山中で出会った真羽であった。

ここは近江国坂本の将軍家仮御所の内である。

現在の地名で比定すると、滋賀県大津市の比叡ノ辻あたりになろうか。敦賀と京都を結んで、琵琶湖西岸沿いに南北に縦走する国道百六十一号線と、比叡山東麓の日吉大社の参道へ通ずる道とが交わるところであり、比叡ノ辻という地名はわかりやすい。

当時、この地に、常在寺という寺があった。場所柄、叡山の里坊の一字だったのか、或いは足利家が臨済宗に厚かったことを考えれば、禅寺だったのか、いずれとも明らかではない。ただ義晴時代より、京の戦乱からの将軍家の避難所として、しばしば用いられていたことは慥かで、この常在寺が将軍義藤の仮御所となっていた。

ようやく小者たちが、真羽を弓場まで引っ張ってきたところで、義藤の近習が叱声を浴びせた。

「御前であるぞ」

その一言で真羽も観念したのか、頭を押さえつけられるままに、平伏のかたちをとる。

義藤は、熊鷹(くまたか)に突きとばされて気絶した真羽の身を、常在寺まで運ばせた。この少女の性根の苛烈(かれつ)さに、興味をもったからである。

凶暴な熊鷹に石をぶつけて、なおへらず口をたたいたうえ、屍体(したい)にも顔色ひとつ変えなかった性根は尋常ではない。今また、将軍に拝謁するというのに、真羽は暴れまくった。柳営の女性(にょしょう)しか知らぬ義藤にしてみれば、真羽は男でも女でもなく、はじめて見る異質の生き物としかいいようがない。好奇心というものかもしれなかった。

義藤はふと、真羽と二人だけで話してみたい衝動をおぼえた。

「皆、退(さ)がれ」

近習たちが驚いて、おそれながら、と不平をとなえようとしたが、義藤は有無を云わせず、手を振って逐(お)いやった。広い弓場に、少年と少女の二人きりになる。

平伏したままの真羽の服装をみれば、粗末ではなかった。御前に罷(まか)りでるというので、仮御所の婢(はしため)たちが無理矢理、着替えさせたのであろう。湯浴みもさせられたらしく、鳥の巣をつついたみたいだった頭髪も、艶(つや)やかで流れるように梳(す)いてある。風呂でも暴れたのだろうなと想像すると、可笑しくなり、義藤は忍び笑いを洩らした。

「堪忍して。命だけはとらんといて。お願いや。この通り、お願い申します」

真羽が、何を思ったのか、面を伏せたまま、尻下がりに後退して、やにわに云い募った。

すぐには何のことか察せられなかったが、真羽の緊張した肩のあたりを眺めているうちに、義藤は思い到る。

「熊鷹のことなら、心配ない」

義藤は、くだけた口調で云った。

「あいつを捕まえたり、討手を差し向けたりもしないから」

「そんな、信じられへん」

真羽は、依然として平伏したままで云う。

「公方はんは、家来を鋸引きにしたり、女子供でも首をちょん切るて……」

「誰がそんなことを云う」

「おとなは皆、そう云うとった」

義藤は、眉をひそめた。将軍家を快く思わぬ者の根も葉もない陰口にちがいなかろうが、悪意がありすぎる。

「この義藤が、そんな酷いことをする人間に見えるか。面をあげて、わしをよく見よ」

平伏する真羽の頭に触れようという近さまで、義藤は歩み寄った。

真羽は、この少女らしく、ぱっと首を起こして、少年将軍の顔を仰ぎ見る。義藤は声を失った。

（お玉……）

真羽の面差しは似ている。地膚の黒さをのぞけば、瓜ふたつと形容してもよい。昨日まで乞食も同然の風体で、ひどい汚れの下に隠されている本来の容貌など、義藤は想像してみようとも思わなかったが、こうして汚れを落とし、髪を梳り、身装を調えた姿は、昨日の真羽とは別人であり、お玉に生き写しではないか。

足利将軍の世子は代々、伊勢家が養育する習いで、義藤も先例に則って伊勢貞孝の手もとで日常を送った。伊勢家では、ひと通りの弓馬の術も教えるが、この家の表芸はむしろ武家礼法の教授にある。義藤は、三歳のころから、武家殿中の礼式、儀杖・兵杖の故実、或いは和歌や連歌といった、いわば文の道ばかり歩かされたために、ひどく軟弱な子になりかけていた。

お玉と出会って、義藤はかわる。

義藤七歳の春、近江から還京して、今出川御所に住みはじめた将軍家へ、お玉は奉公にあがった。当時、お玉は二十歳。洛中の美濃屋という紙屋の娘である、と義藤はきいた。美濃屋は、公家屋敷にも出入りがあるので、お玉は近衛家の家人の眼にとまったものらしい。前太政大臣近衛尚通の息女が、義藤の母である。

「故実典礼など、公家や学僧におまかせなされませ。武門の棟梁なれば、武芸専心がご肝要」

　義藤付きの侍女となったお玉は、おそろしくはっきりと物を云う娘であった。それまで義藤は、武芸稽古をしなかったわけではないが、いつもなおざりに済ませていた。教授者たちも、それでよしとした。どのみち将軍がみずから武器をとって戦うことなど、起こりえないからであった。

へたに武張った将軍に育つと、みずから争乱の種を蒔き散らしかねぬ。伊勢家、というより幕府の将軍世子教育方針として、それは望むところではない。足利尊氏が馬上天下をとった二百年前とは、将軍家を取り巻く環境が違いすぎた。

　女だてらに、乗馬に巧みで、小太刀をよくしたお玉は、その任でもないのに、義藤に武芸を仕込もうとした。幼く、軟弱だった義藤がいやがって、老女らに泣訴したため、お玉は折檻をうけた。お玉は、怨みごとひとつ云わず、その後いくたびも義藤に弓や太刀をとらせようとする。そのつど、お玉は折檻され、これを忍んだ。

それでもお玉が手討ちにもされず、放逐もされなかったのは、父義晴が、

「そういうはねっかえり者がひとりぐらいいたほうが義藤のためにはよい」

と寛容を示したからであった。

義藤は、お玉に向かって毒づいた。

「だいきらいだ。お玉なんか、死んでしまえばいいんだ」

その夜、お玉の部屋をのぞいて、この気丈な侍女が頬(ほお)に伝うものをぬぐっているのを眼にする。

翌日から、義藤は、お玉の武芸の手ほどきを、黙々と受けるようになった。

九歳の秋のこと、義藤は、小雨にうたれた夕暮れまでの外遊びがたたって風邪をひき、高熱を発した。さむけのために顫えがとまらなかった。不寝番にあたったお玉が、深夜、義藤の夜具の中に入ってきた。このようなところを見つかれば、お玉は間違いなく打ち首であったろう。一糸まとわぬお玉の肌の温(ぬく)もりが、義藤の命を救った。

数日して、お玉の姿は今出川御所から忽然(こつぜん)と消えてしまう。どこか遠いところへ嫁にいったと聞かされた。いなくなってはじめて、失ったものの大きさに、義藤は愕然(がくぜん)とする。終日泣きじゃくった。それまでの義藤の人生で、いちばん悲しい出来事であ

ったといえよう。

お玉の肌の匂いと感触を、義藤はいまも忘れてはいない。乳母のそれとも、またほとんど接したことのない母のそれとも、明らかに違うものであった。

近くで小鳥が啼き、樹木の葉の揺れる音がする。義藤は、われに返った。

稚いおとがいをあげ、眩しそうな眼でこちらを仰ぎ見ている真羽が、そこにいる。

「信じる、公方はんを」

真羽は云って、にっこり咲った。お玉が咲った、と義藤は錯覚しかけた。

庭の梔子が匂う。このとき許りは、義藤にはむせかえりそうな匂いであった。

二

「早う、菊さま。早う」

小舟に乗りこんだ真羽が、まだ桟橋上で躊躇う義藤を、頻りに促す。

菊さまとは、義藤の幼名菊幢丸からとられている。公方や大樹という呼びかけでは、二人の仲が遠く離れてしまうような気がした義藤が、菊幢丸と呼べ、と真羽に望んだ。

それを菊さまと省略してしまったのは、義藤の身分に頓着しない真羽の野放図さによる。

真羽が、この常在寺にきてから、旬日になる。その間に、六郎晴元と典厩二郎の戦いは、大勢が決した。天王寺の東方、舎利寺（大阪市生野区）において、六郎晴元派の主力の三好長慶軍が、典厩二郎みずから率いる河内軍と決戦に及び、これに大勝を得たのである。義晴・義藤父子が洛北勝軍山の城を自焼して坂本へ落ちてから、わずか二日後のことであった。

典厩二郎の敗北は、これに六郎晴元討伐を命じた足利義晴の敗北でもある。仮御所は憂鬱な気分に支配されたが、実力のない足利将軍家は、その結果を座して受け容れるより、なす術はなかった。ただ武門の棟梁である足利将軍家が、責めを負うことはない。典厩二郎を別として、義晴と六郎晴元との間のことは体面上の処理に入った。

その問題については、義藤は将軍でありながら蚊帳の外へ出された。十二歳の子に意見を徴しても仕方ないというのが両者の本音であろう。

政所執事の伊勢貞孝が京へ発ち、六郎晴元と会見して義晴の意を伝え、その日のうちに応諾を得て坂本へ戻ってきた。すなわち、臣六郎晴元が詫びをいれ、これを君義晴が赦すという形で、両者の和睦が決まった。

そして早くも今宵、六郎晴元と六角江雲・義賢父子がこの常在寺に参上して、正式な和議の盃事をする運びとなったのである。

義藤はひとり不満だったが、飾りものにすぎぬ身の上では、どうすることもできない。その不満を武芸稽古にぶつけて散じようとした。熊鷹に敗れた直後、心に誓ったことを、忘れてはいなかった。

(天下一の武人になる)

だが、いまの義藤には、武芸よりも心を奪われる対象が存在する。真羽であった。

真羽がこの仮御所に住まうようになったのは、みずからの申し出による。

「熊鷹がおらぬ八坂には戻りとうない。どないなことでもするから、ここにおいて」

と義藤にたのんだのである。真羽によれば、熊鷹はたとえ十年二十年かかろうとも、父親を斬った武芸者を討たぬ限り京には戻らぬ、そういう気象の持ち主だという。

八坂の暮らしのことは一切口にしない真羽だが、自分の年齢さえ、しかと分からぬということから、その暮らしぶりは察せられた。

「熊鷹は十五歳ぐらいやろな。うちはきっと菊さまと同じや」

義藤は、真羽は一、二歳下のような気がしたが、年齢のことなど、実はどうでもよい。お玉の俤を彷彿させる少女が仕えてくれることを、心から悦んだ。

むろん、身分卑しき真羽を側近くにおくことはゆるされぬから、水仕として奉公させることにした。将軍と水仕では、本来、口をきくことはおろか、顔を合わせることすらありえぬが、父義晴は寛大である。

「大樹のお命を救うた女童。遊び相手にされるが、よろしかろう」

義晴の言葉に、仮御所内では口には出さねど頷く者は多かった。義晴の生母こそ、阿与という雑仕女であった。十一代将軍義澄が、流浪先の近江岡山で手をつけたものである。

真羽と過ごしているときが、義藤には何よりも愉しかった。それは、みずからに課した武芸稽古を、つまらぬものとしばしば思わせるほどに、代えがたいときであるといえた。

真羽の言動は、よくいえば奔放、悪くいえば粗野そのものである。だが、武家礼法という法に則った生活をしてきた義藤の眼には、その存在はひどく新鮮に映った。

「早うせな、意地悪な近習衆に見つかってしまう」

真羽は、すでに舫い綱を解き、艪を立てている。あとは漕ぎ出すばかり。

「うん……」

うなずいたものの、義藤の顔面は蒼白で、遽に怖じ気づいたようすである。

二人は、将軍家の仮御所である常在寺を抜けだして、坂本の泊（港のこと）へ遊びにいこうとしていた。

坂本の泊は、ここから南へ、小さな崎をひとつまわりこんだところで、眼と鼻の先にある。泳いでもいけよう。しかし、将軍の外出ともなれば、どんなに近いところでも、仰々しい仕度と供廻りを要するのが、室町時代の武家礼法である。それをきらった真羽が、この脱走劇に義藤を誘った。

義藤がその気になった理由は、ふたつある。

ひとつは、仮御所から一時消えて皆を周章てさせてやろうという考えが湧いたからであった。茶番劇にひとしい今夜の和議の席に出るのは業腹である。

もうひとつは、懐かしく切ない思い出に、衝き動かされたことによる。

義藤は、今出川御所にいた頃、今と同じようにこっそり連れ出されて、洛中見物をしたことがあった。連れ出してくれたのは、お玉である。白川女にお玉は扮し、義藤はその弟という体をよそおった。庶民の暮らしを垣間見たのは、義藤にはそのときが初めてのことであり、都の往来で見るもの聞くもの、何もかもが刺激的で、めくるめくような一日といえた。

「民を思いやる将軍におなりあそばさねばなりませぬ」

お玉のその言葉を、義藤は忘れていない。

だから、真羽に誘われるまま、ついてきたが、どうにも舟はいけなかった。

境内の東側を湖水に洗わせる常在寺には、岸辺に将軍家随行の公家衆のための観月用の四阿が建ち、遊覧につかう小舟も数艘、舫ってある。あとの三方が塀に囲まれているから、抜け出すには、ここから小舟を利用するのがもっともたやすい。

「菊さま、どないしはったのんや。船はお好きやろ」

義藤が毎日のように湖岸の四阿から琵琶湖を帆走する船を飽かず眺めるところを、真羽は目撃している。千石船など言葉だけでもおおどかな響きがある、と義藤は語った。

「船は好きだ」

と義藤は、依然として蒼ざめたまま、こたえる。

「そしたら、早う乗って」

「好きなのは、眺めるだけだ」

「何云うてはるの。船は乗らな、面白ないやんか」

「酔うんだ」

六年前、将軍家にとっては陪臣にすぎぬ木沢長政が勢力を得て、これに抗しきれずに義晴・義藤父子は坂本へ落ちた。追い討ちをかけるように、長政が狂気を発したとの噂がきこえてきて、それで恐怖に駆られた側近たちが、将軍父子を湖東へ避難させるべく、取り急ぎ湖上に漕ぎだした。折悪しく木枯らしの季節で、湖面は烈しく波立ち、将軍父子を乗せた船は翻弄された。六歳の幼少であった義藤は、胃の中のものを吐きだした。

結局、船は坂本へ引き返したが、義藤の乗船したのは、後にも先にもこの一度きりである。

「あきれたなあ。お武家の棟梁はんが、船を怖がるんやなんて」

真羽は喉をそらせて笑う。怖がると決めつけられては、義藤も真羽を睨みつけずにおかなかった。

「怖いんじゃない」

「酔うのは、怖がりのあかしやもん」

「もういちど云ってみろ」

「何度でも云う。菊さまの怖がりん坊」

べえっと憎体に、真羽は舌まで出してみせる。

「叩き落とすぞ」

義藤は、かっとなって、桟橋から真羽の乗っている小舟へ跳んだ。すかさず真羽は、しゃがみこむ。義藤の跳び下りた衝撃で、小舟は大きく傾いだ。

「わっ……」

からだの均衡を失って、湖水へ転落したのは、義藤ひとりである。いったん水中に没した義藤は、じたばたもがきながら立ち上がった。

幸い、そのあたりは浅い。義藤の濡れ鼠の上半身が現れると、真羽はまた声をたてて笑った。おさまらない義藤は、小舟の縁に手をかけて、上下に揺すりたてた。

「これでどうだ」

真羽は、きゃっとなかば嬉しそうな悲鳴をあげ、義藤へからだを預けるようなかっこうで、小舟から落ちた。抱き合って、水中へ倒れこんだ。

立ち上がっても、二人はまだ、離れずにいた。

「思い知ったか」

真羽を抱きすくめたまま、義藤は勝ち誇りの一言を浴びせる。いまの一瞬で、義藤の腹立ちは吹きとび、子ども同士の戯れに変わっていた。

真羽は両掌で面を掩って返辞をしない。泣いているようにみえる。義藤はたちまち色を失った。

「真羽。どこか怪我をしたのか。申せ」

義藤が触れようとした真羽の両手は、ばあっという明るい声と一緒に左右へ開かれた。

「うそや」

手を拍ってよろこんだ真羽は、義藤の襟をつかんで揺さぶりながら、ひっかかった、ひっかかったと連呼する。

暫く身を顫わせていた義藤だが、竟に怺えきれなくなって、真羽を怒鳴りつけた。

「ばか」

真羽は、びくんと総身をこわばらせた。義藤の怒った顔を、眼をまるくして凝視する。どうして怒るの、とでも云いたげな眼差しで。

義藤は、その邪気のない眸子を瞶め返しているうちに、なんだか妙な気分になってくるのが分かった。水に浸かっているのに、躰が火照って鼓動が速くなっている。

真羽と躰をくっつけ合っていることに気づいて、義藤はその胴にまわしていた両腕を放し、視線をそらせた。なぜか、ためらうような動作になってしまった。すると真羽が、義藤の胸に顔を埋めてきた。

「かんにん……」

真羽らしくない、蚊の鳴くような声である。しかし、一瞬のことであった。

真羽は、くるっと背を向けると、舟縁に手をかけ、水底を蹴って、五体を小舟へ転がりこませた。と見るや、桟橋の柱を手で押し、その反動を利して小舟を滑り出させる。

「あっ。何処へ行くんだ、真羽」

「泊」

「わしも行く」

義藤は、離れていく小舟のほうへ足を送ろうとした。

「菊さまは、だめ。舟の中で吐かれたら、かなわんもん」

早くも艪を漕ぎはじめながら、真羽は云った。義藤をからかっている口調ではない。やさしい声であった。

「濡れたままでは、風邪をひく」

「案じて要らん。あんなにお天道さま、照ってるもん。漕いでるうちに、乾く」

頃は晩夏だが、太陽は往く夏を惜しむかのように、最後の目映い光を降らせている。

真羽の向こうを航行する大船の白帆も、熱射を照り返して、遠目にも眩しいほどであった。

真羽の小舟は、どんどん離れていく。艪の操りかたがひどく鮮やかだが、この少女ならば、食い扶持を稼ぐために、淀川あたりで船頭のまねごとぐらいはやったことがあるのかもしれぬ。

「何か珍しいもの見つけたら、かすめてくるから、たのしみに待ってて」

「盗みはだめだぞ」

義藤は、周章てて懐から、小さな布袋を取り出した。泊へ行くというので、多少の銭貨を持ち出してきていた。その布袋を、すでに十間以上も遠のいてしまった小舟めがけて、放り投げる。

真羽は、右手に艪を握ったまま、左手だけで器用にそれを受けた。

「ええ狙いや。菊さまも印地打がうまくなるよ、きっと」

真羽は、黒いちまちました顔を綻ばせる。つられて、義藤も微笑を返した。

「あっ、好き。菊さまの笑った顔」

真羽は、声をはりあげて、ほら、と湖上遥かを指さす。波光のきらめきが、義藤の眼を射た。

「あの波の光が、いちどにはじけて、天に昇ったみたいやもん、菊さまの顔」

真羽は、かすかに羞じらうような素振りをみせたが、その感情の迸りを振り切ろうとするのか、艪を漕ぐ腕に力をこめた。そのようすは、少年義藤の眼にもいじらしく映る。

義藤は、卒然と身内に沸き立った衝動に、うろたえた。

(真羽を抱きしめたい……)

水鳥の群れが、真羽と義藤のあいだの湖面すれすれを、右から左へ掠め過ぎていく。

一瞬、視野から消えた真羽が、ふたたび現れたとき、義藤はどきりとした。小舟の漕ぎ手が、お玉にかわっている。

だが、一度まばたきしただけで、漕ぎ手は真羽に戻った。心中にかすかな不安がよぎる。真羽も突然いなくなってしまうのでは……。

義藤は、腰を左右に振って水を搔き分けるようにして五、六歩、前へ出ると、両掌で口を囲い、声を振り立てて叫んだ。

「暗くなる前に、戻ってくるんだぞ」

舟上の真羽は、背を向けたまま手を振っただけで、これに応える。

義藤は、いちどよぎらせた不安を拭い去ることができずに、いつまでも湖水につかったままで、真羽の小舟を見送りつづけた。

その義藤の後ろ姿に、岸より十間余り奥の木立の中から、冷たい眼差しをあてている男がいる。

将軍という最高位の武門の住居に、穢れの始末を業とする犬神人の娘がいることの嫌悪を、男はあらわにしていた。

武家礼法宗家の当主にして、将軍義藤の傅役、伊勢貞孝である。

「あの娘、もはやここへは戻らぬ。そうであろう」

人気もないのに、誰かに同意を求めるような、貞孝の云いかたであった。

頭上で、かすかに枝葉の揺れる音がして、葉がひとひら、ゆっくり舞い落ちてきた。

それだけのことである。樹上にいた何者かは、貞孝が視線を振り仰がせたときには、すでに影も形もなく失せていた。

第三章　鬼若（おにわか）

一

「わあ……」

真羽（まは）は、歓声をあげた。小舟を操って崎をまわりこむと、沖合に投錨（とうびょう）中の大船が幾隻も眼にとびこんできたのである。

たいていは帆を畳んでいるが、荷積みを終えた船は、今から出航すべく帆をあげはじめている。それら大船と、右手前方に見える船着場との間は、艀（はしけ）や乗合船や有徳人（うとくじん）（金持ち）の遊覧舟などの往来で、ごった返している。こうして望見するだけでも賑（にぎ）やかなものであった。

衝突しそうになった船頭同士の怒鳴り合う声が、風に運ばれて真羽の耳に届いた。

「まこと、洛中(らくちゅう)の往還みたいや」

抹香臭い仮御所内に十日間もくすぶっていた真羽である。広々とした湖上に光を浴び、風を切りながら、躍動する景色の中へ入っていくことのできる解放感に、身体(からだ)が蘇生(そせい)する思いがした。

坂本は、比叡山延暦寺(ひえいざんえんりゃくじ)を開いた伝教大師(でんぎょうだいし)の出生地であることから、叡山(えいざん)が朝野(ちょうや)の尊崇をあつめ、荘園領主として巨大化するにつれて、その門前町として大いに発展した。また北陸や東海の物産が、琵琶湖を渡って坂本の泊に陸揚げされたので、京都の外港的役割も担った。古くからしばしば兵火にあっているが、叡山と一体の坂本の恢(かい)復力(ふくりょく)はめざましく、桃山時代になって大津にその繁栄を奪われるまでは、全国でも有数の都市であった。

「おうい、あぶないぞ」

後ろで大きな声がした。振り返ると、木綿帆に風を孕(はら)ませた全長三十尺ほどの船が、間近に迫っていた。乗合船らしい。

舳先(へさき)に猿がちょこんと腰かけているのを、真羽は眼にとめた。坂本の日吉(ひえ)大社は猿を神使とするから、航海の守護者として同乗させているのか、と思った。

自分の小舟を、乗合船の航路から退避させながら、もう一度そちらを見ると、猿がにっと笑った。愛嬌が音をたててはじけたような、えもいわれぬ笑顔である。

「人やったのか」

真羽は、びっくりすると同時に、吹き出してしまった。人の容姿というものは、たいてい鳥獣に譬えることができるとはいえ、これほど猿に似ている、いや、猿そのものの面をもった人間がいるとは。

猿面の人間は、真羽と同じような年齢とおぼしい男の子であった。乗合船の舳先が真羽の小舟の横に並んだとき、猿面児がこちらに手を振ってみせたではないか。まるで芸をしているみたいである。嬉しくなって、真羽も手を振り返した。

乗合船は、帆柱を真ん中に挟んで、前部が吹きさらし、後部には屋倉が設えてある。吹きさらしのほうには、僧侶やら行商人やら巡礼者やら牢人者やら、雑多な人々が、隙間もなく詰め込まれていた。

雑然として、人いきれで蒸れてしまいそうな場所を好む真羽は、あの船に自分が乗っていたら、誰彼となく話しかけていただろうと思う。今は話しかけられない代わりに、艪を力いっぱい漕いで乗合船と並走しながら、それらの人々にも手を振った。

ところが、乗合者たちは、舳先の猿少年とちがって、まったく反応を示さない。誰もが何かを必死で堪えているような硬い表情で、前方ばかりを瞶めており、互いに声を交わし合うようすさえ見られぬ。

「なんやろ、愛想のない」

並走するのがばからしくなって、真羽は、艪走の速度を落とした。

乗合船は、真羽の小舟をゆっくり追い越していったが、その後部の屋倉のあたりが横に並んだとき、真羽は女の喘ぎ声を聴いたように思った。

屋倉は、四囲に板窓をつけられるようになっているが、夏の日中のことゆえ、今はそれらが全て取り外されている。そちらを見た途端に、真羽も、吹きさらしの乗合者たちと同様、顔面をひきつらせた。

乗合船の右舷側の船縁越しに、屋倉の屋根の下で、五つの女体が上半身を立ててくねらせている光景が、真羽の視野に入ったのである。女たちはいずれも、半眼の恍惚とした表情で、互いの露わな乳房をもみしだいて吸い合ったり、唇を貪り合ったりしている。

真羽の小舟の位置からでは、女たちの下半身までは見えぬが、上と同じで何も着けていないに違いない。

真羽は、身内からこみあげてくる怒りに、痩せた躰を顫わせた。

（あさましい姿や）

男女間の営み事を、幼いころからいやというほど見てきていた。そういうことにあけすけな群れの中に、生まれ育ったからである。

はじめは、男が女を苛めていると思った。軈て、そうではなかったことを知る。そうではなかったと知ってからのほうが、衝撃が強かった。男も女も醜いと思った。

真羽に母親はいたが、父親はどこの誰とも知れぬ。母親は男なしでは一日も生きられぬ女であった。

二年前の夏の夜のこと、母親と懇ろになった男から、自分を見る眼が気に入らぬと、真羽は散々に殴られ小屋から放り出された。母親は、助けようという素振りさえみせなかった。二人が寝静まったころ、真羽は小屋に火をかけた。母親も男も焼死した。

男どもの中には、幼い真羽の中に母親の淫蕩の血が流れていると決めつけ、怪しからぬ振る舞いに及ぼうとする者さえいたが、熊鷹だけは真羽を護ってくれた。

いま真羽が眼のあたりにしている景色は、ひとりの全裸の男が床に仰のけに大の字に寝ており、男の陽物と四肢の先に、五人の女が腰を沈めているという交歓図であった。むろん真羽の位置からでは、男の姿はまったく見えぬ。

光と影の中にうごめく女たちの肌は、丸みといい、艶といい、充分に男を知った肉体であるにもかかわらず、たったひとりの男にいたぶられて、息も絶え絶えなのである。

「ああ、鬼若さま」

女たちが切なげに連呼する鬼若というのが、男の名であるらしい。だが、男は若く、鬼とは似ても似つかぬ、凄いような美貌の持ち主であった。前髪もあげず、鬢の毛を長く垂らしていて、女と見紛うほどで、薄い唇には紅を引いている。

愕いたことに、鬼若は、複数の女を同時に玩びながら、眉ひとつ動かしてはいなかった。女たちに対して、小指の先ほどの情ももっていないに相違ない。おそらく鬼若の鬼は、美貌という皮の下に隠されているのであろう。

淫らな絶叫が五色の和声となって湖上を吹き渡る空気を顫わせる、と思われたとき、女たちは鋭い痛みによって現実へ引き戻された。女たちは悲鳴を発し、顔面の一部を押さえて、床へ倒れこんで尻餅をついたりした。

鬼若は、上体を素早く起こした。そのときには右手に何かつかんでいる。

瞬間、右舷のほうから、空気を切り裂いて小石が飛んできた。鬼若は、顔の前へ、右手につかんだものをさっと上げる。こけしであった。

飛礫は、こけしの顔に命中し、眉間を割ってはねとんだ。

鬼若は、飛礫を打った者が小舟をひとりで操る少女だったことに、眼をみはった。

が、その愕きは、一瞬にすぎぬ。

鬼若は、真羽の全身を、上から下まで視線でひと舐めして、濡れたような紅唇をかすかに歪めた。遊女たちを気死させんばかりに玩びながら、無表情を持していた男が、短衣の裾から痩せた脛を剝き出した少女を、粘りつくような視線で捉えて、唇に笑みを刻んだのは、鬼若の尋常でない性癖を示すものといえよう。

鬼若は、真羽に声をかけようとしたが、乗合船が小舟を引き離していくので、声を張りあげることを厭って、こけしを軽く振ってみせた。

夢を破られた遊女たちは、お里の知れる金切り声を張りあげて、離れていく真羽を罵った。

諸国の宿場の傾城屋でいずれも評判の高かったこの遊女たちは、揃って鬼若に引き抜かれてきたのである。

鬼若の引き抜きは、傾城屋とのあいだに、血を見るのも辞さぬ強引なやり口で有名だったが、遊女たちは、鬼若の手管に身も心も奪われてしまうのが常であった。鬼若が京で妓楼を営んでいることも、魅力であったろう。同じ肉体をはるなら、洛陽のほうが面白い。

遊女たちが手早く身繕いを終えたとき、舳先のほうで猿が明るい声をあげた。

「やあ、さすがに坂本だ。叡山の荒法師衆が、あんなに並んでらあ」

猿の地声は、その貧相な躰に比べて、驚くほど大きい。屋倉内まで届いたこの喚声に、鬼若は眉をあげた。

乗合船は船着場に接近している。猿の云った通り、舳先の向かう桟橋の付近に、袈裟頭布で頭を押し包み、素絹葛袴に足駄をつっかけ、腰には太刀を佩き、左手首に数珠を巻きつけ、右脇に大薙刀を立てた僧兵が、二十人ばかり居並んでいた。この恐ろしげな連中は、乗合船を何故か睨みつけている。

「たいそうな出迎えだぜ」

鬼若の声がして、肩を叩かれたので、猿は振り向いた。

鬼若の装は、婆娑羅ぶりであった。色とりどりの大輪の花を大きく絞りで散らした小袖の上に、丈の短い黒の袖なしをひっかけ、首から数珠をさげている。

「おい、猿。いまから、あのなまぐさ坊主どもと合戦をおっ始めるぜ」

洛中に傾城屋を営みながら、鬼若の訛は関東者のそれであった。

「またかい。鬼若どのは、よほどに人の怨みを買っているんだね」

猿はなかば感心していた。鬼若と猿は、ひと月ばかり前に北陸路で出会って以来、道伴れとなった。その短い付き合いの中で、鬼若は二度も、怨みをもつ者に襲われている。

「こいつは、坊主どもの逆怨みよ」

「逆怨みでもなんでも、坊主に怨まれたら、後生に祟るよ」

子どもに似気ない云いかただが、猿のおどけた表情は、鬼若のような冷酷な男からも、微苦笑をひきだしてしまう。

「それより、猿。お前えに、たのみがある」

そう云って鬼若は、ちらりと後方の湖上を振り返った。

二

真羽は、小舟を岸に着けた。泊とは二丁ほど離れたところである。乗合船の屋倉の男と、すぐには顔を合わせたくなかったからであった。あの男が一瞬向けてきた視線は、真羽を総毛立たせた。

そこは小さな岩礁の多いところで、岸辺にはわずかばかりの白砂が横たわっている。

真羽は、舫い綱を引っ張って、小舟の舳先を白砂上へ曳きあげた。

ちらりと上空を見上げる。日がまだ高いことに、真羽は満足した。これならば、坂本の泊の賑わいを存分に見物して、暮れる前に常在寺へ戻ることができる。

真羽は、懐から大事そうに布袋を取りだした。義藤が投げて寄越したものである。

（菊さまに、おみやげ買うて帰るんや……）

泊のほうへ向かって足早に歩きはじめた。髪の毛は、すっかり乾いている。着衣はまだ生乾きだが、そういうことには無頓着な少女であった。

泊の外れに達して、殷賑の商港らしい喧噪が耳に入ってくると、足取りははずんだ。

舷を接して碇泊中の多くの舟が発するきしみ音、船荷の積み下ろしをする荒くれ男たちの威勢のいい掛け声、馬借たちの曳く馬の蹄の響き、荷車の車輪の音、様々な物売りの声、槌音や鋸を引く音、牛馬の鳴き声……。それらが、地から沸騰して、夏空に吸い込まれていく。

湖岸に沿って長く、ずらりと多くの艀の居流れているさまは、真羽の暮らした京都では見られぬ光景である。あちこちに見られる露天商や大道芸人の姿も、真羽をわくわくさせた。

幾筋もの通りがあって、どこへ入っても、両頬に商家の建ち並ぶ坂本の市中となる。

真羽は、露店で団子を買った。腹が空いていた。

近くに大勢の人だかりがあって、ぱんっと掌を強く打ち合わせたような音がしたかと思うと、どよめきがあがり、人々の何やら感想を云い合うざわめきが起こって、拍手が湧いた。

人だかりの輪の内側で、何か面白い大道芸が演じられているのに違いない。真羽は、団子をひとつ頬張(ほおば)ると、その輪の中へ強引に割って入り、見物人の最前列まで出た。

（きれいやわあ）

真羽は、眼をまるくする。見物人が半円形に取り囲んだ中に、若い女がひとり、奇異な出(い)で立ちで立っていた。

髪は頭頂に二つの団子をくっつけたように巻き上げ、水干の両袖を取り去ったような上衣と、股(もも)の脹(ふく)らみをきつくした裁着(たっつ)け袴(ばかま)みたいな下衣は、いずれも金糸銀糸の刺繍(ししゅう)に彩られて、夏の光にきらめいている。

膚が輝くばかりに白く、申しぶんのない容貌(ようぼう)であった。

女は、湖に向かって左半身の構えをとり、両手でもちあげた長い棒状のものを、頬のあたりの高さに水平に横たえていた。

真羽は、その姿を、女の前のほうから仰ぎ見た。女の構えは、弓を引き絞ったかっこうに似ているが、その棒状のものは、弓でもなければ、もちろん矢でもない。見たことのない代物(しろもの)である。鉄と木でできているらしいが、途中に短く細い縄が付いて、その先端から一筋の白煙をゆらゆらと立ち昇らせているのが、ますます奇妙であった。

（何やろ……）

真羽は、首をひねるほかない。奇妙な棒の先は、湖のほうに向けられている。そちらだけは見物人がおらず、棒の直線上の湖上に小舟が一艘(いっそう)、浮かんでいた。女の位置から三十間は離れていよう。

小舟には人がひとり乗っているが、これは少女で、真羽より二、三歳上であろう。少女がふいに、何かを頭上高く、放りあげた。白い盃である。

かちり、という音を聴いたその瞬間、棒の先が火を噴き、甲高い音を発した。ほとんど同時に、湖上の空間で、盃がぱっと粉々に砕けて四散している。

見物人たちは、一斉にどよめき、口々に何か云い合いながら、やんやの拍手喝采(はくしゅかっさい)を送った。

真羽ひとり、ぽかんと口をあけて、女を仰ぎ見たままである。女は、皓(しろ)い歯をみせた。

女のもっている棒状のものは火縄銃だが、今は所謂(いわゆる)「種子島に鉄炮(てっぽう)伝来」より、わずか四年後の時代にすぎぬ。紀州根来(ねごろ)と、泉州(せんしゅう)堺において、ようやく試作の段階にあるという程度で、庶民のほとんどは、そういうものが日本に伝わったことさえ、まだ知らなかった。

女は、再び馴れた手つきで弾込めにとりかかる。その間に、腰を低くして見物人たちのあいだをすり抜け、前へ進む者があった。風折烏帽子をつけた、商家の主人ふうの初老の男である。穏やかな物腰に、人々は自然と前を譲った。

男の視線が、真羽の背中を捉えて、かすかに鋭い光を放つ。

弾込めを終えると、女はまた湖上の小舟に狙いをつけた。こんどは、小舟の少女は、盃を自分の頭頂に立てて載せている。

誰もが危険を感じた。その証拠に、見物人はひとりとして、しわぶきひとつ洩らさず、固唾を呑んで見戍る。

真羽の肩にも力が入った。両手の中で団子を握り潰してしまったのも、気づかぬほどである。おのが身に危険の迫っていることなど、思いもよらぬ。

真羽の背後に、ぴたりと身を寄せた風折烏帽子の男は、拳にしていた右手をゆっくり開いた。掌に吸いつかせるようにして、長い針を隠してあった。

男は、掌を内側にしたまま、着衣の上を滑らせるようにして、右手を胸の前まであげた。落とした視線は、真羽のうなじに注がれている。

銃声と同時に、真羽の盆の窪へ針を突き刺し、見物人が拍手喝采を送っている騒ぎに紛れて、素早くこの場を去る。男は、頭にそれを既定の行動として描いていた。

火縄銃の女の人差し指が、引き金にかかる。

比叡山から降り注ぐ蝉の声が、人々の耳をうつ。湖から吹く微風が、火縄銃の女の鬢の毛を、わずかに後ろへ靡かせた。

長い間があった。

（早く撃て）

男が苛立った瞬間、火縄銃の女は動いた。銃口を見物人のほうへ向けたのである。

風折烏帽子の男は、あっと息をひいて、右手を下ろした。火縄銃の照星は、おのが眉間へ定められている。

真羽は、自分の頭越しに、銃口が向けられているので、後ろを振り返った。男と眼が合う。

真羽だけでなく、見物人の視線を一斉に浴びた風折烏帽子の男は、一瞬凄い形相をしたが、ぱっと身を翻すと、人々を押しのけ、飛ぶように駆け去った。

わけが分からず、真羽は、火縄銃の女に視線を戻す。女は、にっこり微笑むと、銃の筒先を迅速にもとの位置へ振り戻し、戻したなり引き金を絞った。轟発一声、小舟の少女の頭頂の盃は見事に砕け散った。

見物人の拍手に応えて、火縄銃の女は両腕を大きくひろげて辞儀をしてみせる。そのあいだに、手籠(てかご)をもった少女が三人、見物人のあいだをまわりはじめた。

「さあさあ、明人梅花(みんじんメイファ)の鉄炮芸、見事と思(おぼ)し召されたお方は、たんと見料をはずんでくだされ」

見物人たちは、この離れ業に、気前よく、手籠の中へ銭貨を放りこんでいく。

(明国からきた女子(ひと)やったんか……)

三代将軍足利義満(よしみつ)のころから、一時期をのぞいて、日本と明とは貿易を通じて国交があるとはいえ、国内で明の女性を見かけるなど、きわめて稀(まれ)なことといわねばなるまい。真羽は、自分の前に少女がくると、周章(あわ)てて手にくっついていた団子を口の中へ押しこみ、布袋から銀粒をつまみ出して、手籠に投げ入れた。

「ひゃあ、銀銭とは豪儀じゃなあ」

と頓狂(とんきょう)な声をあげたのは、手籠の少女ではなく、見物人のひとりであった。

「あっ。あんた、乗合船の猿」

真羽は、自分でそう云った途端に、笑いだす。

「これでも日吉丸(ひよしまる)って名があるんだけどな」

少年は、低い鼻の頭をかいた。

「うちは、真羽」

「ひとりで、遊んでるのかい」

「そうや。可笑しい」

「可笑しかないさ。おいらだって、ひとりだもん」

「親はいてへんの」

「おっかさんは生きてるけど、おいら、村をおん出てきちまったから」

そう云った日吉丸の口調が明るかったので、真羽も気楽に話せた。

二人が相寄ろうとしたとき、どこかで喚き声があがった。

「斬り合いじゃあ。斬り合いがはじまるぞ」

「山法師と、京の歓喜楼の鬼若だ」

「こいつは、見物や」

声をききつけた人々は、先刻、乗合船の着いたあたりへ走りだして行った。

三

「鬼若。あれなる五人の遊女、この石見坊玄尊に寄越せば、この場は見逃してやってもよい」

　桟橋の上で、左足を踏み出し、大薙刀を右肩に担いだ巨軀の法師が、鬼若を睨み据えている。

　鬼若は、紅い唇を歪めて薄ら笑った。こちらは、両腕とも袖口から出しておらず、ふところ手である。

　桟橋に横づけられた乗合船に、まだ遊女たちが乗っていた。他の乗合客はすでに下船したが、鬼若の一行は、石見坊玄尊を首領とする僧兵に、往く手を塞がれたのである。桟橋の向こうに見える広場には、玄尊配下の僧兵二十人が待機する。

「ふふふ、鬼若。おぬしが今、何を考えておるか、この玄尊には分かっておるぞ。だが、いくら待っても助けは来ぬ」

「殺したのか」

　鬼若は、べつに表情を動かすでもなく訊いた。

「さすがに察しがよいの」

「何人だ」

鬼若は問う。

「八人よ。昨晩、一人も余さず御仏のもとへ送って進ぜた」

鬼若を出迎えるため京から坂本へやってきていたその手下を、玄尊は皆殺しにしたという。

「もはや勝負はあったと思え」

玄尊は、余裕のことばを吐きつつ、じりっと鬼若に迫った。

この両者間の諍いは、一年前に始まる。

東洞院四条の悪王子の近くに建つ鬼若の営む歓喜楼へ、玄尊配下の破戒僧五人があがり、三日も流連けたあげく、仏の功徳である、有り難く思えと嘯くや、揚代を踏み倒して意気揚々と引き上げた。

他出していた鬼若は、数日後に手下をひきつれて密かに叡山へ入り、玄尊が僧籍をおく一字に火を放った。さいわいにも発見が早かったので類焼は免れたが、その一字は全焼した。

怒り狂った玄尊は、配下を引き具して京へ奔り、歓喜楼へ殴り込みをかけた。ところが、洛中でも歓喜楼のある下京は、法華宗の勢力が強い。法華宗徒は、十年前、管領細川六郎晴元の命をうけた六角氏と叡山の連合軍によって、洛中二十一ケ本寺悉くを焼かれ、京を逐われた怨みを忘れてはいない。叡山の僧兵の歓喜楼襲撃にさいして、下京の人々は、鬼若個人への好悪の情はともかく、これに味方して玄尊らに刃を向ける者は少なくなかった。玄尊らは、這う這うの態で逃げ帰った。

以来、何度か小競り合いがあったが、鬼若も玄尊も、人死が出るほどの騒ぎは起こさずにきた。

今度ばかりは様子が違う。叡山の里坊の坂本では、僧兵の為すことに邪魔立てする者はいない。玄尊らは、思う存分に暴れられると意気を熾んにした。昨夜、京からきた鬼若の手下どもを急襲して悉く斬殺したのも、地の利を得たればこその乱行であった。

ちなみに、叡山の大衆（僧のこと）には衆徒、堂衆、山徒の三階級があって、法敵に対して実際に薙刀や太刀をふるった僧兵とは、最下級の山徒をいう。身分家柄がよく妻帯せずに山上に常住する衆徒や、これに仕えて諸堂の法務にあたる堂衆が、武器をとることはなかった。玄尊ら山徒の多くは、妻帯して坂本など山下の町に住み、関銭の取り立てや、市中の警備に従事した。

「如何に、鬼若」

玄尊が再度迫る。

「坊主は能書きが多いぜ」

と鬼若は切り返した。

「よう云うた。この一年、歓喜楼との揉め事、なかなかに面白く、結着つけるは惜しいような気もするが、やむをえぬ。おぬしを殺して女どもを奪うまでだ」

「やってみな」

おうっと玄尊はひと声、吼えて、大薙刀を鬼若めがけて打ち下ろした。

びゅんと唸りを生じさせた刃風に煽られたように、鬼若の痩軀は、後ろへふわりと跳んで、これを躱した。それでもまだ鬼若は、ふところから手を出さぬ。何か意外の業を秘めているのに違いなかった。

悪僧玄尊は、炬と燃える双眼を引き剝き、太い眉を吊りあげた阿修羅のごとき形相で、大薙刀を風車のように回しながら、鬼若を追い詰めていく。さながら、竜巻のような猛攻といえた。

たちまち鬼若に後がなくなった。桟橋の外れまで後退している。あと半歩、退がれば、湖水へ転落してしまう。

玄尊は、にたりと笑った。

「その素っ首、水神の贄にしてくれる」

玄尊の大きく踏みこんだ足駄の歯が、桟橋の踏み板へ破らんばかりに食らいつき、大薙刀の横薙ぎの一閃は、晩夏の光をはじいた。

間一髪、身を沈めた鬼若は、頭上に耳の痛くなるような刃風を通過させるや、五体を鞠として前へ転がった。そこから、玄尊の腹の前で片膝立ちに身を起こした刹那、ぱっと双肌脱ぎになる。そのとき、同時に拡げた両腕の間に、ぴいんと張ったものがあった。細鎖である。

鬼若の、右手にはこけしの頭、左手にはその胴が握られていた。細鎖は、こけしの胴体内に蔵されており、頭を引っ張って出す仕掛けである。

鬼若は、玄尊の右側へ跳び違いながら、こけしの細鎖を、その野太い首へ巻きつけた。そうして玄尊の背中へまわりこみ、首の後ろで交差させた細鎖を、思い切り左右へ引いた。

「ぐあっ」

喉を烈しく締めつけられた玄尊は、大薙刀をとり落とし、両手の指先をおのが首と細鎖との間にこじ入れた。

「こ、小癪な……」

玄尊の唇から、罵り声が洩れる。鬼若は、自身のからだが浮き揚がるのを感じ、慌てて両脚で玄尊の腰を挟みこむ。

「この、ばか力がっ」

「石見坊玄尊は、千人力よ」

鬼若は、右手に引いている細鎖を、ぐるぐると左腕に巻きつけた。空いた右手で、素早く、おのが背中の帯に挟んであった短刀の欛を握る。

このとき玄尊が、うおーっと喚きざま、頭から踏み板へ突っ込むようにして、上体をぐんっと前へのめらせた。さすがの鬼若が、狼狽した。玄尊の巨体は、鬼若を背負ったまま、宙に浮いた。

鬼若の視界で、景色が急激に変化する。直後、鬼若は、背中に強烈な衝撃をうけていた。

玄尊と鬼若の重量と勢いが、凄まじい破壊音をあたりにまき散らして、桟橋の踏み板をぶち破る。二人は、重なったまま湖水へ落ちた。

野次馬たちの、悲鳴とも歓声ともつかぬどよめきがあがる。

桟橋下の湖面で、鬼若と玄尊は、しばらく揉み合って、烈しい飛沫を立てながら浮きつ沈みつする。ひと声、低い悲鳴が発せられたが、どちらのものかは分からぬ。

栈橋を組んでいる横木を伝いのぼって、破れた踏み板の穴から先に姿を現したのは、鬼若であった。広場に居並んでいた玄尊配下の僧兵たちが色めきたち、栈橋へ走りこんでいく。

ずぶ濡れの鬼若は、荒い息を吐きながらも、玄尊がとり落としたままの大薙刀を拾いあげ、刀鋒(きっさき)を向けるしぶとさをみせた。

「おい」

と鬼若は、まだ乗合船にいる遊女らをよんだ。

「これから京へ上るぜ」

女たちは、顫えつつも、下船して栈橋に足をのせた。

僧兵たちにはもちろん、野次馬たちにも気になるのは、玄尊がどうなったかということである。

「坊主ども、気の毒だったな。玄尊は心ノ臓をひと突きよ」

鬼若は、不敵な笑みを浮かべた。

いかに数で敵を圧倒していようとも、信頼する大将が討たれると、たちまち精神的に劣勢となるのが、合戦の機微というものである。玄尊が死んだときかされた僧兵どもは、野次馬にもそれと見抜けるほどの動揺をきたした。対手がたったひとりなのに、かれらは遽に腰を引き始める。攻守の逆転といってよい。

（勝った）

鬼若が、そう信じたとき、背後で烈しい水音があがった。振り返ると、玄尊が踏み板の穴から上体を伸びあがらせてきた。

「不死身か、くそ坊主」

鬼若の愕きは、ひとかたではない。

「残念だったのう、鬼若。心ノ臓より一寸ばかり上だったようだぞ」

水を浴びた熊が冬眠の穴から這い出すようにして、全身を桟橋上へ現した玄尊の左胸には、たしかに短刀が深々と突き立っている。だが、玄尊の嘯いた通り、心臓よりわずかに上のところであった。俄然、配下の僧兵たちも活気づく。

玄尊は、腰の一刀を抜き放った。刃渡り四尺の大太刀である。

鬼若は、前後から挟撃される死地におちいった。そのかたわらで、遊女たちは、生きた心地もなく顫えて、中には腰を抜かす者もいた。

このとき僧兵らの最後尾で、騒ぎが起こる。

「あっ、何をするか」

「なんだ、きささまは」

「邪魔立てするな」

そう口走った先から、僧兵が次々と湖水へ叩きこまれていく。

「まだ手下がおったか」

玄尊は、大太刀を脇構(わきがま)えにし、鬼若から眼を離さぬようにしながら、その横を通過すると、配下の間を割って闖入者(ちんにゅうしゃ)の前へ出た。それまでに、さらに三人が桟橋から落とされて水飛沫(みずしぶき)をあげていた。

旅装の武士の仕業であった。二十歳(はたち)そこそこだろうか、眼に聡明の光を宿している。その風貌(ふうぼう)は、鬼若に傭(やと)われているにしては、どうにも不似合いな印象を受けた。

「鬼若の手下ではなさそうだな。何故(なにゆえ)の邪魔立てか」

玄尊は、事と次第によっては容赦せぬという気構えをみせた。

「国を斬り取る合戦ならば致し方あるまいが、ただの喧嘩(けんか)に多勢に無勢が気に入らぬ」

若い武士は云い放った。

「この乱れた世に、殊勝げなことを云うやつだな」

「そこもとらは、僧侶であろう。乱れた世をただすのが、僧侶の使命ではないのか」

「乱れた世にしたのは、足利将軍をはじめとする、うぬら武士どもだ。脱俗の身には関わりない」

その台詞(せりふ)は若い武士の笑いを誘った。

「何が可笑しい」

「そこもとらが脱俗の身というのなら、俗世というものは存在しないも同然であろう。違うかな」

「坊主に説教するとは、いい度胸だ」

来い、と玄尊は大太刀を振り上げた。

若い武士は、素早い身ごなしで後退し、大太刀の刃圏外へ出ると、すうっと腰を落とした。右手が腰の一刀にかかる。鐔(つば)の桔梗花(ききょうばな)の透かし彫りが、玄尊の眼をひいた。

(こやつ、できる……)

玄尊は、ためらった。数で押せば最終的には勝てるだろうが、こちらも半数以上の死者を覚悟せねばなるまい。そう思ったのである。途端に玄尊の左胸が痛みはじめる。短刀が突き刺さったままであった。

「やめた」

玄尊は、あっさりと云って、大太刀を鞘(さや)におさめると、鬼若のほうへ振り返った。

「鬼若。後日だ」

「後悔するぜ、玄尊」

最後まで挑発的な鬼若を、玄尊はふんと鼻で笑ってみせて、桟橋から広場のほうへ歩きはじめた。が、途中で立ち止まって、若い武士を返り見る。

「おぬし、名は」

「再びまみえることがあれば、そのときに名乗ろう」

「気取った男よ」

玄尊と、配下は引き上げていった。それを機に、野次馬たちも潮が引くように桟橋周辺から離れていく。

「礼は云わねえぜ」

という鬼若のふてぶてしさにも、若い武士は気分を損ねたようすはなかった。

「こちらも、おぬしのような男に礼など云われたくはない」

「そうかい。だが、京へきたら、寄ってくれてもいいぜ。悪王子の歓喜楼といえば、誰でも知っている」

「おぼえておこう」

若い武士は、くるっと背を向けて、その場から立ち去った。

「おい、お前たち」

鬼若は、ようやく顫えのおさまった五人の遊女を眺めわたす。

「猿がそのへんで、あの小娘を見つけてるはずだ。連れてきな」

鬼若は、女たちの尻を、ぴしゃり、ぴしゃりと打って、逐いやる。

真羽はこの日、常在寺に戻らなかった。

第四章　京

一

蒼々（そうそう）として高い空に鳴き声を渡らせ、群鳥が川面（かわも）に影を掠（かす）めていく。その羽風に煽（あお）られたのか、水辺の荻原（おぎわら）がそそやそそや、と音たてて靡（なび）く。

葦辺（あしべ）なる荻（おぎ）の葉さやぎ秋風の
　吹き来るなへに雁啼（かりな）き渡る

賀茂川の磧（かわら）を歩きつつ、万葉集の一首を口ずさんだ男は、見るだに微笑をさそう風貌（ふうぼう）の持ち主であった。

福相である。布袋さまを彷彿させる。満月みたいにまんまるい巨大な腹と、胴で饅頭を二つ押し潰したようにしかみえぬ短い両脚が、その観を尚更のものにしていた。

「雁が飛ぶには早かろう。あれは鴫だ」

伴れの長身の人物が、笠を少しあげて、皓い歯をみせた。こちらは、鑿で刻んだような彫りの深い顔立ちに、涼やかな眸子と、きりりと太い眉をもつ、いかにも鎧兜の似合いそうな若者である。

この二人、武家の主従のようだが、双方の間に、どことなくくだけた感じの空気が流れている。

「ははあ、鴫でしたか。では、京女鴫にちがいありませぬな」

布袋顔の肥満漢は、ひどく愉しそうにきめつけた。

「浮橋。遊山にきたのではないぞ」

「いや、そうでございました」

浮橋という随分と風流な名の布袋さまは、もともと笑いっ放しのような顔を、さらに綻ばせる。

「こたびのご上洛は、若の大出世。浮橋も、わがことのように愉しゅうございます」

「気がすすまぬな、おれは」

若とよばれた若者は、ちょっと唇をひき結んだ。

「またそのようなわがままを云わっしゃる。お父上のお頼みではございませぬか」

「だから、こうして来るだけは来た」

「あ。それでは若は、わざとご奉公を失敗じるおつもりでは……」

これには若者はこたえず、どんどん先へ行ってしまう。

「なりませぬ、若。それはなりませぬぞ。なんということをお考えにござるか」

浮橋は、若者の前へまわったり、横へくっついたりしながら、何やら懸命になだめたりすかしたりする。

その浮橋の袖を、後ろから引っ張る者があった。乞食の子らである。十人ほどもいて、皆が揃って垢で真っ黒に汚れた手を出していた。何か恵んでくれというのである。

「いまは忙しいのでな。こんど通るときは、何か食い物をもってきてやろう」

浮橋は、やさしく云う。子ども好きらしい。

「握り飯が残ってるだろう」

若者に云われて、おお、そうでございました、と浮橋は打飼を解いて、中をあけた。

玄米の握り飯が、三つ出てきた。

たちまち、たくさんの手が伸びてきて、奪い合いとなる。そのあさましい光景を眺めながら、若者は怒ったように云った。

「浮橋。当代の将軍家は幾歳だ」

「十二歳にあらせられると」

そうか、と若者は呟いただけで、あとは黙然と賀茂川の磧をあらためて見渡した。急拵えの粗末な小屋があちこちにあり、この磧を生活の場にしているあぶれ者の多さに愕かされる。刀槍を手から離さぬ盗賊らしき男たち、腕や足を失った足軽くずれ、しどけなく胸の谷間を露わにした売女、念仏らしきものを唱えている遊行僧、そうした寄る辺ない者たちの、ここは吹き溜まりであった。これが、応仁ノ乱以後どころか、足利幕府の初政期からかわらぬ光景である。

「阿呆だ」

若者は、吐き棄てるように云った。誰がでございますか、と浮橋が訝る。

「足利将軍に決まってるだろう」

「若。滅多なことをお云いめさるものではござらぬぞ」

浮橋は、あわてて周囲を見回す。が、二人の会話に聞き耳を立てている者など、この吹き溜まりにはひとりも居りはしない。

若者は、舟橋を渡りはじめた。舟橋というのは、小舟を幾艘も太綱で繋ぎ並べて川面に浮かべ、その上に桁を渡し、板を敷いた仮橋である。

当時は架橋技術がまだ未熟だったこともあるが、この賀茂川に限らず、京の外縁を流れる川に架けられた桁橋は、度重なる戦によって悉く焼け落ちてしまっていた。それに、橋は架け替えの安易なほうが、戦術上、好都合でもあって、舟橋は戦国時代にはどこでもよく用いられた。

ただ舟橋は、土台が浮き舟ゆえ、一歩踏み出すごとに揺れる。慣れない者が、川へ転落することも、めずらしくない。それを、この若者は、下肢を一度もふらつかせることなく、危なげなく渡りきってしまった。その足腰の強靭さと、平衡感覚のよさは、並々でない武芸鍛練によって培われたものに相違あるまい。

浮橋のほうは、たよりないこと夥しい。何度もたたらを踏んで、肥満体を右に左に傾け、大汗を掻き掻き、わあわあと悲鳴をあげている。

「これでは、わが名が泣くわい」

などと自分で自分を笑っているのだから、世話はない。舟橋は、浮橋ともよばれるのである。

浮橋のその醜態は、ひどく珍妙な踊りを披露しているみたいで、乞食の子らに指をさされ笑われてしまう始末であった。それでも、川へ転落するのだけは免れて、若者のあとをふうふう云いながら追いかけていく。

このころの京は、応仁ノ乱以来、八十年もの間、恒常的な戦場でありつづけているため、市街地は荒廃しきっていた。単純に家の数だけを例に挙げても、応仁ノ乱以前に比べて、連歌師宗長の言を藉りれば「十が一もなし」という惨状であった。

それでもやはり、京は京である。乱世にあっても、さんざめいていた。束の間の平和が訪れると、日中は往還に人間が溢れ、人や荷を運ぶ牛馬が埃をまきあげ、盛んに売買が行われる。

そういう景色は、将軍の住まう今出川御所の周辺でもかわりはなかった。

当時の足利将軍の京における住まいは、後に徳川将軍の居住した江戸城のような軍事要塞とは、趣をまるで異にする。防禦施設といえば土塀ぐらいなもので、塀の中の建築物は住居用そのものといえた。京の市民からみれば、それは立派なお屋敷ではあっても、武家の棟梁の住むところという厳めしさをおぼえるような造りではなかった。

将軍御所を囲む烏丸、室町、今出川、立売いずれの往還にも、米俵や材木を運ぶ荷車も通れば、物売りの声も行き交うし、尼僧が通過したかと思えば、物乞いがふらつきもし、それは賑やかなものであった。

その喧噪の中に、気合声が混じっているが、どうやら将軍御所の内から洩れている。誰かが武芸稽古中なのであろう。

往来を賑わす人々の中に、賀茂川を渡ってきた主従の姿が見られた。

「ここが、おれの奉公先か……」

北の立売通に向かって開かれた将軍御所の大門を眺めて、若者が云った。憂鬱げな溜め息まじりである。

いましも大門の内へ、前後に警固をつけた輿が入っていくところである。高位の公家でも乗っているのか。それと踵を接するようにして、こんどは騎馬の武士の一行が、大門前まできて下馬した。かと見れば、法体姿の者たちが、輿と一緒にやってくる。この輿の人は、たぶん大寺の高僧に違いない。

「さすがに将軍家。貴人の訪客がひっきりなしにございますなあ」

浮橋は、ひとり頷いて、感心しきりである。

「そのようだな」

若者は向きをかえて、歩きだした。将軍御所の大門から遠ざかる主人を、浮橋はあたふたと追いかける。

「若。めざすところに到着したのでございますぞ」

「きょうは、やめておく」

「すりゃ、また何故で」

「おまえも見ただろう。将軍家は来客で忙しそうだ」

「若っ」

とうとう浮橋は、叱りつけるように云ったが、若者のほうはどこ吹く風で、ふところ手をして、のんびりと歩をすすめていく。

「肯かぬお方じゃからの……」

仕方ないというふうに首を振り振り、浮橋は主人のあとを慕っていった。

将軍御所内から洩れる気合声が、一段と高まり、白い鰯雲の群れる空へ吸い込まれた。

二

（どこだ。どこにいるんだ、真羽）

心中のその叫びを叩きつけるように、義藤は、木太刀をふるっていた。その法も何もない義藤の力まかせの打ち込みに、稽古対手は歯を食いしばって堪えている。

　ここは将軍御所内の馬屋前の空き地である。将軍家の私邸である御所では、特別に練武場を設えておらず、刀槍・薙刀の稽古をするさいは、空いているところを使った。

　義藤の側に仕える若侍が二十人ばかり、塀を背にして居流れているが、ほとんどの者は表情に困惑の色を滲ませていた。

「このごろの大樹は、いったいどうあそばされたのか」

「そのことだ。あの物狂いあそばされたかのような烈しさには、到底ついてゆけぬ」

　何人かが、眼は義藤の稽古のようすに向けながら、ひそひそと私語を交わし合う。

「ようすがお変わりあそばされたのは、坂本をお発ちになる前あたりからだ。もうひと月になる」

「あの水仕の娘がおらなくなってからであろう」

「人さらいに遇うたときいたぞ」

「いやいや、叡山の山徒どもにかどわかされたのかもしれぬて。あやつらは、女犯を何とも思うておらぬからな」

「まさか。まだ小娘ではないか」

「所詮は身分違いよ。消えてしまったのは、将軍家にはよきことであったと思うがの」

「滅多なことを申すな。伊勢守さまがそのように申されたとき、大樹は激しくお怒りあそばされたのだぞ」

つぎ、という義藤の声に、ひそひそ話の連中はどきりとして口を噤んだ。

義藤は、つぎの対手を待ちかねるのか、苛々と木太刀に素振りをくれる。自分の番がきてあわてて起ってきた若侍に、一礼するひまもあたえず、吼えるような懸け声もろとも、義藤は、打ち込みを開始した。

片肌脱ぎで、袴の股立ちをとった義藤の総身は、水をかぶったごとく汗まみれであり、放つ声もひどく嗄れていた。

義藤は、いったん武芸稽古をはじめると、ぶっ倒れるまでやめぬ。傍目には故意に自身を痛めつけているとしか映らなかった。実際、ぶっ倒れるまでの義藤は、あのとき真羽と一緒に小舟に乗りこんでおればという、悔恨に苛まれつづけている。

あの日、真羽が常在寺に戻ってこないので、心配になった義藤は、みずから市中へ探しに出かけようとして、傅役の伊勢貞孝に制止された。細川京兆との和議の席に将軍が同座しないという法はない、と厳しい叱りをうけたのである。その半刻ばかり前に、細川六郎晴元も六角父子も、常在寺に到着していた。

さらに貞孝が真羽のことは必ず探し出すと請け合ったので、義藤も任せないわけにはいかなかった。この貞孝を信頼したことが、義藤にとって痛恨事となったのである。

二日後、将軍家は、坂本の仮御所を引き払って還京し、この今出川御所へ戻った。

義藤は帰京してからも毎日、真羽捜索に進展があったかどうかを貞孝に質した。貞孝は、坂本へはもちろん八坂の祇園社へも人を遣わし、躍起になって真羽の行方を捜していると云いつづけるばかりであった。

だが、貞孝の言は、すべてその場逃れのものだったのである。真羽を本気で捜し出すつもりなど、さいしょからなかった、と貞孝自身の口から吐かれたのは、失踪から二十日も経ってからのことであった。

「あのような下々の娘をいつまでも想うておられるは、見苦しゅうござる。ご身分をわきまえねばなりませぬ」

激怒した義藤に向かって、貞孝は将軍家の不為と思えばこそと居直った。

「お気に召さぬとあらば、この伊勢の首を刎ねられませい」

傅役の貞孝にそこまでの覚悟を示されて、手討ちにすることは、義藤にはむろんできなかった。

仕方なく義藤は、近習の中で最も信頼する細川與一郎に命じて、密かに真羽の行方を捜させている。しかし、今に到るも収穫はない。ひとりで坂本の泊をうろついていた色の黒い少女といったところで、誰が記憶にとどめていようか。

真羽は神隠しに遇ったのか、或いは悪人の手に落ちたのか。それとも、将軍仮御所内の暮らしに嫌気がさして、みずから逃げ出したのか。

慥かに、奔放な真羽には、何かと作法の喧しい将軍家での下働きは息の詰まるものだったかもしれぬ。ただ、奉公は真羽自身が望んだものであり、少々のことでへこたれる性根でもあるまい。それを思えば、よほどのことがない限り、義藤に何も告げずに出ていってしまうとは考えにくかった。

（もしやして真羽の本心は、わしをきらっていたのか……）

義藤は思い悩んだ。失踪の理由がそれだったとしたら、やりきれぬ。

しかし、真羽は小舟で遠ざかりながら明るく云ったではないか。

「好き、菊さまの笑った顔」

そのときの真羽の姿を思い出すたび、義藤は胸をかきむしられるような切なさに、泪がこみあげてくる。

三年前、お玉が御所を去ったのも突然であった。九歳の幼さだった義藤は、母と姉を同時に失ったような悲しみと絶望感にうちひしがれた。それでも周囲の者から、お玉は嫁いで幸せになるのですから、お悲しみあそばしますなと諭されて、納得できないままでも、時がたつにつれ、仕方のないことだったのだと諦めることができた。今度は違う。真羽は嫁いだのではない。ただ消えた。何の理由もなく、ただ消えたのである。納得もできなければ、諦めもつかない突発事であった。そのどうにもならぬもどかしさが、義藤の中で怒りに変容して燃えた。

何にぶつければよいのか、自身でもわからぬ凶暴な怒りである。この怒りは、息がつづく限り馬を責め、矢を射放ち、薙刀を唸らせ、太刀を振り回すことでしか、鎮められなかった。むろん、鎮められるのは、そのとき限りであり、翌朝目覚めれば、また新たな怒りがふつふつと沸いてくる。毎日がその繰り返しであった。

「ええいっ」

義藤の烈しい打ち込みはつづいた。

対手の若い近習は、これをひたすら受けている。奇妙なことに、押し返しもしなければ攻めに転じもしない。ただ受けるのみであった。

打ち合って将軍に怪我をさせては一大事という理由もないではないが、武芸稽古などというものは、どんなふうに行っても、打撲、切り傷、擦り傷のたぐいは避けようがない。義藤付きの近習たちが、受けのみに終始するのは、伊勢貞孝の厳命を守っているからであった。

将軍家に勤仕の決まった最初に、かれらは、貞孝より奉公の心得を説かれた。将軍の武芸稽古に関することである。

「将軍家が、戦場において、おんみずから刀槍をふるうことなど、ありえぬ。またそうなる前に、敵を禦ぎきるのが、おことら、お側近くに仕える者の使命である。よって、大樹の武芸ご鍛練は、ひととおりのものでよい。なまじ武芸にお達しあそばすと、かえっておん災いのもととなる」

歴代の足利将軍は、創業者の尊氏をのぞけば、ほとんどが武よりも文を好んだ。中で六代義教だけが、独裁的な武断政治をめざしたために、恐怖をおぼえた守護大名赤松満祐に却って機先を制せられ、謀殺されてしまう。以来、伊勢家では、将軍に武芸を習得させるに不熱心となった。

「大樹のお対手をいたすときは、ただ受けるのみでよい。薙刀であろうと、鑓であろうと、太刀であろうとだ。相わかったな」

伊勢貞孝は、義藤の側近となる若者たちにこう申し渡すのが、常であった。

代々の政所執事であると同時に、将軍世子の養育係をつとめる伊勢家の政治的実力というものは、陰の管領とよばれるほど絶大で、将軍家に勤仕する者たちにとって、主人はむしろ伊勢家であるといってもよい。云いつけの是非はともかく、これを疎かにするのはできないことであった。

受け太刀をつとめている近習は、義藤の肩越しに、こちらへやってくる侍烏帽子の人物を認めると、それを機に、大きく跳び退くや、木太刀を背中へまわして折り敷き、参ったと頭を下げた。

義藤も、気配を感じて、振り返る。

「やあ、弥五爺」

三

「よきかな、よきかな」

弥五爺は、あたり憚らぬ胴間声で、愉しげに云った。

「武門の棟梁は、長袖者などと交わらず、こうして武芸にご精を出されるのが何より」

そうして、自身の長袖を大きくひろげてみせて、やれやれというふうに首を振る。

義藤は、微笑した。弥五爺の毛の突っ立ったひげ面と怒ったような肩は、烏帽子直垂より、兜と鎧のほうが断然きまった姿になるに違いない。

義藤は、毎日のように将軍御所を訪れる公家や高僧ら、いわゆる長袖者と面会するのを厭（いと）わずにいられぬ。それも将軍の大事なつとめではあろうが、うわっつらだけの笑みを浮かべて埒（らち）もない話に終始するばかりで、うんざりするのである。父義晴のほうは、そういうことがきらいではないらしく、長袖者をまめに引見する。義藤は、訪客がよほどの者でない限り、同席することはなかった。

眼前の弥五爺は、そういう義藤を武門の棟梁らしいと褒めた。

爺（じい）といっても、年齢のことなど云おうものなら、湯気を立てて怒り出すにちがいない一徹さを、矍鑠（かくしゃく）とした五体から発散させているこの老人は、朽木稙綱（くつきたねつな）という。弥五郎を通称とする。

朽木氏は、古くから近江（おうみ）国高島郡の朽木谷一帯を所領としているが、応仁ノ乱以後、京に争乱が起こると、将軍家がそこに難をのがれることがしばしばであった。足利義晴も、前管領細川高国に擁されていたころ移徙（いし）して、三年余りを朽木谷に過ごした。以来、朽木稙綱は、義晴から格別たよりにされ、嫡子には偏諱（へんき）を賜って晴綱と名乗らせている。

ついでながら、後年、織田信長（おだのぶなが）の最大の窮地といわれた越前金ケ崎の撤退の際、信長が朽木越えで京都へ遁（に）げるのを掩護（えんご）した朽木元綱は、稙綱の孫にあたる。

すでに稙綱は、子晴綱に家督を譲って隠居の身だが、未だに戦があれば大身の鑓をかいこんで先駆けする武辺者であった。

「屋敷はできあがったか」

と義藤がきく。

「ほどなく。尤も、この弥五郎、野宿にても支障はございませぬがな」

そう云って、稙綱は笑った。三月に六郎晴元軍が京を制圧したさい、稙綱の京屋敷は焼亡してしまい、いま再築中である。

「きょうは何用か」

「おお、そうでございました」

いや実は、と稙綱は云う。

「倅めが、こちらへ伺っておらぬかと存じましてな」

「倅とは、いつか弥五爺の話していた鯉九郎という者のことか」

「さようにございます」

稙綱が頷くと、義藤の汗の光る顔にも喜色が漲った。

「では弥五爺は、本当にわしの武芸師範として、鯉九郎をよんでくれたのか」

「この弥五郎が、大樹とのお約束を破ったことがございますかな」

稙綱の眼は、可愛くてたまらぬ孫を見つめる祖父のごとき慈愛に満ちている。

「鯉九郎は、どこにいる」

義藤は、稙綱の後方を、きょろきょろと眺めやった。

「いやいや大樹、それがしも捜しておるのでございまするて。遅くとも本日あたりは京に着いておってもよい筈（はず）でござるに、伜がそれがしのところへ顔を出す気配が一向にござり申さぬ。それで、もしや、畏（おそ）れ多いことながら、伜めは大樹のもとへ直（じか）に罷（まか）り出たのではないかと思うて、こうして取り急ぎ伺（うかご）うた次第」

「弥五爺の子が来たという報（しら）せは受けておらぬな」

うーんと稙綱は唸ってから、

「あのつむじまがりめが、どこで油を売ってくさるか」

と毒づいた。

「鯉九郎がつむじまがりならば、親父（おやじ）どの譲りだな」

「こ、これはどうも……」

稙綱は、頭をぽりぽりと掻いた。その子どもじみた仕種がおかしくて、義藤は声をたてて笑う。朽木稙綱は、義藤にとっても、まことに愛すべき老人であった。

かつて侍女のお玉が、義藤に容赦のない武芸稽古をして折檻（せっかん）されるたびに、ひとりお玉を庇ったのが、この稙綱である。稙綱もまた、武門の棟梁が文弱に堕すことを憂える者のひとりであった。

義藤の武芸は、お玉の現れる七歳の春まで、将軍は文治の人たるべきという伊勢家の方針に即して、なおざりの稽古で済まされていた。伊勢貞孝によって選ばれた弓馬の教授陣は、義藤に実際に武器を執らせるより、もっぱら心構えを説くばかりであった。お玉によって、義藤は武芸のおもしろさに目覚めたといってよい。

ところが、お玉は、義藤九歳の秋に、嫁入りするということで、義藤の前から忽然と消え去った。

それ以後しばらく、義藤は落胆の余り、すべての武芸稽古を投げ出してしまう。やがて再開してからも、従来の教授陣では満足できなくなっていた義藤は、本物の武芸を学びたいと切望し、よき師範を召し出すよう伊勢貞孝に申しつけた。

無駄であった。貞孝は竟に、義藤の気に入るような武芸師範を、ひとりも連れてくることはなかったのである。

義藤は、独学をはじめた。だが、熊鷹の印地打に手もなくひねられたのが、その結果だったのだから、情けない。

義藤は、お玉のような師匠を欲した。そういう義藤をみかねた朽木稙綱が、伊勢貞孝にかけあって、ひとりの武芸者を将軍家に抱えることの諒解をとった。すなわち、倅の朽木鯉九郎である。

貞孝は、いい顔をしなかったが、義晴に昵懇の稙綱のたのみを、無下に突っ撥ねることは、さすがにできかねた。貞孝にすれば、一流武芸者の中に朽木鯉九郎という名をきいたこともなかったから、稙綱の親ばかで推挙したのだと受け取り、たいしたやつではなかろうと高を括ったこともあったに違いない。

「こんなことなら、針畑へ人をやって、鯉九郎めの首に縄をかけて引っ張らせてくるのでござり申した」

と稙綱は云う。針畑というのは、近江の朽木氏の居館がある場所より、さらに山深いところで、そこに鯉九郎の生家がある。

「よい、弥五爺。わしは待つ」

義藤に云われて恐縮した稙綱は、念のため朽木谷へも針畑へも家臣を遣わして、鯉九郎がほんとうに京へ向かって出発したかどうか確認させると約束すると、あたふたと辞去していった。

義藤は、まだ見ぬ朽木鯉九郎の人物像を、武辺者の稙綱のそれと重ね合わせながら、期待に胸を膨らませた。表面をなぞるだけでない本物の武芸を学んで、強くなる。強くなれば、なんでもできる。少年将軍は、そう思うのであった。

「よし。つぎ、こい」

義藤は、近習たちを眺め渡した。いつのまにきていたのか、細川與一郎が袖を括りあげつつ片膝を立てるところであった。

「おお、與一郎。仍覚殿のお加減は如何であった」

「早や、床を払われてまして、もうおよろしいようにお見受け仕りました」

「何よりだ」

「将軍家の御見舞い、まことに痛み入り奉り、近いうちに御礼言上に参上いたしたいとのお言葉にございました」

「大儀であった」

仍覚は、古今伝授と和学の最高権威三条西家の公条のことで、義藤も教えをうけた。三年前に嵯峨二尊院で落飾してからは、俗世との縁を切っている人だが、このところ風邪をひいて寝込んでいるときいた義藤は、與一郎を将軍家の名代として見舞いにいかせたのである。

「細川與一郎、お対手仕りまする」

與一郎は木太刀をとって、義藤の前へすすみ出た。

義藤が青眼にかまえると、與一郎は下段につける。将軍に刀鋒を向けぬ礼儀である。

やあっと義藤は踏み込み、おうっと與一郎が受け、鐔競り合いのような形になって、互いの顔と顔がくっつきそうになった。

「いささか気になることが……」

と與一郎は、小声で早口に告げる。

「就寝前にきこう」

義藤も、素早く応じてから、與一郎を突き放した。

與一郎が義藤の名代として仍覚のもとへ見舞いにいったのは事実だが、本来の目的は、真羽の失踪に関する情報をひそかに蒐めることにあった。伊勢貞孝に気づかれてはならぬので、病人の見舞いという口実を必要としたのである。

真羽の行方を追わせている探索者たちと、二尊院で密会した與一郎が、いささか気になることがあるという。義藤の鼓動は高鳴った。

第五章　歓喜楼

一

暈のかかった月が、色なき風に吹き流される脚の速い黒雲に、見え隠れする。京の町は、糸のような白雨に烟っていた。

「今夜は見世仕舞いやねえ……」

掘っ建て小屋のような家から往来へ顔を出した女が、空を見上げて呟いた。

家の奥で赤っぽい灯火が仄かに揺れている。見世というが、土間にも奥にも何ひとつ品物があるわけではない。売り物は、この女自身であった。

ここは畠山町の地獄図子。傾城屋の集まっている場所を、当時の京では、そう称んだ。加世図子ともいう。加世は女性器の隠語だったらしい。

昨年の夏までは、ここに河内守護畠山氏の京邸があったが、そのころ畠山政国が典厩二郎に通じたため、怒った細川六郎晴元に取り壊されてしまった。そうして荒れ地となったところへ、どこからともなく集まってきて、たちまちのうちに傾城屋街を出現させてしまう当時の民衆というものは、逞しいというほかはない。

もっとも傾城屋街といっても、このころはまだ遊女の個人営業の見世がほとんどで、そう大層なものではなかった。

「おや……」

女は、戸をたてて家の中へ引っ込もうとして、向かいの土塀の上で何やら動くのを眼にとめた。ははあ、と女は察しをつける。将軍御所内の夜間見廻りでもしていた下級武士あたりが、任務を放りだして、ちょっと遊びに出るのに違いない。何せ塀ひとつ越えれば女が抱けるのだから。

向かいの長い土塀は、まさしく今出川御所の西側のそれである。つまり、室町通という往来一筋を挟んで、将軍の住居の土塀と、遊女の小屋小屋が向かい合っているわけだが、これは別に驚くにあたらぬ。後世と違って、当時は遊女も何ら怪しむに足りぬ職業のひとつであった。

それでも将軍御所の隣ともなると、いささかの憚りがないでもないが、そのあたりは、あまり派手にやらなければ、黙許ということで済んだ。血腥い時代のことで、人々の性欲も旺盛であり、これを無闇に取り締まれば、どんな混乱を生むか分からぬ。それくらいのことは、幕府も弁えていた。

　今出川御所の土塀を越えて、室町通に降り立った人影は二つ。

「そこな殿原」

　女は、たっぷりと媚びを含んだ声音でよびとめると、二人のほうへしなだれかかるようにして歩み寄っていく。

「茶など一服めされませ」

　ところが、その二人は、女のほうを見向きもせず、かぶっている塗り笠をぐいっと下げると、ものも云わずに室町通を南へ向かって足早に歩き去ってしまった。

「無愛想よのう」

　後ろで声がしたので、女は驚いて振り返る。傘をさしかけ、皓い歯をのぞかせた男の顔が、文字通り眼と鼻の先にあった。なんともしれぬ福々しい面相をしている。女は、くすりと笑ってしまった。

「おお、おお、そもじは笑い顔がかわゆいの」

「では、おあがりあそばしませ。こなたさまのために、もそっとかわゆくなってごらんにいれまする」

女は、すうっと男の手をとった。

「これでは心が動くわい」

男は心底うれしそうにしたが、女の手をやんわりとはずして、

「名残惜しいが、いそいでおるゆえな。またこのつぎにいたそう」

「この夜更けにいずこへまいられまする。都の夜は物の怪が出ておそろしゅうおすえ」

「そういうそもじも、男を蕩かす物の怪であろう」

そのいたずらっぽい云い方に、女は脈ありとみて、さらなる媚態を示しつつ男にすり寄った。

「では、蕩かしてごらんにいれまする」

女は、男の腕をおのが胸のあたりへもってきて、羞ずかしそうにいったん眼を伏せてから、上目遣いに男の顔を眺めやった。

ところが、男の顔はなかった。顔どころか、全身が消えている。男の腕だと思ってつかんでいたものは傘の柄であった。

「ひいっ」

女は、傘を放り出し、その場に尻餅をついた。

すでに男は、今出川御所の土塀をこえた二人伴れのあとを尾けて、室町通を下っている。

（若のお人使いの荒さはかわらぬ……）

その男、浮橋は、細雨に顫えつつ、心中でぼやいた。

昼間、浮橋の主人朽木鯉九郎は、めざす今出川御所の門前まで足を運びながら、やはり気がすすまぬと云って、踵を返した。それで父朽木稙綱の京邸へ出向くかと思えば、それもせず、公家・武家屋敷の多い上京より、庶民の精気漲る下京のほうが性に合うと云い出し、そちらへ向かってしまった。

浮橋は、諫言したために、鯉九郎から却って仕事をいいつけられる始末であった。

「当代の将軍家がどれほどの者か、今日一日、しかとみてまいれ」

「若は、どちらへ」

「気の向くままだ」

「またそのようにわがままを」

「安心しろ。明日は、親父どのに顔をみせる」

そういう次第で、浮橋は、まだ明るいうちから今出川御所に忍びこんで、義藤を観察しはじめた。

この布袋のような福相と、まんまるい腹をもった浮橋は、その外見からは想像もつかぬが、忍びの者なのである。浮橋自身の言を藉りれば、流派は九郎判官義経を祖とする判官流で、一流の術者と認められると、源氏物語に因んだ名をあたえられるのだそうな。浮橋の本当の名を、甚内という。

嘘かまことか、随分と優雅な忍びの流派もあったものだが、厳然たる事実は、浮橋が忍びとして間違いなく超一流の域に達していることであろう。いましがた遊女が伏し眼になった一瞬のうちに、その眼前から忽然と姿を掻き消してみせるぐらいは、鼻毛を抜きながらでもなしえる業であった。

(それにしても公方さまは、一体いずれへお出ましあそばすやら。ご年少の身で夜遊びをお好みとは知らなんだわい……)

浮橋の前を往く二人伴れは、将軍義藤と近侍の細川與一郎である。この二人も、浮橋と同じく、雨に濡れながら黙々と歩をすすめていた。義藤が遽に思い立って今出川御所をこっそり抜け出したために、傘を持ち出すことまではできなかった。むろん灯火の用意もない。

義藤のめざすところは、下京悪王子の妓楼歓喜楼。そこの楼主の鬼若が何人もの少女を無惨な目にあわせたことがある、という噂を與一郎の手の者が聞きこんできた。その報告を今朝、仍覚を見舞った嵯峨の二尊院でうけた與一郎は、夜にはいって、就寝前の義藤へ報せたのである。

鬼若という者が、真羽の失踪した日、坂本の船着場で叡山の山徒らと悶着をおこしたことを、義藤も耳にしていた。偶然とは思われぬ。

（真羽は鬼若というやつに殺されてしまったのか……）

不吉な予感に、胸をかきむしられた。義藤は、宿直番を急遽、與一郎に変更すると、今出川御所の内が寝静まるのを待って、こうして深夜の往還へ忍び出てきた次第であった。

下京の悪王子までは三十丁足らずの道のりである。だが、そぼ降る雨と、黒雲にかくれんぼを繰り返す月が、夜道に不馴れの義藤の足を、逸る心とは裏腹に遅々としたものにしている。

「それがしの太刀の鐺におつかまりあそばされては」

義藤を気遣いつつ先行する與一郎がすすめた。

「よい。そのうち馴れる」

戦国期の京の市街は、応仁ノ乱以前の規模に比べれば大半が曠野と化しており、上京と下京という二つの聚落が、北と南とに劃然と分かれたいびつな形になっていた。有名な「洛中洛外図屏風」に描かれた戦国時代の京は、都会らしい人いきれまで感じられるような喧噪に満ちているが、あの人間の多さは、二つの聚落に人口が密集していたせいだったともいえるのである。

また、上下京が劃然と分かれていたのは、当時、双方を繋ぐ縦走路で、まともに通行できたのが室町通一筋しかなかったことにもよる。その分断は、しぜんと住む者の色分けまですることになった。すなわち、上京は主として公家・武家の居住区、下京はいわゆる町衆の自治的性格の色濃い庶民世界である。

室町通を下る義藤と與一郎は、右手に時宗寺院の聞名寺の崩れかけた土塀を見るところまでやって来た。悪王子までの道程の、漸く半ばに達しようかというあたりである。

その土塀内から人影がばらばらと出てきて、義藤主従の往く手を遮った。幾らか闇に馴れてきた義藤の眼は、総勢八人と数えた。

義藤は、緊張した。この夜中に、こういう形で出現した者たちが、寺内から出てきたといっても、まさか遊行僧や勧進聖などであろうはずがない。

後醍醐帝の建武新政当時の二条河原落書は、

「此比都ニハヤル物、夜討、強盗、謀綸旨……」

で始まるが、夜討、強盗については、戦国期のほうが盛んであった。

「身ぐるみ所望」

と首領らしい男が威すように云った。すでに全員が、あるいは抜き身をひっさげ、あるいは鑓をかまえているところをみれば、身ぐるみ脱いで渡したからといって、命を奪らぬ保証はないらしい。

「去ねっ」

怒鳴り返した細川與一郎は、その堂々たる体軀だけをみれば、おとなの男を思わせるが、実際には義藤よりわずか二歳の年長にすぎぬ。こういう場合は、青い正義感からつい怒りを先走らせてしまう。ただ與一郎は武芸にはいささかの自信があった。

「大樹。ここは與一郎が禦ぎますゆえ、御所へお戻りあそばしますよう」

與一郎は、笠をぬぎながら、後ろの義藤へ小声で素早く告げた。

義藤は返辞をしない。ためらっているのである。膝がわななないているのが、自分でもはっきりと意識できた。恐怖からとは思いたくないが、そうに違いなかった。

脳裡には、勝軍山城落城の翌日、山中で逆さ吊りのまま目撃した武芸者主従と犬神人の群れとの斬り合いが、まざまざと蘇っている。本物の斬り合いの凄さ、酷たらしさを、あのときはじめて知った。また、その直後、熊鷹(くまたか)との闘いで、おのれの武芸の未熟さを思い知らされてもいる。そういう実体験が、義藤の心に恐怖というものを記憶させたのである。

　これを人としての成長と捉(とら)えるのは、世馴(よな)れたおとなの考えであろう。武門の棟梁(とうりょう)たる少年の一途な心には、刃を前にして恐怖を湧かせるのは恥ずべきことであり、それ以外の何ものでもない。

　どこかで雷鳴が轟(とどろ)いた。

(遁(に)げぬぞ)

　義藤は、無言のまま、與一郎の脇(わき)を駆け抜けた。

「大樹っ」

　與一郎が、動顛(どうてん)の声をあげる。

　駆け抜けざま義藤は、愛刀大般若長光(だいはんにゃながみつ)を鞘走(さやばし)らせ、夜盗の首領の胴を薙(な)いだ。

　首領は、まさかいきなり斬りつけられるとは思っていなかったのであろう、あっと悲鳴を発して、のけぞった。ただ義藤の抜きつけの初太刀(しょたち)は、踏み込みが甘く、首領の左の二の腕を浅く傷つけたにすぎぬ。

「ようもやりおったな」

首領は怒りを爆発させる。

「こやつら、生きてかえすな。斬り刻んでしまえ」

号令一下、義藤の右側面から鑓が繰り出された。これを、走り来たった與一郎が、間一髪の差で禦（ふせ）いだ。鑓のけら首を斬り飛ばしている。

「かこめ」

夜盗どもは、義藤主従を往来の真ん中において、包囲陣を布（し）いた。その馴れた動きは、この稼業の場数を踏んでいることを示すものであった。

義藤と與一郎は、しぜんと背中合わせのかっこうになって、八人の円陣に対する。

義藤も笠をぬぎすてた。

「與一郎が血路を拓（ひら）きます。決して振り返られることなく、お走りあそばされませい」

そう云いつつ與一郎は、おのが正面を北側へ移動させる。拓く血路は、とうぜん、今出川御所のある方面でなければならぬ。ところが義藤に叱声（しっせい）をとばされた。

「與一郎。向きがちがう」

この期（ご）に及んでもなお義藤は、悪王子の歓喜楼へ乗り込む決心をかえていなかった。

「こうとなりましては、今宵はいけませぬ。歓喜楼がことは後日に」

与一郎は必死に諫めるが、

「夜に抜け出すからには、いつでもこのような手合いに遇うのを覚悟せねばなるまい。日をかえて出直したところで同じことだ」

義藤は肯かなかった。真羽を想う心の強さもあろうが、義藤のこの無謀さは、夜盗という悪漢にひと太刀見舞った興奮に衝き動かされた結果ともいえようか。

「ききいれてくれ、与一郎」

主君にそこまで云われて、もはや与一郎に返すべきことばはない。

「承知仕ってござりまする」

与一郎は、おのが背で義藤の背を押しつつ、くるりと向きを南にかえた。

「うおおおっ」

雨中に咆哮しざま、与一郎は、前面の敵に向かって大きく踏み込んでいく。後に幽斎と号して、戦国武将中きっての文化人と敬されることになる細川与一郎藤孝は、義藤の近侍者だった少壮のころは、「牛殺しの与一」とよばれて、かくも勇猛な武辺者であった。牛殺しの異名は、与一郎が、暴走する牛車の前に立ちはだかって、牛の角をつかみ、そのまま押し返してひねり倒したことによる。

与一郎の突然の斬り込みは、その前面の鑓をかまえた敵をひるませた。ひるんだ分だけ、鐺の穂先は狙いを外し、與一郎の腰のあたりを掠めたにすぎない。

與一郎は、その者の前額へ真っ向から斬りつけた。血路は拓けた。

「大樹っ」

その合図に義藤は、與一郎を追い越して、脇目もふらずに走る。追い越した一瞬、生温かいものが、ぱっと頰にかかったが、それを夜盗のひたいから吹き出た鮮血であると判断するような余裕は、今の義藤にはなかった。

「遣るなっ」

夜盗の首領の声が、雨に血の匂いのこもった夜気をつんざく。

與一郎は、義藤のあとにつづくとみせて、急激に振り返り、刀身を横薙ぎに一閃させた。それで、追いかけようとしていた夜盗らにたたらを踏ませておいて、素早く背をむけ、遁走にかかる。

もとより與一郎は、死を覚悟していた。これから追いすがってくる残り七人もの命知らずを、おのれ一人の力ではとても斃すことはできぬ。

だが、おのれは死しても、絶対に成し遂げねばならぬことは、義藤を逃げきらせることである。

與一郎は、十歩ほど、飛ぶように走ってから、再びくるっと身を翻転させた。その瞬間、稲光が地上を明るく照らして、鼓膜を顫わせんばかりの百雷が轟いた。

與一郎は、信じられぬ光景に棒を呑んだように立ち尽くした。七人の夜盗が地に這っていた。落雷に打たれたのかと思ったが、そういう惨状ではない。かれらは気絶している。

（何が起こったのか……）

雨は遽に沛然として地を殴りはじめた。

二

真の闇に轟然と、風雨は吼え、雷鳴が響き渡っている。

暗黒の天蓋に稲妻が奔った。その夥しい光は、抱合する象頭人身の男女を、鮮明に浮かびあがらせた。双身歓喜天である。

雷神によって次々と吐き出される光は、断続的に地上を照らし出す。双身歓喜天は、幅の広い杉戸に彫りつけられたものであった。

その杉戸の前に、横殴りの雨でずぶ濡れの人間が、二人立っている。義藤と與一郎の主従であった。

（これが妓楼というものか……）

義藤は、その二階家を見上げつつ、いささか驚いている。二階建てというだけでも、寺社でもない限り、当時のしもたやはいうに及ばず、富裕な商家でさえ、眼にすることのめずらしい建物であった。しかも、間口もゆったりとられているし、屋根を葺くものは、板でも藁でもなく、瓦という贅沢さ。さらには、それを門のかわりとしているのだろうか、玄関前の両脇に朱塗りの太柱が立ててある。この二本の太柱は、それぞれ自体が双身歓喜天を象ったものであった。

双身歓喜天は富貴敬愛の本尊であって、決して如何わしいものではないが、妓楼の表にこうした形で描かれ、それが雨夜の稲光に浮き出たりすると、禍々しく淫らなものとしか、見る者の眼には映らぬ。そのどぎつさに、十二歳の義藤はさすがにたじろいだ。

（この中に真羽がいるのだろうか……）

歓喜楼の楼主鬼若が、幾人もの少女を酷い目にあわせているという噂話を鵜呑みにして、こうして夢中でやってきた義藤だが、今になって、それは間違いではないかと思いはじめていた。

いや、本音をいえば、間違いであってほしい。このような場所に、もし真羽が監禁されているとしたら、義藤には耐えられぬことである。

むろん、いまだ男女の情欲に無縁の義藤は、妓楼の実際を知るべくもないが、少年の潔癖さが自然と、歓喜楼から漂う淫臭のようなものを厭っていた。

「大樹、やはりお入りあそばしますか」

與一郎が喚いた。風雨が烈しいので、近くにいても、大声を出さなければ聴こえないのである。歓喜楼の表戸は閉ざされている。中へ入るのなら潜り戸を叩くと與一郎は云った。

義藤は、ちょっと途方に暮れたような顔をしたが、良あって、意を決したものか、

「入る」

と喚き返した。與一郎は、潜り戸を拳で烈しく叩く。待つほどもなく、潜り戸のすぐ内側まできて立ち止まった人の気配を、與一郎は察した。

「どなたはんどす」

警戒心のこもった女の声が返ってくる。

「怪しい者ではない。浅茅のことが忘れられず、嵐の夜にもこうして出向いてまいった」

與一郎は、潜り戸に口をつけるようにして、声をはりあげた。與一郎は、おのが手

の者から、歓喜楼の傾城の名をいくつかきいており、浅茅はそのひとつであった。

傾城の名を出した効果はてきめんで、中で心張棒をはずす音がした。内側から潜り戸が開けられると、與一郎は、すまぬとひと声かけつつ、足を踏み入れる。義藤も、吹き込む風雨に押されるようにして、素早くつづく。屋内へ入るなり、脂粉が匂った。

手燭をもって迎えた女は、二人が飛沫をとばして入ってきたので、わずかに眉をひそめて身を引き、それから潜り戸を閉めた。

だが女は、義藤と與一郎が濡れ鼠とはいえ、若々しく人品卑しからぬ武士とみてとるや、手燭を自身に近寄せて嫣然と微笑んだ。

「これは凜々しき武者衆」

仄明かりに浮かんだ女の姿に、義藤も與一郎も息を呑む。無理もなかった。土間に立つ女が身にまとっているものは、宮中の女官が着るような単と袴のみではないか。単は裏のない下着ゆえ、透けて見える。

「お召し替えをおもちいたしまする」

あいや、と與一郎がよびとめる。

「その前に、楼主をよんでくれぬか」

「鬼若さまを……」

たちまち女は、不審の眼を向けてくる。

「いささかききたいことがあるだけだ。他意はない」

「では、暫く(しばら)お待ちなされて下さりませ」

女は、土間からあがって、奥へ引っ込んだ。

義藤は、数基の行灯(あんどん)の明かりに浮かぶ内部を、見回している。歓喜楼は、外観以上に、中も広いようであった。右手に二階への階段があり、正面は板敷の廊下が奥へのびている。その廊下の両側に、部屋が並ぶ。土間は左奥まであって、鉤状(かぎじょう)に向こうへ曲がっているが、その先は厨房(ちゅうぼう)であろうか。

「大樹。鬼若なる者が、もし真羽どのをかどわかしたと判明せしときは、いかがあそばされますか」

「捕らえて、真羽の行方をききだす」

かどわかされただけならばよい、と義藤は思っている。鬼若が真羽を傷つけていたり、或(あ)いはすでに殺してしまったということであれば、ただでは済まさぬ。

（鬼若をこの手で斬(き)り捨てる）

その決意を、義藤は秘めていた。

義藤も與一郎も、長い間、雨に濡れてきて躰(からだ)は冷えきっているはずなのだが、今は二人とも寒さを忘れている。これからまた血腥（ちなまぐさ）いことが起こるかもしれぬという緊張感が、身内を熱くしているせいであった。

やがて、正面の廊下の奥から、いましがたの女に導かれて、下帯ひとつの裸形の男が現れた。引き締まった痩身（そうしん）に汗を滴らせ、眼色に何やら興奮の余韻を残しているのが、ひどく淫らである。

「おれが楼主の鬼若だ」

自身の長い鬢（びん）の毛をもてあそびながら、紅を引いた唇を歪（ゆが）めて、鬼若は突っ立ったまま云った。

義藤はあっけにとられたが、與一郎のほうは眉宇（びう）をひそめた。話をききたいという人の前へ出るのに、裸（はだか）姿という法はない。武士を前にしての応対もふてぶてしすぎる。

「そのほう、さきごろ坂本にて、叡山の山徒らと諍（いさか）いを起こしたであろう」

若い與一郎は、つい高飛車に出てしまった。

「それが、そっちと何のかかわりがある。何者だ、お前（め）えらは」

「何者でもよい。そのほうは、問われたことに正直にこたえればよいのだ」

「おい、青侍（あおざむらい）。おれは、命令されるのが嫌（きれ）えなんだ。言葉に気をつけな」

「あの日」

与一郎は、かまわずにつづけ、

「十歳ぐらいの娘を、かどわかしたであろう」

ときめつけた。鬼若の眼の下の筋肉が顫えたのを見逃さなかったのは、その顔を食い入るように瞶めていた義藤のほうであった。

(間違いない。この男が真羽をかどわかしたのだ)

義藤は、ずいっと与一郎の前へ出る。

「真羽はどこにいる」

甲高い声を出して、鬼若を睨みあげた。

「あの小娘、真羽っていう名だったか」

「やはり、うぬが……」

「陰気な小娘で、口ひとつきかねえ」

鬼若は、居直るような云いかたをしてから、にやりと唇もとに酷薄そのものの笑みを刷いた。

「それだけに、いたぶりがいはあったがな」

その一言が、義藤の頭に血を昇らせた。女のように長く髪を垂らし、唇を紅くしたこの薄気味悪い男に、真羽はいたぶられたのか。むろん、どのようにいたぶられたのか咄嗟には想像できぬが、血を流し悲鳴をあげて助けをよぶ真羽の痛々しい姿が、義藤の脳裡をよぎった。

「外道っ」

義藤は、いきなり抜刀し、土間から板廊下へ躍りあがった。女が、ひいっと叫んで、持っていた手燭をとり落とす。

義藤の一颯は、何の手応えもなかった。鬼若に、いともたやすく躱されたのである。

「童侍、そんなふらっついた腰つきじゃ、この鬼若様は斬れねえぜ」

そう義藤をあざけった鬼若へ、與一郎の鋭い突きが襲いかかる。これも躱した鬼若だが、與一郎のほうは手強いとみたのか、わずかにこめかみをひくつかせた。

「おそかったな。小娘は、裏の土蔵の中で、事切れてるぜ」

憎い男めがけて第二撃を繰り出そうとかまえていた義藤は、鬼若のその言葉に、血の気を失った。そのまま身を翻すや、廊下の奥へ走りこむ。

それでわずかに狼狽した與一郎だが、いちど刀鋒を向けて鬼若を牽制しておいてから、すぐに義藤のあとを追う。

どこをどう走ったのか、義藤は憶えていない。いくつも部屋のある廊下を、何度か折れ曲がったあげくに、だしぬけに風雨に殴りつけられた。裏手の空き地へ跳び出したのである。

天に百雷鳴りやまず、紫電が瞬(またた)く。四間四方ほどの土蔵が一棟、慥(たし)かに建っている。義藤は、土蔵の土戸の前まで走った。施錠はされていない。分厚く重い土戸を、義藤は引きあけた。

一時に押し寄せた膨大な光量に、一瞬、眼が眩(くら)んだ。その皓々(こうこう)たる光の源は、土蔵内いっぱいに立て並べられた燈台や行灯(あんどん)であった。二、三百基もあるであろう。

義藤の背後から吹き込んだ風が、炎の群れを烈しく踊らせる。その中央に、両腕を頭上で縛られ、天井から吊り下げられている少女がいた。

「真羽あっ」

絶望的な叫びを、土蔵内に響き渡らせた義藤は、中へ駆け入ろうとした。それを、漸(ようや)く追いついた與一郎が後ろから抱きとめた。

「はなせ、與一郎」

與一郎は、少女の稚(おさな)いからだの、いたるところが痣(あざ)だらけで、下半身が血まみれであるのを、素早くみてとった。その惨姿を義藤の眼に間近に触れさせてはならぬ、と気遣ったのである。

「おい」

鬼若に呼びかけられ、二人は振り返った。義藤は、物凄い力で與一郎の腕をふりほどくや、大般若長光をすっぱ抜き、鬼若めがけて突進した。

「真羽の仇」

必殺の気をこめた突きは、しかし、またしても鬼若の身体に触れることがかなわなかった。

鬼若に躱されたあげく、足をひっかけられた義藤は、雨で池のようになっている地面へ頭から突っ込んだ。鼻にも口にも泥水がはいって、義藤は激しく咳こむ。

鬼若が、ふんと鼻で笑って、立ち上がろうとする義藤の肩を蹴りつけた。

「下郎っ」

與一郎の抜きつけの一閃が、鬼若へ送られる。これも予期していたものか、鬼若は素肌にぞろりと着てきた小袖の裾を翻して跳び躱し、與一郎の刀に空を斬らせた。

そこへ屋内から走り出てきた鬼若の手下どもが、たちまちのうちに義藤主従を包囲する。総勢十人、いずれも抜き身を手にした屈強の男たちであった。

「おのれら木端侍が何者か、そんなことはどうでもいい。だが、この鬼若を怒らせたやつは、ひとりも生かしちゃおかねえ」

鬼若の嘯きに、義藤は怒りと口惜しさのあまり、歯を鳴らし、総身を顫わせる。

与一郎のほうは、いくらか冷静だったが、それだけにこの場の不利が動かしがたいという絶望感を抱いていた。

（こやつら、先刻の夜盗どもより、はるかに腕が立つ……）

遁げるのは、もはや不可能と思えた。

「殺れ」

鬼若の下知に、十人の手下どもは、刀身に雨粒をはじかせつつ、一斉に刀を振りあげた。

「ご楼主」

と声がかかったのは、このときである。それは、喧嘩馴れした手下どもの踏みだしかけた足を止めさせるに充分な、腹の底を打つ声であった。

いつのまに、そこへ来たものであろう、鬼若の後方に、黒い人影が佇立していた。

ぼんやりと浮きあがった輪郭は、逞しい長身であることを示している。義藤は、いつしか雨が小降りになり、風もおさまって、黒雲の隙間から仄かに月明の洩れていることに、はじめて気づいた。

「なんだ、おのれは」

鬼若は、人影に向かって殺気立った声を浴びせる。

「客に向かってきく口ではないな」

人影は苦笑したようである。そのまま、ゆっくりと近づいてくる。

朽木鯉九郎であった。

三

「ただの客なら、黙ってな」

鬼若が、眼をすうっと細めた。手出しをすれば、お前も殺すという威しである。

「ここの妓は、高いばかりで品が悪いな」

と朽木鯉九郎は、妙なことを云い出す。

「それゆえ揚げ代は払わぬ。それで一応、ご楼主に断りにきた次第だ」

「踏み倒そうっていうのか」

「踏み倒すとは、人ぎきが悪い。そのつもりなら、疾うに黙って帰っている。こうしてわざわざ、ただにしてもらうと申し渡しにまいったではないか」

「ふざけるな」

「気にいらんらしいな」

「あたりめえだ。おのれも、生きてここから出さねえ」

「ならば、やむをえまい。斬り抜ける」

すると鬼若は、はっと顔面を蒼ざめさせて、跳びすさった。鯉九郎の、斬り抜けるという一言の中に、おそるべき自信が秘められていることを、幾度も修羅場をくぐった鬼若の躰が瞬時に感じ取ったのである。

ほうっと鯉九郎は感心してみせる。

「こいつも殺せ」

鬼若の命令に、義藤主従を囲んでいた十人のうち半数が、泥水をはねあげながら、鯉九郎めがけて殺到した。

鯉九郎も奔る。それは、鬼若の手下どもと違って、水面すれすれを滑空している、と見る者に錯覚させるような、尋常でない疾走であった。

突出してきた一人目の男とすれちがいざま、鯉九郎の腰間から白光が噴いて出た。胴をざっくり割られたその男は、夜気を裂く絶鳴を発して、泥水の中へ突っ伏した。

すでにそのときには鯉九郎は、二人目と三人目の喉から鮮血を撒き散らさせている。さらに、その動きを止めることなく、四人目を右袈裟に斬り下げ、返す一閃で五人目の股から腹へ斬り上げた。

鯉九郎が五人を斃した時間は、現今のそれにして二、三秒であったろう。力量の違いすぎたことを考慮に入れても、おそるべき迅業というほかはない。

(何が起こったのか……)

義藤などは、闇の中で数度、銀光が発せられたとしか見えず、茫然と立ち尽くす許りであった。自身が敵に囲まれていることすら忘れてしまうほど、それは異様な出来事に思えた。

ただ義藤は、聴き憶えのある音をきいている。洛北の山中で、犬神人の群れを旅の武芸者主従が斃したとき発せられた口笛に似た音。斬人音であった。

鯉九郎は、なおも疾走をとめず、血刀をひっさげたまま義藤たちのほうへ迫ってくる。義藤主従を包囲していた鬼若の残りの手下五人は、恐怖に駆られ、わあっと転がるようにして後退した。いかに喧嘩馴れした男たちであっても、鯉九郎ほどの凄まじい遣い手と対するのは、おそらく初めてのことに違いない。

鯉九郎が自分の前に立ったとき、義藤はふしぎな感覚にとらわれた。なぜだか説明はつかぬが、山の朝に感じるような清爽の気を、眼前の若き武士から感じたのである。そう感じると、心のどこかで、この人物が必ず助けにきてくれると初めから予感があったような気までした。

その安堵感にも似た思いが、自分の手からひょいと大般若長光を奪いとられても、義藤に腹を立てさせなかった。

「藉りうける」

と鯉九郎は云って、おのれの血脂にまみれた刀のほうは、ぐわらりと足もとへ落としてしまう。それから、淡々と降り注ぐ月明に、義藤から藉りた太刀の刀身をかざしてみて、ぴくりと眉尻をあげた。

「そなた、いずれの子弟か知らぬが、よほどの身分らしい」

義藤のほうを見ずに云った。鯉九郎ほどの遣い手ともなれば、太刀など刀身を一瞥しただけで、その価値を判断できる。

「しかし、剣の腕のほうは、この太刀をもつにはおこがましすぎるな」

その刀身に見入る立ち姿を隙だらけとみたのか、鬼若の手下のひとりが、背後から無言で突っかけてきた。

鯉九郎の痩身は、その立ち姿のまま、風に吹かれたように、ふわっと横へ移動した。目標物を失ってたたらを踏んだ男が、義藤の眼前に現れる。

義藤は身を竦ませた。突き出された男の刀鋒を避けようがなかったからである。

その刹那、鯉九郎が、むっと低い気合を発した。男の肉体は、まさしく切断された。

首が飛び、両腕が肩から離れた。

三つの斬り口から噴出した血は、堰を切った川水のように、音たてて義藤の総身へ浴びせられ、首と両腕をなくした肉塊が正面から倒れかかってくる。義藤は、凄まじい血臭に鼻口をふさがれ、その肉塊を抱きとめるかっこうで、だだっと後ろへ倒れた。泥水が、大きくはねあがった。

義藤は、狂ったように暴れて、死体をはねのけようとする。與一郎が、義藤のうえから死体をひきずりおろした。

「武士ならば、そなたもいずれ、合戦場へ出ることになろう」

鯉九郎が、冷ややかに云った。

「血と屍体を怖れていては、合戦には勝てぬ。合戦に勝てねば、おのれは殺され、一族を滅ぼされ、そして国を奪われる」

語りつつ、鯉九郎は、鬼若の残りの手下どもへ、ひとりひとり視線をあてていく。手下どもは、ひいっと怯えきった悲鳴をあげ、いずれも遁げ出してしまった。

「みたところ、そなたは、あの楼主にさらわれた身寄りでも助けにきたのであろう」

鯉九郎は、こんどは義藤を見て云う。

「年少の身ながら、供一人のみをつれて乗り込んでまいった勇気はよい。だが、おのれの未熟をわきまえよ」

これには與一郎が、無礼なっと熱り立ったが、鯉九郎は気にかけるようすもない。

「さらわれたのは母か、それとも姉か」

妓楼から鯉九郎はそう連想した。ここまで手を出したからには、最後まで面倒をみるほかあるまいと思っている。

義藤は、首を烈しく左右に振ってから、衝動的な一言を口にしていた。

「恋しい女子を……」

「…………」

ふいに鯉九郎の眼許がゆるんだ。身分ありげな武家の少年が、さらわれた恋人を奪還するために、単身といってもよいかっこうで妓楼へ殴りこむのには、途方もない決心を必要としたであろう。また逆に、単身でなければならなかったということは、その娘とは親の許した仲ではないことを示してもいる。

（命懸けの恋ではないか……）

十歳をいくつも出ていないであろうに、やるものだ。鯉九郎は、眼の前の少年を見直す気持ちになった。

「もう……もうこの世にいないんだ」

義藤の双眼から泪が溢れ出たので、鯉九郎は、そうだったのかと土蔵のほうを見やった。

鯉九郎の耳に、ちいっという舌打ちが聴こえ、次いでばたばたと足音が起こる。鬼若が妓楼の屋内へ遁げこもうとしていた。鯉九郎は、左手で脇差を抜くなり、電光の迅さで投げうった。

「くっ……」

小袖の裾を地に縫いつけられ、鬼若は後ろへのめった。

鯉九郎が今、脇差に鬼若のからだを刺し貫かせなかったのは、命懸けの恋を成就できなかった少年に仇を討たせてやろうと咄嗟に思いきめたからである。

だが、鬼若は、後ろへのめると同時に、たちまち小袖を脱ぎ捨てるだけの機転と敏捷性を具えていた。最初に義藤主従と会ったときのように、鬼若は、再び下帯ひとつの姿になった。

そのまま、なぜか鬼若は屋内へ駆け入りもせず、その場に緊張したようすで突っ立ったままではないか。それどころか逆にじりじりと後退しはじめ、鯉九郎らのほうへ戻ってくる。喉首に刀鋒をあてられていた。

鬼若の後退につれて、刀を擬す人物が屋内から徐々に姿を現す。

「浮橋」

さすがの鯉九郎が、その声にも表情にも、愕きを隠せない。浮橋は、鬼若の肩越しに、ひょいと福相をのぞかせて、にっと笑う。

「おっと、動くでないぞえ」

鬼若が下帯の前へ挟みこんであるこけしをつかもうとしたのを、浮橋は制した。

「おれの居場所がよくわかったな」

鯉九郎があきれるのへ、浮橋は首を振ってみせる。

「若。偶然でございますよ。そこな御方をお尾けしたら、ここへ行き着いた次第」

「なに」

鯉九郎は、少年武士を振り返った。

将軍義藤に一日くっついて、その人物をみてまいれと浮橋に命じたのは鯉九郎である。となれば、浮橋の尾けてきたこの少年こそ、当代の征夷大将軍足利義藤ということになるではないか。

浮橋のほうをもう一度見やると、無言の頷きが返された。

(おれは、あやまったらしい……)

足利将軍とは、武門の棟梁たることを忘れて、文弱に流れ酒色に耽るばかりで、民のことなど毛筋の先ほどにも気にかけぬ、どうしようもない生き物、というのが鯉九郎の長年の見方であった。

そういう人間は、子どものころから信じられぬほど甘やかされて育ち、徒に気位ばかり高い。それゆえに、まだ十二歳だという足利義藤も、高慢の鼻を高々とあげて小賢しいことばかり口にする、可愛げのない子どもに決まっている、と鯉九郎は思いこんでいた。

ところが違った。許されぬ仲の女子を、みずからの命を懸けて、悪漢の手から救いだそうとした眼前の一途な少年が、足利義藤であったとは。このような少年将軍であれば、真の武芸を学びたいと心底から思い、渇望しているに違いない。

（おれは、阿呆だ）

おのが不明を慙じずにはいられぬ。

鯉九郎は、大般若長光に拭いをかけると、地へ折り敷き、それを両手に捧げ持って、義藤へ返した。その急変ぶりを、義藤は訝る。

「それがしが朽木鯉九郎にございます」

一瞬おどろいた義藤だが、すぐに頷く。

「そうか。そのほうが鯉九郎だったか。道理で、知らぬ者のような気がせなんだ。待ちかねていたぞ」

義藤は、左手に大般若長光をとって、右手で鯉九郎の手を握った。

「鯉九郎。わしに剣を……真の武芸を教えてくれるか」

義藤の必死の熱き思いが、鯉九郎の手から全身へ伝わる。鯉九郎の心は顫えた。

まずは、と鯉九郎は云った。

「兵法教授の一」

いきなりのことで緊張する義藤へ、

「鬼若退治」

と鯉九郎は告げた。義藤の蒼（あお）ざめていた面（おもて）に生気が蘇る。

すっくと立った鯉九郎は、浮橋に鬼若の喉もとから刀をひかせた。

「おれと、その童侍と勝負させようっていうつもりか」

鬼若は、やや愕いたようすで云う。

こわいか、という鯉九郎のことばに、鬼若はせせら嗤（わら）って、下帯の前に挟んだこけしへ手をのばそうとした。

瞬間、浮橋の右腕が動いて、こけしの首だけがすっ飛んだ。鬼若の下帯に残ったこけしの胴体から、じゃらじゃらと細鎖が垂れ落ちる。

主人の意図するところを誤らずに察する浮橋に、鯉九郎は満足げに微笑む。

「得物は刀にしてもらおう」

それから鯉九郎は、鬼若から、また義藤へ向き直る。

「大樹。人は鐔にて斬るものとお心得あそばされよ」

「鐔で斬る……」

首をひねる義藤へ、さよう、と鯉九郎は頷く。

「余のことは何ひとつ思うてはなりませぬ。鐔。鐔にて斬るのでございます」

「鐔で斬る……」

「はい」

さいごは微笑で応えてから、鯉九郎はおのが長軀を動かして、塞いでいた義藤の前をあけた。

義藤と鬼若が、真正面から対峙するかっこうとなった。双方の間隔は七、八間ほどである。

手下の屍体のそばに転がっていた刀を拾いあげた鬼若が、早くも不敵な笑みを浮かべる。その憎体な顔を見ると、むらむらとあらたな怒りの湧いてくる義藤だったが、
頭の中では、

それればかり繰り返していた。

(鐔、鐔、鐔……)

義藤を小馬鹿にする台詞を吐いた鬼若は、間合いを無造作に詰めてきた。一挙にけりをつけるつもりらしい。

「童侍。褌を濡らすなよ」

義藤の躰が、恐怖に後退したがる。その瞬間をとらえて、鯉九郎は声をかけた。

「鐔っ」

この場合、退がるなと命じれば、恐怖に駆られた人間は退がってしまう。といって、前へ出よと叱咤すれば、立ち竦んでしまうであろう。

鐔、という叫びは、事前に教えられたこととはいえ、実際の戦いに直結しないような言葉であるため、その一刹那、義藤の心から恐怖感が駆逐された。

(鐔で斬るっ)

義藤は、一歩も退くことなく、青眼につけていた刀鋒を振りあげた。

鬼若が迫る。眼前に迫る。くっつきそうなほどに迫る。

鬼若は、笑った。義藤の胴を斬り裂いて、その横を駆け抜けるおのが姿を、脳裡に浮かべたからである。

次の瞬間、鬼若は総身の膚に粟粒を生じさせた。

（なにっ……）

左方と後方から同時に、身内まで抉られるような凄まじい殺気を浴びせられた。鯉九郎と浮橋が、斬りかかってくる。その卒然たる恐怖に堪えかね、義藤めがけて突進させていた躰を、鬼若は左へ捻ってしまった。

鯉九郎は四、五間の向こうに佇立していた。浮橋のほうは見るまでもないであろう。二人は、身を動かすことなく、殺気のみを放射することによって、鬼若の心を動揺せしめたにすぎぬ。そうと悟った鬼若だったが、おそすぎた。

「鐔で斬る」

その甲高い声と一緒に、義藤の太刀が唸りをあげて襲いかかってきた。鬼若は、義藤の胴を薙ぎ斬るべく、刀を脇にかまえたままであった。

「ぎゃあああっ」

義藤は笛の音を聴いた。鬼若の右腕が、付け根から断たれて、泥濘の中へ落ちた。

「お見事」

賞賛の声を放ったのは、浮橋である。

鬼若が、泥池となっている地へぶっ倒れ、激痛にのたうちまわる。その醜い姿を、義藤は茫然と見下ろした。

（これが鐔で斬るということか……）

むろん鐔で人を斬れる筈がない。そのように義藤は錯覚したにすぎぬ。

鐔があたると思えるほど対手に接近してようやく刀鋒を届かせることができる。誰（たれ）しも恐怖が伴い、腰のひけてしまう斬り合いとは、そういうものである。それを鯉九郎は教えたのであった。

「大樹。とどめを」

と鯉九郎がうながす。それでわれに返った義藤は、頷いて、突きのかまえをとった。

「助けて。助けてくれ」

命乞（いのちご）いの叫びが、鬼若の口から吐き出される。今までの自信に溢れたようすは微塵（みじん）もなくなり、涙を流し鼻水を垂らして顫えるひとりの敗者がそこにいた。

「おそい」

義藤は心を動かされはしなかった。

「お願いだ。たのむ。まだ死にたくない。赦して下され、赦して下され」

「真羽も死にたくなかった筈だ。汝（うぬ）のような極悪人は、地獄へ堕（お）ちよ」

このとき與一郎が、土蔵から火が、と叫んだ。戸口から外へ黒煙が吐き出されている。夥しい数の灯台や行灯が、開け放した戸口から吹き込む風に倒されて、土蔵の中の物を燃やしはじめたものであろう。

「真羽を」

義藤は、鬼若から離れて、戸口へ走り寄った。浮橋も駆けつける。

義藤、與一郎、浮橋の三人は、土蔵内へ走りこんだ。

奥のほうで、火の手があがって、壁から天井へ這いのぼっている。浮橋は、天井から縄で宙吊りの少女の裸身を認めるや、戸口で手裏剣を投げうった。縄が切れて、少女の躰が土床へ落ちる前に、浮橋はその真下へ到達している。疾風の迅さというべきであろう。

これを好機としないような鬼若ではなかった。外には鯉九郎しかいない。鬼若は、起き上がりざま左手で泥水をすくって、鯉九郎の顔面へひっかけた。

わずかに顔をそむけた鯉九郎の隙をとらえて、鬼若は遁げた。その背を追って、すかさず鯉九郎の手から小柄が飛ぶ。

「うっ」

小柄は、左の頸の肉を削いでから、鬼若を追い越した。

鯉九郎が追走にかかる。

義藤は、土蔵から出たところで、魂の失せたいたいけな肉体を、浮橋の手から渡してもらって、自身の腕に抱いた。あらたな悲しみがこみあげてくる。

（真羽……）

顔にざんばらにかかっている髪の毛を、払いのけてやる。

義藤は、現れたその面（おもて）に、眼を吸い寄せられた。

「真羽ではない」

第六章　血宴

一

白い綿帽子の浮かぶ碧空の下で、都を取り巻く山並みは、満目、早緑に包まれている。

餌を銜えた燕が、空を截って降下し、柿葺の屋根の庇下へかけてある巣へ、もぐりこんだ。川水を引き込んだ園池のほとりの草葉にとまっていた鉄漿蜻蛉が、どうっとあがった笑声におどろいて飛び立つ。

宏壮な庭に設えた能舞台で、狂言が演じられていた。若武者の咳払いに、姫鬼が愕いて親鬼のもとへ逃げたところである。演目は『首引』らしい。

ここは、上京小川の細川京兆邸の内で、庭の能舞台は、将軍のための御成御殿を正面の見所とし、泉殿を脇正面のそれに見立ててある。

仕切りを取り払った御成御殿では、いずれも高貴の身分とおぼしい身装の男女が、多数列なって観劇している。歯に鉄漿をつけた者も少なくない。いくぶん乱れた華やぎのあるのは、昼日中から酒が供されているせいであろう。

将軍義藤の姿はなかった。本来ならば、将軍はこの場の主賓でなければならぬが、義藤はまだ酒席を好む年齢ではない。

主賓は、将軍生父にして後見役である右大将足利義晴であった。義晴は、池の上に突き出した泉殿から、舞台へ物憂いような視線を投げている。

「御台。そなたも召せ」

義晴は、提子をとりあげ、右隣の妻を仰ぎ見て、酒をすすめた。

「もう食べられませぬ」

義晴の正室の口調は、やわらかいが、かすかに苛立ちが混じっていた。夫を見下ろす視線にも、蔑みの色が一瞬よぎる。

見下ろされた足利義晴は、小男であった。矮軀といってもよい。

江戸期の作ながら、京都等持院所蔵の足利歴代将軍の木彫座像を見ても、十歳で夭折した七代義勝をのぞけば、ひとり義晴だけがきわめて小ぶりに作られている。義澄、義輝（義藤のこと）像に挟まれて、その頭頂をようやく両者の肩に届かせる程度というたよりなさである。

等持院の足利将軍の木像は、将軍個々の歴史的事実と照らし合わせて、なるほどこのような風貌であったか、と見る者を納得させうる出来映えで、彫刻としての完成度はともかく、いささか心うたれるものがある。作者は歴代将軍のことを精細に学んだうえで彫った、と想像してよいのではないか。

それゆえ、義晴だけを故意に小さく作ったとは考えられず、この将軍の短軀は事実であったろう。

ただ義晴は、美男であった。父方の祖母の血を引いたものらしい。この祖母は、公家の柳原隆光の女で、宮中の数多の女官の中でも、別してすぐれた容貌だったという。追善供養の折り、禅僧が追悼詩の中で、その美貌を楊貴妃になぞらえている。

義晴がまだ亀王丸とよばれていたころ、細川高国に迎えられて入京したとき、洛中の人々が、どこの姫君かと見紛ったほどの美しい眉目の持ち主であった。

いま上体を傾けて酒盃をなめている義晴の顔容に、亀王丸当時の俤を見出すのは難しい。それほど痩せているわけではないが、今では光の当たらぬ葉裏みたいに膚に艶がなく、手で撫でればざらついた感触をおぼえそうに見える。

酒色に淫したことばかりが、原因ではない。誕生時より、幕府政治を壟断せんとする守護や守護代らの権力闘争に翻弄されつづけ、鬱々として過ごさざるをえなかった歳月が、義晴の容貌を一変させてしまったといえよう。三十八歳にして、右大将足利義晴は老いていた。

正室に断られた義晴は、提子をもつ手を宙にさまよわせつつ、酔眼で妻を睨み、こめかみに静脈を浮き出させていたが、ふいにその手を後ろへもっていき、

「奈々」

側室のひとりに、相手をかえる。途端に義晴の相好が崩れた。その表情の変化は、急激すぎて、やや異常なほどである。

はい、と奈々は返辞をしたものの、自身の酒盃をとるのをためらう。正室がもう酒盃を伏せたのに、側室が呑みつづけるわけにはいかなかった。

同席の側室は、奈々のほかに四人も居並んでいるが、いずれも奈々の困惑を察して、その横顔と正室の背とを上目遣いに盗み見る。側室たちは、正室の全身から刺々しい感情が、陽炎のように昇り立ったのを感じた。

側室の中でも奈々は、最も出自が低い。摂津国池田城主の池田久宗の家臣の女である。父は足軽小頭という微役だったが、容姿をかわれて城へ女中奉公にあがり、先年、

義晴が遊山で池田城を訪れた際、その眼にとまるところとなった。

これに対し、義晴の正室は公家の名門中の名門近衛家の出である。ふつうならば近寄ることもできぬほど身分の落差が甚だしい。

だが、正室はすでに三十路を越え、奈々は花の盛りの十八歳であった。好色の義晴の寵がいずれへ傾注されているか、云うまでもないことであろう。

「奈々」

義晴が、酒盃をとるよう催促する。一瞬前とはうってかわって、下げていたはずの眼尻を、ひくひくと吊りあがらせている。奈々は、顫えあがって、自分の酒盃を思わず手にし、義晴の酌をうけた。

「呑みほすがよい」

なかば命ずるように義晴が云い、奈々はこれにも顔を蒼ざめさせながら従った。

「奈々の呑みぶりは、豪の者じゃ。のう、六郎」

義晴は、上機嫌に手を拍って、自分の左側に座す男に同意を求める。

「まことに」

男は、立烏帽子をわずかに傾けて、墨色の歯をのぞかせた。

鉄漿をつけているばかりか、顔の造作ものっぺりした公家面であるこの男が、幕府管領の細川六郎晴元であった。白紙に細い一本線ばかりで目鼻を描いたような公家面というものは、どうしても酷薄な印象をあたえる。およそ武家政権の執政たるに相応しからぬ風貌といえよう。

足利政権は、中央政庁を京都においたことで、朝廷公家との交流を頻繁にせざるをえなくなり、有力守護の公家化を招いた。細川氏などは、つねに将軍家の側近だったから、その傾向が甚だしい。それが二百年もつづけば、かつての鎌倉武士のような土臭さを微塵も持ち合わせぬ者が生まれてくるのも、やむをえぬことであろう。

「六郎も、呑め。江雲もじゃ」

義晴は、六郎晴元の左に座を占める入道頭の大柄な男にも、酒をすすめる。南近江守護の六角江雲である。剃髪前は定頼といった。

六角氏は、源頼朝の挙兵に参じた佐々木定綱の孫泰綱を祖とする近江源氏佐々木氏の惣領家だが、大族であることから長く一族間の争いが絶えず、また領国内の治外法権的勢力の山門（比叡山延暦寺）との紛争も多く、さらには二度にわたって足利将軍の征討をうけたことすらあった。

それが、江雲の代に到って俄然、勢力を盛り返した。江雲は、六郎晴元政権の草創期から、これを援けて軍功を樹てたので、その同盟者的存在となり、今では六郎晴元と同じ従四位下(じゅしいのげ)に叙せられて管領に準ずる待遇をうけ、幕府で重きをなしている。江雲はまた、六郎晴元の舅(しゅうと)でもあった。

江雲は、作法通りの畏(かしこ)まったようすをみせて、義晴の酌をうけた。

この場には、もうひとり、男がいた。義晴の正室の右側に端座する眠ったような眼をした人物で、政所執事(まんどころしつじ)の伊勢貞孝(いせさだたか)である。

貞孝は、義晴の視線が向けられる前に、自分の酒盃をとりあげて唇へもっていき、義晴と眼が合ったときには、私も存分に呑んでおりまする、という顔つきで微笑してみせる。この男は、義晴がどういうことを気に入り、どういうことが気に障(さわ)るか、自身の掌(たなごころ)をさすように把握していた。

伊勢氏は、平清盛の曾祖父(そうそふ)正衡(まさひら)の兄季衡(すえひら)より出て、その六世の子孫俊継(としつぐ)が伊勢守に任じたことから、その官名を氏として称するようになった。尊氏以前から足利氏に仕えていたらしく、伊勢貞継が尊氏の近臣となって義詮(よしあきら)、義満(よしみつ)二代の養育にあたったことが、一族繁栄の基礎を築き、義満の代から、政所執事は伊勢氏宗家の世襲と決められた。

政所執事は、幕府の財産を管理し、将軍家の家事一切を司(つかさど)る。ために伊勢家は、領国を有するのでも、強大な軍事力を擁するのでもないにもかかわらず、「陰の管領」

とよばれて、政治的には隠然たる力をもっていた。

　また伊勢家は、小笠原家と並ぶ武家礼法の師範家で、その点でも諸侯に一目おかれる存在なのである。

　細川六郎晴元、六角江雲、伊勢貞孝。足利義晴をとりまくこの三人が、幕府の目下の最高首脳たちであった。

　舞台では、若武者と姫鬼の腕押し比べが始まり、御成御殿の見物衆はやんやの拍手を送っている。

「おお、そうじゃ」

　義晴が、何か思い出したらしい。

「きのう、左中将どのが近習どもと腕相撲をなされての、あの牛殺しの與一郎めと互角の勝負であった由」

　うれしそうに義晴の口から出た左中将とは、わが子義藤のことをさす。

「それは、お末がたのもしい」

　六角江雲が、義晴の相手をする。

「公方さまには、近頃、おからだも逞しゅうなられたようにお見受け仕り申した」

「おお、そのおかわりようには予もおどろいておる。この一年で御丈五、六寸も伸びたであろうな。わが子とも思えぬほどぞ」

義晴は笑った。わが子義藤に関する話題のときだけ、義晴の表情はひどく穏やかなものになる。義藤の生母に対しては、ひとかけらの愛情もないが、わが子への愛は人一倍強い父親らしい。

「ご熱心に武芸稽古をあそばしておられるときいており申す。逞しゅうなられましたは、それゆえにござりましょう」

江雲がそう云うと、さらに義晴は顔を綻ばせた。

「うむ。されど、なかなか上達せぬと、お嘆きじゃ。ははは」

上達などされては困る、と心中で呟いたのは、伊勢貞孝である。

武芸自慢の将軍ほど始末におえぬものはない。それが将軍家の執事たる貞孝の考え方であった。将軍が武芸に秀でるあまり、おのれ一個の力を過信し、従来の意志なき存在から逸脱して、独善的な政治的言動を起こさないとも限らぬ。それを貞孝は惧れる。

足利将軍という意志なき存在を、さも意志ある存在のようにみせかけることで、伊勢家の権力は成立している。つまり伊勢貞孝の唇から発せられる言葉が、どのようなものであれ将軍の意志であった。とすれば、みずからの意志をもち、それをみずから公言し実行するような将軍を上に戴いては、伊勢家の巨大な権力は消滅してしまうに等しい。伊勢貞孝という権力の亡者にとって、それはあってはならぬことなのである。

（将軍はあくまでも意志なき存在でありつづけねばならぬ……）

尤も、と貞孝は思い直して、唇に薄笑いを刷いた。

（義藤公には、武芸の天稟を、おもちあそばされぬらしい）

貞孝は、去年の秋に、朽木鯉九郎が義藤の武芸師範になって以来、その稽古のようすを忍びの者を派してときおり探らせているが、もう九ケ月ばかりも経つというのに、義藤は一向に上達する気配がないとの報告をうけていた。

（このように蒲柳の質におわす義晴公のお胤では、所詮は武芸には向かぬ）

と貞孝は義晴をちらりと見やる。

立ち上がろうとした義晴が、酔いで足をもつれさせ、自分の膳部をひっくり返した。

二

「三郎五郎に盃をとらす」

義晴は、とろりとした酔眼を御成御殿のほうへ向けた。

「右大将さまがお運びあそばされるには及びませぬ。筑後守をこれへよびまする」

　ふらつく義晴を支えた六郎晴元が、廊下に控える家臣に眼配せするのを、

「いや、よい」

　義晴は、手を挙げて制してから、奈々の手をとる。

「そなたが三郎五郎をつれてまいれ」

　奈々は、承って、座を立った。

　三郎五郎というのは、池田久宗のことである。筑後守に任じられていた。摂津国豊島郡池田を本拠とする池田氏は、橘諸兄の後裔を称しており、摂津の国人では伊丹氏と並ぶ強勢を誇る。

　池田久宗は、六郎晴元政権の初期、一向一揆の鎮圧に功を顕し、重用されることひとかたではなかったが、同時に義晴からも破格の厚遇をうけてきた。そのため久宗は、六郎晴元と典厩二郎との争いが起こったときは、義晴を担いだ典厩二郎方へ与した。結果は、典厩二郎方の惨敗で、義晴は昨年の七月末に単独で六郎晴元と和睦してしまった。その後も、両者間の戦闘は各地でつづいたが、今年に入ると厭戦気分が高まり、四月に到って、河内で対陣中だった六郎晴元方最強の三好長慶と、典厩二郎方の主戦力の遊佐長教とが和議を結んだことで、この争いは事実上、終結した。典厩二郎は、

再起を期して行方を晦ました。

六郎晴元を裏切ったかっこうだった池田久宗は窮して、三好長慶に六郎晴元へのとりなしをたのんだ。

三好氏は、六郎晴元の出身した阿波守護細川家の家宰であり、長慶の曾祖父之長が、六郎晴元の父澄元を上洛させ、細川氏宗家である京兆家の家督を嗣がせるのに功を樹てて以来、京畿へ大きく進出した。

長慶もまた、阿波細川家の家宰は長弟之康に委せて上洛、六郎晴元の重臣として、この当時は摂津守護代をつとめ、越水城（兵庫県西宮市）を居城に武名赫々たるものがあり、今やその実力が主家の細川京兆家を凌いでいることは、世人ひとしく認めるところであった。

池田と越水とは、間に伊丹城を挟んで、せいぜい三、四里の道程であるため、かねてより久宗と長慶とは交流がある。長慶は、久宗の罪を不問に付すことを、六郎晴元まで願い出た。

六郎晴元は、久宗のことは不快であったし、また長慶についてはその旭日のような擡頭を苦々しく思っている。わけても、長慶がいずれ六郎晴元に対して二度目の謀叛を起こすであろうことは、衆目の一致する見方であった。六郎晴元自身も、長慶とはいつか決着をつけねばならぬと考えている。しかし、いまはまだその時期ではなかった。

昨年七月の舎利寺の決戦において、典厩二郎軍を散々に打ち破ったことで、三好長慶の声名はさらにあがっている。そのような時期に六郎晴元が、久宗を赦さず、長慶の顔を潰すようなことをすれば、どうなるか。長慶はそれを謀叛のきっかけとするであろうし、いざ戦いとなれば、畿内の諸侯の多くは、六郎晴元よりも、強大な三好軍団を率いる長慶に味方するかもしれぬ。

久宗の罪は、過去の忠節に免じて赦す、という形を六郎晴元はとった。そのことを内外に示すために、本日、義晴と久宗を招いて、こうして能狂言見物の宴をはったのである。

ただ六郎晴元は、三好長慶までこの宴に列席させるほど寛容な男ではない。尤も長慶については、義晴もきらっているので、たとえ本人が列席を望んだとしても、叶うことではなかったが。

庭の舞台では、『首引』が終盤へさしかかり、若武者と姫鬼が、互いの首にひっかけた白布を引き合いはじめた。その滑稽なやりとりが、御成御殿からも泉殿からも、絶え間ない笑声をあげさせる。

「京兆どの」

と六角江雲が、六郎晴元へ話しかける。

「宗三入道をよばぬほうがよかったのではないか」

江雲は、ちらりと御成御殿のほうを見やった。

泉殿とは鉤の手曲がりの渡廊でつながっている御成御殿は、部屋という部屋の仕切りをすべて取り払ってあり、奥まで眺め渡すことができる。いま奈々が、渡廊を御成御殿のほうへ渡りおえようとしているところであった。

広々とした御成御殿の座敷には、入道頭が何人かいるが、その中で髭をぴんとはねあげた怒り肩のずんぐりした人物が、江雲のいう宗三入道である。

「江雲どのは、筑後守が宗三に口論をしかけるとでも、ご案じか」

六郎晴元は、鉄漿をみせて笑った。

「池田では家臣どもが二つに割れておるとききおよぶ。事が起こってからでは、おそかろう」

典厩二郎方との長い戦いを終えたばかりの時期、新たな争乱の火種となりそうなことは、できうる限り避けるべきだ、と江雲は云いたい。江雲自身にしても、領国内で強敵浅井氏ときわどい戦いがつづいており、いつもいつも婿の六郎晴元のために兵をさくことはできぬ。

「宗三は、筑後守には舅にござる。また、今は隠居の身。事など起こりようはずもござり申さぬ」

「京兆どのは、宗三には甘いことよ」

この六郎晴元と六角江雲の会話には説明が要る。

宗三は、入道する前の名を、三好政長といい、三好長慶の大叔父にあたる。

野心家の宗三は、三好一族の首長たることを欲し、早くから六郎晴元にとりいって、長慶の父三好元長のことを讒訴した。

三好元長は、前管領細川高国を討って六郎晴元を管領職に就けた最大の功労者である。それゆえに六郎晴元も、権力の座についてしまうと、何かと元長が煙たい存在となり、宗三の讒訴を讒訴と承知しつつ、元長へ兵を向けた。

このとき六郎晴元は、堺の法華寺の顕本寺に立て籠もる三好元長を、一向一揆の大軍によって討たせた。法敵の法華宗寺院を攻めるに一向一揆は容赦がなく、三好元長の最期は凄惨をきわめたものとなった。

これが十六年前の事件で、三好長慶は当時、阿波にあって十一歳の少年にすぎなかった。

だが、復讐に燃える長慶は、兵を率いて海を越え、いったんは主君六郎晴元と大叔父の宗三に刃を向けたが、当時の将軍義晴の調停により心ならずも両者と和し、六郎晴元に帰参する。

その後、三好宗三の六郎晴元の寵をたのんだ専横が事々に目立ちはじめ、長慶ばかりか諸侯の顰蹙をかうようになると、六郎晴元はこれを隠居させ、政治の場から退かせた。だが、それはうわべだけのことにすぎず、六郎晴元が政治上の相談のために、宗三の居城である摂津榎並城へしばしば使者を送っていることは、公然の秘密であった。

この宗三の女が、池田久宗の室に入って、弥太郎という男児を産んだ。悪謀をめぐらす宗三は、女を嫁入らせる際に随行させた多くの家臣を、そのまま池田にとどめ、これらにじわじわと池田の内部を蚕食させている。いずれは宗三が、外孫の弥太郎を傀儡として、池田を乗っ取るつもりなのは明白なことであった。

池田の譜代の家臣団が、新参の宗三衆の横暴に対し、抑止力として三好長慶をたのみとしたのは、当然の成り行きといわねばなるまい。

いまや摂津池田では、宗三と長慶の代理戦争が勃発しかねない怪しい雲行きであった。池田では家臣どもが二つに割れている、或いは、筑後守が宗三と口論するのではないかといった六角江雲の懸念は、そういう事情をふまえている。

むろん六郎晴元は、池田における宗三の横暴を知りながら、野放しにしていた。本心をいえば、六郎晴元は池田を宗三に乗っ取らせたいのである。

なぜなら、六郎晴元が長慶と戦うことになった場合、池田は越水から京へ出る長慶の通り道に位置するからであった。六郎晴元にかわらぬ忠節を尽くす伊丹氏に、この池田が連合すれば、いかに三好軍団といえども、これをたやすく抜くことはできまい。

これが一転、池田が長慶方となれば、逆に伊丹は挟撃され、長慶の京への道における最初の難関となるはずの勢力が、たちまち潰されかねぬことになる。

きょう六郎晴元が、池田久宗と宗三入道をともに招いたのは、諸侯列座の中で、この二人には確執などなく、仲のよい婿と舅であることを示すためであった。六郎晴元のその意を、宗三のほうは含んでいる。久宗にしても、典厩二郎に与した罪を不問に付されて後の宴ゆえ、この場で宗三と遣り合うような愚かな真似をする筈はなかった。

（これでしばらくは筑前めも、池田のことを理由に、このわしに叛旗を翻すことはできまい……）

と六郎晴元はほくそ笑む。三好長慶は筑前守を称する。宗三が池田を乗っ取るまでには、いますこし時を要するであろう。それまで六郎晴元は、長慶に挙兵の大義名分を与えるつもりはない。

　だが六郎晴元は、今この場において、自分の思惑をくつがえす惨劇が起ころうとは、夢想だにしていなかった。

『首引』は、いよいよ終息に向けて、最大の盛り上がりを披露しはじめる。首にかけた白布の引き合いで姫鬼の形勢不利をみて、親鬼が眷族を呼び寄せてこれに加勢させ、若武者との烈しくも滑稽な首引合戦となった。

　さすがに御成御殿でも、泉殿でも、見物衆は皆が皆、舞台へ眼を釘付けにされる。

　いや、ひとりだけ、舞台へではなく、おのが背後へ視線を固めてしまった男がいる。義晴であった。義晴の後ろへまわした首が真っ赤に染まり、座した矮軀を顫わせているのが、はっきりと六郎晴元にはみてとれた。

　何事ならん、と六郎晴元も首を後ろへねじ向けて、声をあげそうになった。

　渡廊をこちらへ渡ってくる男女がいる。池田久宗と奈々である。六郎晴元がうろたえたのは、久宗が酔っているのか、奈々の肩になかば凭れかかるようなかっこうで、歩をすすめていたからであった。しかも、二人は愉しげに、笑顔を交わし合っている。奈々はもとは池田家に女中奉公していた身ゆえ、互いについ気安い心で接することになったものであろう。

　だが今の奈々は、将軍生父にして右大将足利義晴の側室であり、池田久宗のほうは義晴に厚遇されてきたとはいえ、形の上では将軍家にとっては陪臣にすぎぬ。身分が違う。そして、足利義晴がきわめて嫉妬深く、その怒りをしばしば暴発させることも、六郎晴元はよく弁えていた。

　義晴は、早くも座を起って、皆を蹴倒すようにしながら、泉殿から渡廊へ跳びだしていた。そのさい義晴は、廊下に控えていた小姓の手から、太刀をひったくっている。

「誰か、右大将さまをおとどめせよ」

　六郎晴元も突っ立ちあがって、走りだす。泉殿内は、騒然となった。

　御成御殿のほうでは、『首引』の鬼たちに眼を奪われ、笑い声をあげており、この騒ぎにすぐには気づかぬ。

　奈々と久宗も、渡廊の鉤の手曲がりへ差しかかるまでは、笑顔が絶えなかった。そこで、抜き身をひっさげた男と出くわした。あまりに突然のことで、眦を決し、顔面を朱に染めた、まさしく舞台の鬼さながらの形相の小男が足利義晴であるとは、二人とも咄嗟には認めることができなかった。

「この不義者めらっ」

　絶叫しざま、義晴は久宗の左の頸根に刀身を叩きこんだ。夥しい血が噴出し、その飛沫はかたわらの奈々の白い面を一瞬にして紅に彩った。

舞台の若武者は、自分の首から白布をはずして、ぱっと手から放し、それで鬼たちが一列縦隊のまま、だだっと後ろへ大仰に倒れる。

奈々の甲高い悲鳴が迸った。それはしかし、御成御殿でどうっとあがった哄笑に、掻き消された。

「お、おのれは……」

義晴は、憎悪を剝き出して久宗を罵りながら、その首を引き切らんと、太刀をぎりぎりと前後に動かす。久宗は、頸からも口からも、ごぼごぼと音たてて流血しつつも、両手で義晴の太刀をつかんでいる。指が二、三本、落ちた。

「右大将さま。お鎮まりなされますよう」

ようやく小姓が、義晴を後ろから羽交い締めに抱きとめた。反射的に奈々は、御成御殿のほうへ、脛もあらわに逃げていく。

義晴は、獣じみた叫びをあげ、どこにそのような力があったのか、無茶苦茶に小軀を暴れさせて、小姓の腕を振りほどいた。

久宗は、渡廊の柱にしがみつき、勾欄に上体をのせるかっこうで、血をどくどく流している。その久宗の顔をひと蹴りしてから、義晴は奈々を追った。久宗のからだは、勾欄を越えて地へ転落する。

御成御殿でも竟に悲鳴があがった。顔から胸へかけて、久宗の血でどっぷりと濡れた奈々が転がりこんだのである。膳がひっくり返され、酒肴はあたりに飛び散る。

「お助け下さりませ。お助け下さりませ」

奈々は、誰彼かまわずに、すがりつく。だが人々は、奈々を追って部屋へ跳びこんできたのが義晴とわかって、息を呑み、奈々の必死の哀願に応えるのをためらった。

「いつからじゃ」

押し殺したような声で、義晴は奈々に迫った。右手には血刀をさげている。

奈々は、尻餅をついたまま後ずさりながら、烈しく首を振る。義晴が何を云っているのか分からなかった。

「いつからじゃと訊いておる。いつから新五郎と睦んでいる。返答いたせ、お玉」

義晴が眼を血走らせて、そう怒鳴ったとき、小姓がこんどは数人がかりで、後ろから抱きつき、太刀をもぎとった。

「お玉。わしを、この義晴を、裏切りおったな。お玉、お玉」

狂ったように義晴は、喚き散らす。その面前へ、六郎晴元がまわりこみ、

「お玉ではござりませぬ」

鋭い叱声を投げつけてから、奈々を指さしてみせた。

義晴は、悪夢からふいに目覚めたときのように、ぶるっと身を顫わせた。眼の中の狂乱の炎が、急速に鎮火していく。

やがて義晴は、急激な脱力感に襲われたのか、小姓らに背中をあずけて、ずずっとへたりこんだ。そのまま、放心したような顔を、六郎晴元のほうへ向ける。六郎晴元が怒りを堪えていることなど、今の義晴にはみてとることはできぬ。

ふいに義晴の顔が、歪んだ。

「六郎。あれには、云うな。あれには、云うてくれるな」

義藤のことをさすのを、六郎晴元は承知している。

六郎晴元は、立ち竦んだまま微動だにしない大勢の人々を、ぐるりと眺め渡した。宴の参加者たちは、この惨劇に到った経緯を、まったく呑み込めていない。

六郎晴元は、大音声に宣告した。

「池田筑後守は、奈々の方さまのお手引により、右大将さまのお命を狙い奉った。よって、右大将さまおんみずから、お手討ちあそばされた。方々には、さようご承知おきいただく」

奈々は、啞然として、声を失った。まったくの出鱈目ではないか。だが、抗弁する暇もあたえられず、奈々は引き立てられ、御成御殿から無理やり連れ出されてしまう。
足利義晴は、血まみれのおのが両手を眺めながら、泣いていた。

第七章　刺客

一

黴臭い雨の名残がまだ消えやらぬころ、京の祇園会は挙行される。この大祭がはねたとたん、その民衆の熱気に吹き飛ばされたかのように、鬱陶しい梅雨の季節は去り、かわりに雲を割って力強い光が地上を熱しはじめると、京都盆地はうだるような暑さに襲われ、物みな気だるい表情をみせて弛緩する。

やがて、松籟や夕焼けに何やら物寂しさをおぼえだして、いつのまにか秋が訪れていたことに気づき、今年の夏は短かった、とお定まりの感慨を抱く。

上京小川の京兆邸における惨劇から、三ケ月余りが過ぎていた。

「やあっ」

靄のたちこめる木立の中に、甲声が響き渡る。朝露の残る草を踏みしだいて走る素足。がっ、がっという烈しいが、鈍く重い音の連続。義藤の剣術稽古であった。

義藤は、木々の間を駆け抜けざま、一木一木の幹へ渾身の打撃を見舞っていく。得物は木太刀ではなく、船具の櫂。かなり削ってあるが、それでもなお恐ろしく長大で、相当な重量がありそうであった。持ち上げるだけでもひと苦労に違いない。それを義藤は袈裟に、横薙ぎに、はねあげにと間断なく揮いつづける。走りながらであった。

白い息を吐いて、やや苦しげに喘ぎつつも、どこまでという目標をもっているものか、義藤はこの荒稽古に、歯をくいしばってたえている。およそ一年近くも、毎朝欠かさずに行ってきたこの修行の最大の成果は、義藤の中に気迫というものを育てたことであった。

義藤は、あきらかに変貌しつつある。背丈もこの一年でゆうに五、六寸は伸びている。汗をとび散らせる双肌脱ぎの上半身をみれば、なお稚いながらも、肩は盛り上がり、胸には厚みができていた。いたるところにみられる、痛々しいほどの青黒い痣や裂傷は、稽古の苛烈さを証明するものであろう。

「はあっ」

気合もろとも撲ちつづけて何十本めの木であったろうか、打撃音の中に、何やら異様な音がまじった。それでもかまわず、義藤は次なる木に向かって走る。走っては木の幹に向かって櫂を打ち下ろす。なすべきことは、それだけであった。

次の木を撲った瞬間、義藤の手のうちで、ふいに櫂が軽くなった。折れたのである。手もと寄りのところから上が、宙高く吹っ飛んだ。

その飛びゆく先を、義藤は眼でたしかめてから、次いで、手のうちの櫂の残骸を、不思議なものでも眺めるようにして、まじまじと瞶めた。手垢で黒ずんだ棒の先端が、白っぽく稲妻状にささくれて、そこからかすかに新しい木の香が匂った。

（木だったのか……）

あたりまえのことを、義藤は茫然と思った。稽古に没入したときの義藤は、この櫂が自分にしかあつかえぬ大剣であるかのような錯覚におちいっている。それゆえの、惚けた感想であった。

「ご油断」

背後からのその鋭い一声に、義藤は、卒然とわれに返った。振り向きざま、ぐんと低く腰を落とし、上体をいっぱいに伸ばすようにして、声の主の足を斬っ払った。

斬っ払ったと見えたのは、義藤の脳中に描かれた幻影であり、実際には、短くなった櫂の残骸が、徒に、宙を截ったにすぎない。

低い姿勢になりすぎて身動きのとれぬ義藤の頭上へ、真っ向から刃が降ってきた。

義藤は観念して両眼を閉じた。降ってきた刃は、しかし、脳天に一寸を余して止められた。

「鯉九郎だったのか」

そう云って安堵の吐息をついた義藤に、朽木鯉九郎は心底でおどろいた。

（では大樹は、背後に迫ったのをこの鯉九郎と知らずに、いまのご一手を……）

鯉九郎は、ぞくっとするものをおぼえずにはいられなかった。しかし、それは胸に秘めておいて、別のことを云った。

「合戦場では、刀が折れたからというて、敵は慈悲をかけてはくれませぬ」

いまの場合、義藤は、折れた櫂などに眼もくれず、眼前の木の幹へ素手で挑みかかるべきであった。使いものにならなくなった武器を、いつまでもぼんやりと瞶めているようでは、たちまち敵に首を獲られてしまう。そこまで鯉九郎は諭さぬが、聡い義藤のほうで察している。

「未熟だな」

義藤は、おのれを叱った。上気した顔に悔しさが滲み出ている。

刀を鞘におさめた鯉九郎は、慥かにいまは未熟だが、

（やはり非凡の才におわす）

と修行の当初より抱いてきた感想を、あらためてもった。

鯉九郎が、義藤の背後に接近して、刀を抜いたのは、もとより義藤の油断を諌めるためであった。ところが、義藤は、背後にきた者が鯉九郎とは知らなかった。

師弟二人だけで修行しているのだから、声をかけるとすれば、鯉九郎のほかにはありえないのだが、義藤は、太刀打ちに没入するあまり、稽古中であることまで忘れてしまったらしい。義藤は、それを鯉九郎とは思わず、害心ある者とみなして、這うぐらいに腰を低く落とした振り向きざまの足斬りをもって応えた。

義藤の手に武器がなかった滑稽さを、この場合、笑うべきではない。気迫ののったおそるべき一颯であった。もし義藤の手に真剣があったとしたら、どうなっていたか。おそらく、鯉九郎の一撃が義藤の脳天へ達するより一瞬早く、鯉九郎の膝から下が断たれていたであろう。

義藤は、考えてあの一手を出したのでは、むろんない。五体が、咄嗟にあのように動いたのに違いなかった。

これと似たような閃きを、これまでにも義藤はしばしばみせて、鯉九郎に舌を巻か

せている。こうした義藤の剣の冴えには、天賦の才は云うに及ばず、過去に一度身につきかけたものを、鯉九郎の指南によって遽に思い出したような印象があった。

（おそらく、お玉という女子の教え方がよかったのだろう……）

義藤に容赦のない稽古をつけたという侍女のお玉のことを、鯉九郎は義藤自身の口からきいている。お玉は小太刀をよくしたというが、義藤の潜在能力を見抜いていたらしいことを思えば、女ながら尋常の遣い手ではなかったと想像できる。

お玉のあとにも、ひきつづきよき師を得ていたのなら、義藤は今頃、少年の身ながら凄まじい剣士になっていた筈である。鯉九郎はそう嘆息したことであった。

義藤本人は、むろん自身の天才にいまもって気づいていないし、鯉九郎もまた告げてはいない。告げるべきときは、義藤の天稟が存分に開花したときでなければならぬ。それまでは、

（型にはめてはならぬ）

型にはめれば、義藤の天稟を殺すことになる、と鯉九郎は思っている。

（このようなところを伊勢の忍びに見られず、まずはよかった……）

実は鯉九郎は、義藤の武芸師範となった当初に、伊勢貞孝によばれて、将軍家のご武芸鍛練はほどほどにと釘を刺されている。そのとき鯉九郎は、貞孝の真意を推測し

て、これが将軍家の執事とはあきれる、と心中で憤った。

これまでの足利将軍は、京兆なり伊勢なりの意のままになってきた。義藤の父義晴もしかりである。貞孝は、義藤が武芸に達することによって、戦闘的な武門の棟梁に育ち、伊勢らの傀儡であることから逸脱するのではないか、と惧れているのに違いなかった。

鯉九郎は、委細含みましてござる、と貞孝に向かって返辞をしておいた。

その後、義藤に稽古をつけはじめて、鯉九郎は、何者かの視線を感じるようになった。浮橋に探らせると、その視線の主は伊勢貞孝の放った忍びであると判明した。以来、鯉九郎は、その視線を感じたときは、義藤を無様なかっこうで地に転がし、武芸の才能などまるでないかのように、忍びの眼に見せつけてやることにしている。今日は幸いにも、伊勢の忍びが近くにいる気配はなかった。

そんなことを鯉九郎が考えている間に、義藤は汗を拭って肌をいれ、袴の紐をしめなおした。

腰に落とした差料は、大般若長光ではない。およそ一年前の嵐の夜、下京悪王子の歓喜楼で、鬼若と闘ったあと、義藤は大般若を鯉九郎に預けた。この名刀にはまだ腕が釣り合わぬ、と鯉九郎に指摘されたからであった。

「わが武芸が、大般若を執るに相応しきものとなる日まで、鯉九郎に預けおくぞ」

義藤はそう云ったものである。いまの腰の太刀は、無銘の相州物で、鯉九郎がえらんだ。むろん脇差ともども、寝刃を充分に合わせてある。

「鯉九郎。賀茂川まで出て、川漁師からまた櫂をもとめてこよう」

義藤は、今日の稽古をまだつづけるつもりらしい。鯉九郎は微笑した。

「きょうは、もうよろしいでしょう」

「わしはまだ、音をあげておらぬ」

「大樹の荒々しさに、それがしのほうが音をあげております」

「うそだな。猛き獣どもに育てられ、諸国に歴戦の鯉九郎が、音をあげることなどあるものか」

「猛き獣どもに育てられたとは、心外ですな」

「鯉九郎は、針畑の山奥で熊や狼とひとつ屋根の下に暮らしていた。弥五爺がそう申しておったぞ」

「親父どのはまた埒もないことを」

鯉九郎は苦笑を浮かべた。慥かに近江国も丹波高地に属する針畑は、深い山奥で、熊も狼も棲むが、ひとつ屋根の下ということはない。

鯉九郎は、義藤が弥五爺とよぶ朽木稙綱が、針畑谷の木地師のむすめに産ませた子である。むすめの名は、みお、といった。日本全国の木地師たちは、文徳天皇の第一皇子惟喬親王を業祖と仰ぐが、中には親王の末裔を称する人々も少なくない。みおの家も、そういう伝承をもっていた。みおは、鄙には稀な透きとおるような美貌の持ち主で、たとえ伝説であれ、高貴の血を想わせた。

しかし、みおは鯉九郎を産んで数日後に亡くなってしまう。稙綱は鯉九郎を引き取ろうとしたが、みおの父が手もとにおきたいと願い出た。母なし子が武家に庶流として入って苦労することを哀れんだのである。

情に厚い稙綱は、みおの父の願いをきき入れた。さらには、援助を惜しまず、年に一度は自身も奥深い針畑まで出向いて、鯉九郎の成長ぶりに眼を細めた。鯉九郎は、長ずるにつれて、そういう稙綱の影響をうけ、武士になりたいと切望しはじめる。祖父には気づかれぬよう、鯉九郎は弓術や刀槍の独り稽古に励んだ。ひそかに二年余も鍛練すると、自分は強くなったような気になった。

一夜、京畿の争乱から逃れてきた落武者の一団が、針畑谷に迷いこんだ。落武者といっても、素生は浮浪の徒にすぎぬ足軽雑兵どもである。餓狼にひとしい渠らは、鯉九郎の祖父を殺して、なにもかも掠奪した。鯉九郎は、敢然と立ち向かったが、武士ともいえないような輩に、まるで歯が立たず、崖から突き落とされてしまった。

二年間の鍛練は何だったのか。

鯉九郎は単身、修行の旅に出た。十六歳の夏のことであった。

「塔にあがってから戻ろう」

義藤が提案し、師弟はその場を離れた。ここは法観寺の裏手の杜の中である。

法観寺は、洛外の東にある。五条通（現在の松原通）から橋をわたって賀茂川を越え、その道を十数丁も進めば清水寺へ行き着くが、法観寺はそれより一本、北の道筋にあって、清水寺の参道とは産寧坂で通じている。

飛鳥時代の創建というこの寺は、創建者を聖徳太子とも渡来人の八坂氏とも伝え、当初は寺運盛大だったが、幾度となく兵火に焼かれて、しだいに衰えた。その後、源頼朝による再興や、上級武家の帰依した臨済禅の寺となったこともあって、その五重の卒塔婆を足利尊氏が山城国利生塔と定めてからは、足利将軍家より手厚くされる。

義藤と鯉九郎が杜を抜け出ると、焼物を焼く臭いが漂ってきた。このあたりには焼物師が多い。窯に火を入れたのであろう。

庫裏の横手へきたとき、義藤はここの住持が丹精している梨の実を、枝から二つもぎとった。ひとつを鯉九郎に放る。かじってみると、まだ熟しきっておらず、いくらか渋味があったが、稽古で渇いた喉には格別の味であった。

法観寺の寺域は、兵火に遇うたびにおのずから狭められてきたので、さして広いものではない。この寺が有名だったのは、俗に八坂ノ塔とよばれる五重の塔が、高々と聳えていたことによる。当時の京において、賀茂川をはさんで、西では東寺の五重塔、東では八坂ノ塔が、最も抜きんでた高層建築物であった。

その方三間余、高さ百五十余尺という八坂ノ塔を、義藤は見上げた。屋根瓦の上、庇の下、勾欄付きの廻廊などで、尻端折り姿の男たちが、何やら作業をしている。六代将軍義教の再建以来、応仁・文明ノ乱の兵火もまぬがれて百余年を経た純然たる和様建築物は、かなり傷んでおり、いま修繕の手がはいっていた。

むろん修繕中であろうとなかろうと、これは仏舎利を奉安する卒塔婆ゆえ、一般の参詣者が塔内へ入ることは許されぬ。参詣者は、外から塔を仰ぎ見て、掌を合わせるだけである。

といって、まだ大衆参詣の時代は訪れていないから、境内に参詣者の姿は甚だ少ない。その少ない善男善女も、修繕中の塔を拝するのでは有り難みが薄れると思うのか、太子堂のほうへ足を向けてしまう。

方丈に待たせておいた小姓たちが、義藤の稽古の声が熄んだので、住持を伴れて外へ出てきていた。義藤は、大刀を小姓に渡すと、短い階をあがって、扉を開け放したままの塔の初重内へ踏み入った。

いつものように、鯉九郎だけが、あとにつづく。鯉九郎は、しかし、塔内へ入ろうとして扉口で足を停めた。観音開きの扉を修繕中の男に、不審をおぼえたからである。

「与三次はどうした」

鯉九郎は男に訊いた。この修繕作業は十日ほど前から行われているが、初重の扉を担当しているのは、いつも与三次という三十歳前後の職人であった。気のいい男なので、鯉九郎は、義藤の供をして塔へあがるとき、必ず声をかけている。

「きょうから皆、交代になり申した」

細身の若い男は、逞しい武士から質問されたことに怯えたのか、ややあとずさって返辞をした。

「…………」

疑念を湧かせた鯉九郎だったが、義藤が早くも二重目へ向かって梯子を昇りはじめているのが見えたので、そうか、とだけ云って塔内へ入った。

鯉九郎の後ろ姿へ、ちらりと投げた男の視線は、遽に鋭いものにかわっている。

二

義藤と鯉九郎は、急角度に立てかけられた幅の狭い梯子を危なげなく昇っていく。幾度も昇って馴れていた。また修繕中のために各重の四方の扉が悉く全開してあるせいで、光は塔内へ充分に届いており、暗がりに足を踏み外す心配もなかった。

ただ、頭上には、絶えず気を配っていなければならぬ。塔内の建造木材が、初重から五重までを貫く太い心柱を中心にして、あとは縦横に組まれているため、自由に身動きのとれる空間が、ほとんどない。

古代インドで石や煉瓦で築いた半球形の墳墓だったストゥーパを、それを象った相輪というものを高楼の屋頂に立てた多重塔形式に変化させたのは、中国においてだったという。

日本の卒塔婆は、この中国形式を、石造ではなく木造として踏襲したものといってよいが、いくつか相違点もある。人の昇降を想定しているかいないか、というのが最大の違いであろう。

中国の卒塔婆は望楼をかねる。日本のそれは、仏舎利を奉安する神聖な建造物という理由で、何重の塔であろうと、二重より上は、人の昇降を拒む建築構造になっている。どうにか梯子をかけられるようになっているのは、保全管理のためにすぎぬ。各重に勾欄付きの廻廊が設けられてあるのも、同じ理由による。

それでもこの八坂ノ塔は、鎌倉幕府や、下って江戸幕府にも、遠見所として使用されたことがある。東からの洛中（らくちゅう）への主要な入口である三条大橋口と五条大橋口との中間に位置し、合わせて京市街を一望の下に監視できるのだから、ここが軍事目的に利用されたのも当然であろう。

義藤は、大刀を小姓にあずけて、腰には脇差を帯びているだけなので、狭い空間でもどこかにぶつけることはない。それでも念のため、左腰に立てるようにして差していた。

鯉九郎はといえば、脇差を背中へまわして差し、大刀は左手にさげている。

鯉九郎は、義藤の背後にぴたりと寄り添い、各重で修繕の職人の姿を見かけるたびに、かれらに向かって大刀の鯉口（こいぐち）を切る仕種をしてみせた。修繕の職人が全員交代したということが、まだひっかかっている。鯉九郎の懸念は、義藤に対する刺客にあった。

京兆邸で池田久宗が足利義晴に斬りかかり、かえって討たれてしまったという事件の起こったのは、三ケ月ばかり前のことである。

義晴暗殺は、久宗が旧知の奈々の方と謀って遂行せんとしたというが、あまりに不可解な点が多すぎて、事件直後から様々な流言蜚語が飛び交った。

久宗は、六郎晴元と和睦したばかりであったし、また義晴からも長く厚遇をあたえられてきた。奈々の方にいたっては義晴の寵姫ではないか。この二人がいま義晴を殺す動機は、まったく見当たらぬ。だいいち、義晴の死で、久宗も奈々も得るところはあるまい。

久宗の本拠の摂津池田では、久宗の死を三好宗三と六郎晴元の陰謀とみた。そのため、譜代衆と新参の宗三衆がついに公然と決裂することになった。

同時に、それぞれの後ろ楯である三好長慶と三好宗三の争いも一挙に表面化し、さらにはいずれに味方するが得策なりやと諸侯の思惑も入り乱れて、いまや京畿は一触即発の危機的状況を迎えている。

義藤は、その政争の当事者ではないが、将軍という幕府最高の地位が、いやおうなく関わらざるをえまい。三好氏の本拠である阿波国に長く将軍職を狙ってくすぶりつづけている足利義維・義栄父子の存在することなどを思えば、この争乱に乗じて義藤を亡き者にしようと悪謀をめぐらす者が出現しても、すこしもおかしくはない。

修繕の職人たちは、しかし、鯉九郎が剣気を発しても、何の反応も示さなかった。

(取り越し苦労だったか……)

よほど修行を積み、多くの修羅場を経験した者でない限り、鯉九郎の鋭い剣気に対してあえて無反応を装うことなどできない筈である。

四重まであがったところで、ふいに義藤が鯉九郎を振り返った。

「鯉九郎。これも修行か」

「は……」

鯉九郎には、咄嗟には何のことか分からなかった。

「鯉九郎が今にも刀を抜きそうな気構えでついてきていると感じたのだが……」

義藤は小首を傾(かし)げた。そうすると、やはりまだ十三歳の少年の貌(かお)で、あどけなくみえる。

(大樹は、おれの剣気を察せられたのか)

その愕(おどろ)きのあとに、鯉九郎の心を満たしたものは安堵感(あんどかん)であった。

(これならば、たとえ暗がりに刺客が潜んでおろうとも、大樹が不用意に討たれることはあるまい……)

鯉九郎は、義藤に微笑(ほほえ)んでみせた。

「たしかに、それがし、剣気を放ちました。その気配、お忘れなきように」

「そうか」

義藤の面に無邪気な悦びが表れる。

義藤と鯉九郎は、最上の五重目へ昇ると、西側の廻廊へ出た。

風がそよいでいる。稽古のあとの火照りが消えやらぬ膚には、爽快このうえない。

義藤は、高く澄明な秋空を仰いで、胸いっぱいに清爽の気を吸い込んだ。

眼下には、賀茂川を隔てて、京の市街がひろがっている。戦火のために興廃を繰り返しているから、市中にいれば、人間を含めた街の景観に様々な汚れも眼につく。それをこうして、遠くから眺め下ろしてみれば、

（美しいなあ……）

と義藤はいつも思う。義藤が、ここからの眺めを好む、ひとつの理由がそれであった。

寺院が多いせいで、瓦屋根に反射する朝の光のきらめきが、市街に広く点在している。百年近くも戦場でありつづけていることが嘘だとしか思えぬ、平穏そのものの景色といえた。

都がのんきそうに寝そべる盆地から、その周囲へ眼を転じてみる。北から西にかけ

て丹波・丹後の連山を、南には青丹よし奈良の山々を、遥か遠くまでくっきりと見渡すことができた。南西の山間をうねる淀川の青き流れも、眼に鮮やかである。

「やあ、今朝は海が見えるぞ」

義藤は歓声をあげた。慥かに、淀川の落ち込む摂津の海も、澄み切った秋景色の中に参加していた。

義藤の視線は、暫くの間、遥か彼方の海に注がれたまま動かなかった。

だが心は、視線の先の現実の海を見ていない。義藤は琵琶湖を見ていた。そして、その湖上に浮かぶ少女が艪を漕ぐ小舟を。

（真羽。どこにいる……）

あの鬼若の歓喜楼の土蔵で息絶えていた少女は、真羽ではなかった。

無念なことに鬼若は取り逃がしてしまったが、歓喜楼の遊女を訊問すると、坂本でさらった少女は二人いたという。この遊女は、相模国小田原で稼いでいたところを、鬼若に引き抜かれて、京への旅をともにしてきたので、そのときのことをよく憶えていた。

土蔵で鬼若がなぶり殺した少女は武家娘で、供の者が眼を離したわずかの隙に、鬼若があて落とした。京へきて、歓喜楼の土蔵へ閉じこめられてからも、ただ怯えて顫えるばかりで、満足に口もきけなかった。

いまひとりは、乗合船の遊女たちめがけて飛礫をうったほど気性の荒い子で、攫うときにも抵抗が烈しく、鬼若もいささか閉口した。一言も口をきかなかったことは武家娘と同じだったが、こちらはぎらぎらと燃えるような憎悪をその眼色に剝き出していたという。この少女が真羽であることは疑う余地がなかった。

真羽は京へ入って歓喜楼に着いたその日の夜に猿と一緒に逃げた、と遊女は云った。猿というのは、鬼若らが越前あたりを旅しているときに道連れになった少年で、名を日吉丸というが、顔も躰つきも仕種も猿そっくりなので、鬼若も遊女たちも猿とよんでいた。ひどく陽気で目端の利く少年で、旅の間じゅう皆が何かと重宝した。この日吉丸が、真羽を土蔵から連れ出して遁げたのである。武家娘は、そのとき鬼若の部屋へひっぱられていたのが不運であった。

日吉丸と真羽は、歓喜楼の裏手へ出たところで、鬼若の手下どもに発見され危地に陥った。そのとき通りすがりの旅の武士が、手下どもの前を塞ぎ、二人の遁走を容易にした。

武士の風貌は、深夜のことであり、手下どもがあっという間に昏倒させられてしまったこともあって、誰も憶えていなかった。

真羽は生きている。義藤の心に光明が射した。

鯉九郎は浮橋に真羽の足取りを追わせたが、真羽の脱出は、義藤が乗り込むひと月も前のことだったから、浮橋といえども、容易にその足跡を辿ることはできなかった。真羽と日吉丸は、鬼若の追跡を怖れたのか、よほど警戒して逃走したらしい。

しかし、考えてみれば、脱出後の真羽には、坂本の常在寺なり、京の今出川御所なりへ義藤を訪ねる時間は、充分すぎるほどあった筈である。そうしなかった理由は、いくつもあるわけではなかろう。再び不測の事態に陥って動くことができないのか、それとも、真羽にはもはや義藤のもとへ戻る気がないのか、いずれかでしかない。

或いは真羽は、放浪児の日吉丸と意気投合し、かれと生きていくほうが気楽だと考えたのかもしれぬ。義藤と真羽の、互いに対する想いがどのようなものであれ、所詮は身分違い。思い切りのよい真羽が、心のうちから強いて義藤の俤を追い出してしまったとしても、責められることではあるまい。

きっとそういうことなのだ、と義藤は思い到った。そうであるならば、これ以上、真羽の行方を探すのは、未練がましいことである。義藤は、今年の元日の朝、決意してみずから気分を一新させ、真羽のことはもうよい、と浮橋に告げた。

去年の秋から鯉九郎について開始した武芸稽古に、本当に力が入りはじめたのは、このときからであった。

それで、すっぱりと真羽のことを忘れられたわけではない。忘れていない証拠に、法観寺を修行場所のひとつに選んだ。このあたり一帯は八坂郷といい、真羽の出自した八坂祇園社は、この法観寺の北、眼と鼻の先にある。もしかして真羽が祇園社へ戻ってきて、いつかひょっこり出遇えるのではないか。そういう淡い期待が義藤の心のうちに、まったくないといえば、嘘になるであろう。

だが、今の義藤は、真羽のことをいつも想っているわけではない。ふとした拍子に、その俤がふっと脳裡を掠めるのにすぎぬ。ほろ苦さをおぼえることはあっても、以前のように切りつけられるような胸の痛みを伴うことはなくなった。

人の心はうつろいやすいなどと悟得するには若すぎる義藤は、そういう自分が時折、ひどく薄情な人間のように思える。それでも、おのが心のうちで真羽の占める場所が、日々狭まっていくのを止めようがなかった。

（ゆるせ……）

真羽の俤に謝ってから、義藤は、もう一度胸いっぱいに秋の朝の爽気を吸いこんだ。

「このごろ浮橋の姿が見えぬな」

義藤は、気を取り直そうと、その顔を思い浮かべるだけで、おかしさのこみあげてくる人物の名を口にした。

「あれは、物見高い男ですからな」

鯉九郎は笑った。

「それがしが京に落ち着いているのをよいことに、畿内の名所旧蹟などを飽かず見物しておるのでしょう」

「忍びの者とは皆、浮橋のようなのか」

「浮橋がことは異数と思し召されたほうがよろしいでしょう。たいていの忍びの者は、顔つき身ごなしにもどこか陰惨なものを漂わせております」

浮橋は、朽木谷に古くから伝わるという判官流の忍びで、鯉九郎が十六歳で諸国修行の旅へ出るとき、父の朽木稙綱が供によこした者である。以来、鯉九郎と浮橋の主従は、十年余をほとんど戦塵の中に過ごした。主従が鯉九郎の故郷の近江国針畑へ戻ってきたのは去年の夏だが、戻ってすぐに稙綱から鯉九郎は将軍家の武芸師範を命じられたのである。

実をいえば、浮橋はいま、畿内の名所旧蹟を訪れているのではなかった。鯉九郎の命によって、畿内からとびだし、地方の国々の実力者の器量や政治ぶり、庶民の暮らしや民情といったものを探っているのである。

義藤は将軍とはいっても、ひどく孤立した存在だ、と鯉九郎は思っている。幕府の政治は六郎晴元の手にあり、足利将軍家の家政は伊勢貞孝の思うがままではないか。また足利義晴といえば、鯉九郎のみたところ、義藤にはやさしい父親だが、ただそれだけの人であって、政治的にはまるでたよりにならぬ。このままでは、義藤の将軍としての未来に光明は見出せぬであろう。

鯉九郎が、この一年、側近く仕えてきて、義藤に対して抱いた感想というものは、

（大器におわす）

それであった。

（この戦乱の世を終熄へ向かわせる英雄の資質を蔵しておられる）

諸国の戦陣を渡り歩いて、これが数多の武将の下で働いた男の確信であった。

だが、いかに大器とはいえ、義藤は未だ十三歳の少年でしかない。その本領が表立ってあらわれてくるには、まだ四、五年の時を要するであろう。それまでこの大器が損なわれるようなことがあってはならぬ。鯉九郎はそう心を砕いている。

それと同時に鯉九郎は、義藤が見事な成長を遂げたとき、その政を輔ける巨きな器量と軍事力を有した武将にそばにいてもらわねばならぬと思う。むろんこのときの輔佐は、これまでの管領や有力守護大名らが行ったような将軍を傀儡とするものであ

ってはならぬ。おのが利害を捨て、将軍義藤を文字通り真の武門の棟梁と敬し、その手足となって天下の和平に向かって邁進できる人物でなければ、輔佐の意味がない。それほどの者は、鯉九郎のみるところ、畿内には存在せぬ。畿内の武将は、応仁ノ乱よりこのかた依然として、幕府内の権力闘争と京兆家の内訌の中でのみ汲々とする小人ばかりで、将軍を輔けてこの乱世に終止符を打てる者など、期待するだけでも無駄な努力といえよう。

その点、京から離れた地方の群雄にとっては、幕府も管領もほとんど存在しないに等しい。それは、ある種の束縛から解放されているということであり、そこに自由が生まれ、野性の時代が現出し、度量の広い奔放不羈の人間が輩出する。

鯉九郎が武者修行中に仕えたことのある甲斐の武田晴信や、相模の北条氏康などは、そうした大器量人たちであった。武田にせよ北条にせよ、いまはまだ近隣諸侯との戦いに忙しく、将軍を戴いて天下の治を望むまでの余裕はないし、また考えたことすらないであろう。

しかし武田、北条に限らず、地方の群雄の中から、いつかは天下の治をめざす巨人が出現する、と鯉九郎は確信している。そして、その時機は遠くない、と。

その巨人が現れたとき、義藤はこれを腹中へ呑み込まねばならぬ。そのためには、将来の巨人となるべき資質と力のある者に、いまから目星をつけておく必要がある。浮橋の諸国探索は、そういう鯉九郎の意を含んでいた。

「屋敷へ戻る」

義藤が勾欄においていた手を離した。それから鯉九郎を見て、唇を真一文字に引き結ぶ。

「今日こそ負けぬ」

と義藤が云うのへ、鯉九郎は微笑を返した。法観寺から義藤邸へ戻るとき、二人はいつも馬で競走する。義藤はいまだ一度として、鯉九郎に勝ったことがない。

義藤が先に、廻廊から塔内へ入り、五重から四重への梯子を下りはじめる。間をおかず、鯉九郎もつづく。

二人が四重へ下り立ったとき、開け放してあった四方の扉が、一斉に閉じられた。周囲に、すとん、と闇の幕が下りた感じであった。

たとえ扉を閉じても、連子から洩れ入る光が幾筋かある筈だが、それもあらかじめ塞がれてあったらしい。

(やはり刺客だった……)

そう悟ったときには、鯉九郎は、狭い空間にもかかわらず素早く大刀の鞘を払い、刀身を胸前へ立てている。

　そこから鯉九郎は、無言の気合を発して、大刀を真上へ突きあげた。ぐあっ、という悲鳴が降ってきた。五重から梯子を滑り下りてきた敵を串刺しにしたのである。

「鯉九郎っ」

　悲鳴を鯉九郎のものと勘違いしたのか、義藤が叫んだ。その声の湧いた場所めがけて白光が奔ったのを、鯉九郎は眼の端に捉えて蒼ざめた。

「大樹っ、伏せられよ」

三

　義藤は、低く身を沈めて、正面から襲ってきた白光を頭上一髪に躱し、敵と跳びちがえた。このとき、意識せずに鞘走らせた脇差に、敵の胴を存分に斬り割らせたのは、義藤の天稟というほかない。

　だが義藤自身は、手応えをほとんど感ぜず、ただ口笛に似たあの斬人音を聴いただけであった。

（わしが斬られたのかな）

咄嗟にはそう思いつつ、義藤は振り返る。跳びちがえた敵の黒影が、低い位置にある組材の横木へ頭をぶつけ、だだっと転倒するさまを、おぼろげながら認めることができた。

「大樹っ」

闇の中で鯉九郎の声が起こり、そのあたりで刃を合わせる音がして、火花が散った。

「大事ない。刺客の姿がよく見えるぞ」

義藤は、自分が落ち着いていることに、いささか愕いた。ただし、刺客の姿がよく見えると云ったのは、言葉のあやであり、その気配を容易に感ずることができる、と鯉九郎に伝えたかったのである。

間近で絶鳴が噴いた。また鯉九郎が、ひとり斬ったらしい。

壁を背にした義藤は、頭上の太い横木に蠢（うごめ）く殺気をおぼえるや、その真下へ五体を転がせた。直後、義藤の一瞬前にいた場所へ、黒影が刃を逆しまにして降り立った。

義藤は、低い片膝立（かたひざだ）ちの姿勢から、躰ごとぶつける勢いで、黒影の腰のあたりへ下から深々と脇差を突き入れる。骨まで達したのが、感触で分かった。

天井が迫り、かつ四方も狭い空間では、刃の短い剣で下段からの撥（は）ねあげか突きで戦うのが鉄則とはいえ、これを忠実に実践している義藤は、やはり非凡であった。

この間にも、鯉九郎のほうは、さらに二名を屠って、五重と四重を連絡する梯子を半ばあたりから横に断ち斬っている。

「大樹。扉からお離れなされ」

云われたとおり、義藤が身を避けると、鯉九郎は、両断した梯子の片割れを鑓のように脇にかまえ、それを一方の扉めがけて繰り出した。

観音開きの板扉の片方が、蝶番をとばして倒れた。光と風が、どっと入ってくる。空気も大きく動いて、四重内に充満していた血が、義藤の鼻に強く臭った。

同時に、刺客もひとり、外から跳び込んできたが、何にしても狭い。鯉九郎の梯子に前を塞がれて、その刺客は一瞬、光の中で棒立ちになった。ために、左側の陰の中から跳び出してきた義藤の刺突を、防ぎようがなかった。逆にいえば義藤が、敵の隙を捉えるに敏で、なおかつ、そこへ躊躇わず五体をぶつけていくだけの勇気を発揮したことによる。

(迅いっ)

鯉九郎は、眼を瞠った。義藤の動きの迅さは、その全身の筋肉が、脳から命じられる前に動いているような印象であった。

本格的な武芸稽古を始めてまだ一年許りの十三歳の少年が、暗闇で多勢の刺客に襲撃されるという、最も苛酷な実戦の場にいきなり立たされたのである。恐怖に竦みあがり、膝頭を顫わせ、或いは腰を抜かしたとしても、臆病者の誹りをうけるものではない。また、よしんば刀を抜いたとしても稽古通りのことをできないのが、まずはふつうであろう。

義藤は違った。面上に恐怖の色など微塵もみせず、鯉九郎に教授された以上の勝れた技と迅さでもって、刺客を次々と返り討ちにしている。

（天才が一挙に花開こうとしている）

その思いをもった鯉九郎の脳裡に、雲霞の大軍を率いて戦場を馳駆する義藤の雄姿がよぎる。武者ぶるいをおぼえずにはいられぬ恍惚の幻想であった。

義藤は、刺客の脇腹から刀を引き抜くと、光の当たる四重内を眺めやった。音と匂いと気配の世界で飛び交った黒影たちが、人間の死体という生々しい姿でころがっていた。それら七つの肉塊は、いまもまだ床に赤黒い染みをひろげつづけている。

（あのときも七人だった……）

洛北の山中で、七つの犬神人の死体の中に佇立していた自分を、義藤はふと思い出す。あのときの自分は、歯の根も合わぬほど顫えていたのではなかったか。

（わしは強くなったのか……）

なかば茫然とする義藤であった。

「大樹っ」

鯉九郎の叱咤で、義藤はわれに返った。鯉九郎は、義藤の右腕をつかみ、その先にある脇差の刀身から、懐紙で血を丁寧に拭いとっている。そうされていたことに気づかぬほど、暫し義藤はぼんやりとしてしまったらしい。

「刺客はまだ上にも下にもおりますぞ」

それに無言で頷いた義藤の眼に闘志の炎が戻った。

刺客の攻撃の熄んだ間隙を利して、鯉九郎が、自身と義藤の血刀に拭いをかけたのには、むろん理由がある。

刀というものは、斬り合いをすれば、ひしゃげてしまったり、刃こぼれしたりで、二人か三人も斬れば、あとは使いものにならなくなる。が、条件さえ整えば、そうとばかりも云いきれぬ。寝刃を充分に合わせた利刀を手錬者がふるうならば、場合によっては一刀をもって多人数を殺傷することが可能である。

困るのは血脂であった。刀身に血脂がべったりと付着して、それが乾いて固まってしまうと、どれほどの利刀であろうと、またいかなる名人が遣おうと、斬れ味は極端に鈍る。この時代、合戦場に砥ぎ石を携行した戦場往来人が少なくなかったのは、そのあたりの事情による。

　朽木鯉九郎も、そういう戦場往来人のひとりである。血脂を拭き取る時間的余裕がわずかでもあるのなら、そうすることで、少しでも刀の武器としての機能を長持ちさせるのは、当然の心得であった。

　刺客の側に立つのなら、義藤主従にそういう余裕を与えたことは、ひとつの失策といえようが、渠らにすれば、さいしょの攻撃であっという間に七人も失ったのである。義藤主従を侮れないとみて、遽に慎重になったのは無理もなかろう。

　何か気配を感じたのか、ふいに頭上を振り仰いだ鯉九郎が、義藤のからだを背後に庇って、すすっと後退する。上から降ってきて、床へ転がったものは、小さな壺であった。

　かすかな赤い光点が見える。焦げ臭い。鯉九郎は、はっとして、義藤を抱きかかえるようにして、床の隅へ跳んだ。

　二人が倒れこんだ瞬間、壺は轟然と爆発した。爆風で飛び散った壺の破片が、鯉九郎の頬を、ぴしりと打った。

「うっ」

　義藤が鼻口を手で被う。恐るべき悪臭が襲ってきたのである。鯉九郎も息を停める。

（彼奴（きゃっ）ら、忍びだったか……）

壺の中には、何十種類もの材料を粉末調合したものが詰められており、火薬によって爆発させて、現今（いま）でいう毒ガスをまき散らす仕掛けであった。これを浴びた者は、密閉された場所ならば、呼吸困難に陥り、やがて窒息死する。鯉九郎が心中で呟（つぶや）いたとおり、忍びの者が用いる火器のひとつで、臭瓶（しゅうびん）というものである。

ちなみに、大陸から日本へ火薬の伝来したのは八世紀頃だが、もとをただせば中国より渡来した遊芸人を祖とする忍者は、鉄炮（てっぽう）伝来のはるか以前から火器を独創、使用していた。南北朝争乱の頃より活躍をはじめた忍者が、人間とはちがう魔物のように一般の人々から思いこまれていたのも、そうした火器・火術を、自在に駆使してみせたことによるといってよい。

義藤が鼻口をふさぎつつ、ごほっごほっと咳（せき）こみはじめた。それを待っていたのだろう、三重から梯子を伝って、刺客たちがあがってきた。

鯉九郎は、素早く身を起こし、最初にあがってきた者へ大刀を投げつけ、その心臓を貫いた。次にあがってきた者の片方の足が、梯子から床へかかったところへ、鯉九郎は滑るように間合いを詰め、脇差のひと突きで、腹を正面から抉（えぐ）った。

鯉九郎は、息を停めたままだが、刺客どもは、鼻口を塞いだ濡（ぬ）れ手拭（てぬぐ）いを後頭で結んでいる。

三人目の刺客が、梯子をあがってきながら、腹を抉られた者の背を思い切り鯉九郎のほうへ突きとばした。はずみをくらった鯉九郎は、さすがに刀を引き抜きはしたが、もんどりうった。その拍子に、息を吐き出し、そして吸ってしまった。凄まじい悪臭に、烈しく鯉九郎はむせた。

刺客の刃が突き下ろされる。この者も濡れ手拭いで鼻口を被っているが、初重の扉の前で言葉を交わした男であることを、鯉九郎は瞬時に認めた。

鯉九郎は、床を転がって、突きを躱した。転がりながら、眼の端に義藤の動きを捉えている。

義藤は、悪臭から遁(のが)れるべく、扉のはずれた枠から外へ顔を出そうとしていた。その枠は、縦長に外の景色を切り取っている。上辺に四重の屋根の庇が、下辺には廻廊の勾欄が横切り、その中間を空の青が塗り潰(つぶ)している図であった。

苦しげに咳をする義藤の頸(くび)が、扉の倒れた枠から廻廊上へ突き出される。

「大樹、出てはなりませぬ」

鯉九郎が叫んだのと、義藤の頸めがけて上から銀光一閃(いっせん)したのが、ほとんど同時のことであった。廻廊にまだひとり刺客が息を殺して潜んでいた。

「くっ……」

義藤に気をとられた鯉九郎の左肩の肉を、刺客の刃が削ぎ取った。ぱあっ、と血が奔騰した。だが、鯉九郎は、自身の手傷より、扉のほうであがった悲鳴に蒼白となる。

鯉九郎は、刺客の胸を蹴りあげざま、床から撥ね起きた。その勢いのまま趨って、刺客の顎から頭蓋へはね斬った鯉九郎は、さっと踵を返すと、心臓が喉もとまでせりあがってきそうな不安を抱いたまま、扉のところへ走り寄った。

義藤は、廻廊上に頸を差しのべたかっこうで烈しく喘いでいたが、怪我はない。

悲鳴をあげたのは刺客のほうで、これは扉のすぐ左の廻廊上に仰のけで絶命していた。眉間に、忍びの者でもよほどの手錬者しか用いぬ飛苦無を、深々と突き立てられている。

「浮橋」

鯉九郎は、顔を輝かせて、その姿を探す。

頭上で、瓦を踏む乱れた足音がした。四重の屋根の上に人がいる。

男がひとり、四重の屋根上から真っ逆様に降ってきた。その恐怖にひきつった顔を鯉九郎が見たのは一瞬のことで、あとは三重の屋根に遮られて、墜落していく男の姿を視界に入れることはできなかった。ただ長く尾を曳く断末魔の悲鳴が聴こえたばかりである。

　四重の屋根の庇をつかんで、上からくるりと身を回転させ、三重の屋根上へ降り立った円い躰こそ、浮橋のものであった。

「昔から、現れるのがおそいやつだな」

　鯉九郎が、笑みを含んだ表情で睨んだ。

「主に似て、ひねくれておりますので」

と切り返して、浮橋のほうはにっと笑う。

「それよりも、若。いよいよにございますぞ」

「池田か」

「はい。とうとう譜代衆が、宗三衆を城から逐い出し申した」

　そういうことなら、将軍義藤への刺客も時機を合わせてのことかもしれぬ、と鯉九郎は考察した。

　義藤の喘ぎが、ようやくおさまろうとしている。

　鯉九郎は、左肩の鋭い痛みに、顔をしかめた。その痛みは、いまだ非力の義藤をのせた戦雲が大きく動きはじめたことを、厳しく実感させるものであった。

第八章　堺

一

堺は七つの海の汐香（しおか）漂う町であった。

その国際都市的繁栄は、応仁ノ乱後に遣明船が堺を発着地とするようになったことに始まる。対明貿易で巨富を得た堺は、朝鮮、琉球（りゅうきゅう）、呂宋（ルソン）、安南（アンナン）、暹羅（シャム）などとも繁（しげ）く往来して、益々その地球規模的な性格を強めていった。

これより八年後に来日するポルトガル人宣教師ヴィレラは、一方が海に面し三方を濠（ほり）で仕切った堺を訪れてみて、市の執政官（会合衆（えごうしゅう））による自治が布（し）かれていたことや、アジアや日本各地から人々が参集する商業市場としての殷賑（いんしん）ぶりも含めて、この街をヴェネツィアのようだと評した。ヴィレラに先立つこと七年前に本邦の土を踏んだかのフランシスコ・ザヴィエルでさえ、来日目的のひとつに、堺に貿易商館を設けることがあったというから、中世末期の堺の国際的知名度の高さのほどが偲ばれよう。

また、市民の中には、本願寺蓮如の経済的援助をした薬種屋樫木屋道顕のように、混血児もいたというあたりに、いかにも国際都市堺の面目躍如たるものがある。

このころの堺湊は、現今のそれとは比べものにならぬほど広々として水深もあり、一度に多数の船舶の着岸が容易であった。文明七年（一四七五）に堺湊を襲った大津波では、被害船数は数百隻だったというが、それから堺が飛躍的発展を遂げたことを思えば、七十年以上を経たこの時代には堺湊にどれほど多数の船の往来をみたか、想像を絶するものがある。

いまも、西方にひらけた海より、高い空から降り注ぐ秋の陽射しを浴びて、大船団が堺の湊へ入ってくるところであった。

これは商船の群れではない。甲板上まで多数の兵で埋まっている十隻の二形船を中心として、一艘につき十頭の軍馬を積載した馬船が二十艘に、これらを護衛する恰好で艤装をした関船と小早が大小五十余艘、合して船数八十余という兵馬の大輸送船団であった。

二形船は、船団の中央をすすむひときわ巨きな一隻以外は、いずれも千石から千二百石積の規模である。

　中央の一隻は二千石積で、これだけが総矢倉に高楼をかまえ、厚い装甲を施した安宅船に改造されたものであった。この大船団の総大将の御座船に相違ない。他の二形船が戦闘用の艤装をした安宅船に改造されていないのは、この航海ができるだけ多くの兵を輸送するのを第一目的としているためとみられる。

　夥しい数の船印、吹貫、幟、幕などの船飾りが、海風にはたはたと翻るさまは、まことに華やかで、壮観というほかはない。

　その華やぎの中心、御座船の高楼の廻廊に立って、近づきつつある堺の町をうち眺めている男がいた。袖なしのぶっさき羽織から剝き出しの双腕が、瘤つきの木の幹のようであり、隆々と盛り上がった右肩に、欛頭から鞘尻まで六尺以上あるに相違ない大太刀をひょいと担いでいる。

　それほどの大太刀が、さして途方もない代物にみえぬところが、この男の体格の凄さであった。巨人である。七尺を越えるかもしれぬ。

　十河又四郎一存。三好四兄弟の、これは末弟である。

　讃岐国山田郡蘇甲郷の在地領主の十河氏に、早くから養子に入って、四国における長兄長慶の勢力伸長の一翼を担うや、敵城を攻めてこれを抜くこと卵を割るよりも易しなどと豪語して、初陣から猛烈な戦ぶりで敵を顫えあがらせた。ために鬼十河、夜叉十河の異名を、敵より奉られた。

異名通り、まさしく一存は、その風貌も尋常ではなく、譬えて云うならば、室町中期の禅僧画家雪舟が描くところの、小鬼をつかまえた左腕を高く差しのべ、右手に長剣をひっさげて立つ鍾馗を思わせる。

耳の後ろまで鬢を抽いた髪型も異風だが、十河額という。これも敵が名付けた。当時、この十河額を数多の武士が真似ている。一存の武勇に肖らんがためであった。

「神太郎兄者。政所の太鼓がきこえるぞ」

一存は、この安宅船の左右を並走する関船に乗っていても聴こえそうな声を出す。

慥かに、太鼓の音が堺の町から伝わってきている。

三好氏は、堺北荘の西端の海船町に、邸宅を設けていた。ちなみに、堺という地名は、その北荘が摂津国、南荘が和泉国に属することから、両国の「境」に由来する。

この邸宅は、堺市政の中心として海船政所とよばれ、三好氏の勢威を誇示するように、湊に接して東西六丁、南北十二丁という広大な敷地を有した。現在の京都御苑とほぼ同程度の広さと考えてよい。

その政所を、一存は望見している。政所の長塀の内側、館の中央に望楼が聳え、これに上っている者が、船団の入ってくるのを遥か沖合にあるころから発見し、太鼓を打ち鳴らして市中に触れているのであった。

「神太郎兄者」

一存は、もう一度、後ろへ声をかける。

高楼の中と廻廊とを仕切る扉は、開放されている。中からゆっくりと出てきたのは、意外や、一存の兄とも思えぬほど小柄で、穏やかな顔つきの人であった。

服装も一存と違って侍烏帽子、直垂、小袴という武家らしいものである。但し、太刀を佩かず、脇差を帯びてもいない。風貌に似て、戦を好まぬ人物なのかもしれぬ。眉根のあたりに、わずかに憂いを滲ませている。

安宅神太郎冬康という。三好四兄弟の三番目である。

安宅氏は、もと紀伊水軍だったのが、南北朝時代に北軍に属して淡路国の海賊を討って以来、同国に土着して一族繁栄した。その後、細川氏が淡路守護になると、これに従い、次には三好氏の強勢におされて、長慶の次弟すなわち冬康を迎えた。

冬康は、少年時代から物静かで洞察力にすぐれ、また仁慈の人だったようで、そのため淡路の国人、地侍はたちまち懐いた。和歌や書法に堪能だが、といって文事のみの人ではなく、淡路水軍を率いて水際立った武略を一再ならず示している。

後年、京畿を制圧していたころの長慶は、政治上の問題がもちあがるたびに、

「神太郎ならどう処するであろうか」

と側近に洩らしたという。

この船団の船も水夫も、冬康の淡路水軍のものである。但し、乗っている軍兵の大半は、十河一存率いる讃岐兵であった。

一存の渡海目的が、三好宗三と決裂した長兄長慶の応援のためであることは、言を俟たぬ。冬康のほうは、今回は讃岐衆を堺に上陸させたら帰還する。冬康の淡路軍が投入されるのは、宗三との戦いがきわどいものになったとき、という策戦がすでに立てられていた。

ただ長慶の長弟の之康だけは、三好氏の本拠の阿波を出ることも、また表立って兵を送ることもできずにいる。

阿波兵の精強は、つとに京畿に鳴り響く。昨夏、長慶が六郎晴元軍の主将として、舎利寺に典厩二郎軍を大敗させたとき、その主力となって活躍したのも、之康率いる阿波軍であった。したがって、本来ならば、三好氏の興廃をかけたこの決戦にも、長慶は阿波軍を恃みとしたい。

それができない理由は、むろんある。長慶が上洛して摂津越水を居城とするようになったあと、阿波国では之康が守護細川持隆を傀儡として実権を揮っているのだが、この持隆は、管領細川六郎晴元とは従兄弟の関係であった。

六郎晴元が、三好宗三を後押ししていることは、前に述べた通りである。三好之康の公的立場が阿波守護家の家老にすぎぬ以上、とうぜん之康は主人の持隆に遠慮があり、かれ自身が表立って阿波兵を率いての出陣はならぬ道理といえた。これは長慶が、実際には六郎晴元と戦うのに、挙兵の目的は非道の三好宗三を除くことであって、主家の細川京兆に対しては何ら含むところはないと公言しているのに同然である。

下剋上の世とはいえ、主家を裏切ったり、滅ぼしたりするのに、戦国武将たちは、できるだけ世人の誹りを招かぬようにと細心の注意を払い、そのために自身も多大の犠牲を覚悟したものであった。

一存が、憂い顔の冬康をちらっと見下ろしてから、呵々と笑った。

「そう案じ顔ばかりしておっては、女子に好かれぬぞ、神太郎兄者」

これには冬康は苦笑せざるをえない。女子の近寄りがたい顔の持ち主は、一存のほうではないか。

「気がすすまぬでも、此度ばかりは六郎どのを討たねばなるまいぞ」

「やめい、又四郎。それは孫次郎兄上の本意でないことを忘れるでない」

孫次郎兄上とは、三好四兄弟の長兄、筑前守長慶をさす。

仁慈の人であり、また道義を重んじる冬康には、三好宗三のことはともかく、主筋の六郎晴元と戦うことに躊躇いがあった。

この時代、たよりがいのない主君を家臣が見限ることはめずらしくないが、これを討つとなると、話はまた別のものになる。

「本意でない筈はない」

一存が、笑いを消して、きっぱりと断じた。

「六郎どのは、われらが亡き父上の仇ぞ。兄者たちは顕本寺の天井を忘れたか」

いまを去る十六年前、六郎晴元が、三好宗三の讒言を容れ、三好四兄弟の父元長を本願寺門徒に急襲させて堺の顕本寺に自刃せしめたとき、元長は無念のあまり、腹を切るや、みずからの手で腸をつかみ出し、これを天井に投げつけたのち、絶命した。

その血染めの天井を、長慶はあえて、建て直した顕本寺に残している。亡父の怨みを、四兄弟が忘れぬためであった。

「忘れよう筈があるまい」

冬康は物静かに云う。

「だが、又四郎。怨みは、報ずれば、報ぜられる。果てしのないものぞ。ましてや、お主を弑するは、大逆。主殺しをした者が、その先、政を行うて世人の信を得られようか」

「旧いわ、神太郎兄者は。堀越公方の御子を討った伊勢新九郎（北条早雲）をみよ。美濃より土岐氏を駆逐した斎藤道三を思え。実の父親を追放した甲斐の武田晴信も大逆の罪というか。力ある者が、力なき者を討つのは、自然の理ぞ」

「六郎どのを討たいでも、戦には勝てる」

「おうさ。この又四郎が出陣して、負くることなどあろうや。されど、六郎どのを討たいでは、戦は終わらぬわ」

そこまで云って、一存は、やにわに振り向きざま、大太刀を鞘からすっぱ抜いて、高楼の板壁に斬りつけた。轟っと唸りを生ぜしめた凄絶な一颯であった。

板壁には、防蝕と火矢防ぎを兼ねた薄い銅板が貼られている。その銅板ごと、一存の大太刀は、板壁を斜めに斬り下げていた。

「ご無体な」

落ち着いた声を返して、板壁の内側から、すうっと姿を現した者は、開け放たれた仕切扉の近くに折り敷いて、臣下の礼をとった。差料を、害意のないことを示すため、右側においている。鐔の桔梗花の透かし彫りが、見事であった。

「何者だ」

一存は、抜き身をひっさげたまま、廻廊から睨みつける。

わが臣よ、と冬康が応じた。

「新参だが、遣える男だ」

「遣えすぎのようだな」

一存はなおも、その若者から視線をそらさず、詰問を投げつける。

「音もたてずに背後より忍び寄ったは、何か含むところあってか」

「そのようなつもりは、毛頭ござりませなんだ。身共は、摂津守さまに拙歌をご批評していただきたく、参上仕ったのにすぎませぬ」

「ほう。できたか」

摂津守冬康が、微笑する。この者は和歌を能くするので、船中でもものすることができたら、いつでも披露しにまいれと申し渡しておいたのだ、と冬康は一存に説明した。

それでもなお釈然としないようすの一存だったが、大太刀は鞘におさめた。

「どれ、みせてみよ」

と冬康に云われ、若者は、お目汚しになりまするが、と懐から短冊を差し出した。

「そのほう、ようもわが太刀を躱した。名をきいておこう」

一存は、和歌などより、若者の武芸の腕のただならぬほうに興味がある。

近江坂本の船着場で、歓喜楼の鬼若と叡山の荒法師玄尊との争いをおさめた若者は、鬼十河を恐れるふうもなく、凜とした声で名乗った。

「明智十兵衛光秀」

二

海船政所前の船着場は、多数の兵馬の下船と荷下ろしで、遽にごった返し始めた。

冬康、一存兄弟を出迎えた人々の中に、武士でない者も少なくない。富裕な町衆や法華寺の僧侶をはじめとする、いずれも堺の有力市民である。

このころの堺は、会合衆とよばれる豪商たちの富を背景に、四囲に濠をめぐらし、なかば治外法権的性格をもって、西欧の都市国家に近い形であった、とはよく云われる。

それは間違いではないが、いささか過大評価にすぎよう。実際には、堺が完全な自治による市政運営を行った時期はほとんどなく、この都市の繁栄は常に有力な武家勢力と結ばないではありえなかった。

足利初政期に十一ケ国を領した山名氏が、この市を泉府と称して本拠としたのにはじまり、次にはこれを討った西国の雄大内氏が後釜に座ったが、大内氏もまた幕府に抗して衰えると、その後は足利一門中最大の実力を誇った細川氏が堺を統べるようになる。

さらに応仁ノ乱後には、細川一門が管領職を争って内訌を繰り返したために、阿波守護細川家の家宰三好氏が、当初はこれを扶け、軈ては実権を奪って、堺を掌握するに到った。

たしかに宣教師ヴィレラは、日本国中に戦争があっても、堺に来れば敵対する者同士も友人のごとく談話往来し、この地において戦うことはない、と耶蘇会への通信文で記した。それを市民の自治が堅固だったからだと理由づけるのは、単純な解釈にすぎよう。莫大な貿易の利を生む堺で争乱を起こすことの愚を武将たちみずからが避け、また堺が常に実力者の軍事力によって護られていたからこそ、市民の自治は保たれたといえるのである。

別して三好氏の堺との関わりは深い。長慶の父元長などは、足利義晴の異母兄義維を奉じ、六郎晴元を首班に擁立して、短期間だが、この市に政庁をおいたことすらあった。近年、史家の研究がすすんでいる、いわゆる堺幕府である。

現今の堺を訪れてみれば分かるが、三好氏関係の寺院や史跡が、たいへん多いことに驚かされる。また、いまだに海船政所の跡地付近に製材所が少なくないのも、中世の阿波国が木材の一大産地で、これを経済的基盤に据えた三好氏が、堺をその集散地としていた名残であるといってもよい。

当時の堺は、三好軍団の畿内における、いわば兵站基地であった。したがって、堺の有力市民が、渡海してきた三好兄弟を出迎えるのは、当然のことといえた。

その中に、角頭巾に黒紗無紋の十徳を着けた三十歳前とおぼしい人物がいて、安宅冬康を見つけると、すすみ出てきて低頭した。

「摂津守さまには、恙のうご渡海なされ、祝着に存じあげまする」

「宗易どのにも、わざわざのお出迎え、痛み入り申す」

安宅冬康と千宗易は、両人ともに、当代随一の茶匠武野紹鷗の弟子で、かねてより親交があった。宗易は、のちの利休である。

今宵は、来援の讃岐衆のために海船政所では酒宴が催されるが、自分も弾正さまより招待されている、と宗易は云った。

れた。

「宴の折り、橘屋が種子島をご披露いたすことになっておりまする」

種子島とは、鉄炮のことである。堺の商人橘屋又三郎は、これより五年前に鉄炮が伝来するや、逸早く種子島に渡り、二年ばかり住んで製造法と射撃術を学んだのち、これを持ち帰って、堺に鉄炮製造業を勃興させた。ために又三郎は、鉄炮又とも称ばれた。

ただ、和製鉄炮は貴重なものであり、未だ大量生産の段階には到っていない。

「種子島のことも、弾正が計らいにござろうか」

冬康は、さりげなくきいたつもりだったが、宗易のほうでは、冬康の表情のわずかな動きから、ご不興らしいと見抜いている。

「弾正さまは、鉄炮は弓矢にかわるものになると思うておられますようで」

宗易自身も、そう思う。

「埒もない」

穏やかな語気ながら、冬康は苦々しげであった。

(これは、乱世の武将としては、松永弾正のほうが上……)

曖昧な微笑を浮かべた宗易は、心底では冬康の器量の限界を冷静に視ている。

この千宗易は、後世には茶人としての印象が強烈すぎて、もうひとつの顔を忘れられがちだが、渠もまた倉庫業も廻船業も金融業も営んだ強かな堺商人であった。むしろ会合衆のひとりとして、こちらが表の顔といってよい。豊臣秀吉時代に、政治に深く関与し、石田三成を向こうにまわして勢力争いをしたことなどを思えば、厳格な脱俗のわび茶とは掛け離れた、かなり生臭い一面を、宗易がもっていたことは容易に察せられよう。

（やはり向後も、飛鼠どののがことは疎かにすまい……）

飛鼠とは、蝙蝠のことで、宗易ら堺商人たちが、三好長慶の腹心として海船政所を取り仕切る松永弾正に、ひそかにつけた綽名である。

その弾正の異相を、宗易はちらりと思い浮かべたあと、急に声を落として云った。

「顕本寺に筑前守さまがまいっておられまする」

冬康は、大きく眼をみはった。

（孫次郎兄上が何故、いま堺に……）

「それから九曜屋形には……」

と宗易がなおも小声で冬康に何事か伝えようとしたとき、どこかで戦場鍛えの大声があがった。

「弾正は、なぜ出迎えぬか」

十河一存であった。船着場から、海船政所の西門へ向かってずんずん歩をすすめながら、一存は喚いている。怒り心頭に発した態で、鍾馗と見紛う顔が朱に染まっているため、怖れて誰も近づかない。

長慶の弟たちは、弾正をきらっている。理由は、弾正が何らの武功もないのに、長慶の寵を恃んで専断の振る舞いの少なくないことにあった。

ただ弾正の専断は、長慶の意を先んじて汲み取った上でのことであり、そのため長慶から益々重く用いられた。そうして出頭人となっていく弾正がまた、兄弟の不快感を募らせる。

わけても、武士の真価は戦場においてのみ問われるものと心得る鬼十河の眼には、弾正などは口先ばかりのへつらい者としか映っていない。そのあたりの機微を、三好の家臣は承知しているから、弾正が兄弟の出迎えを怠ったのはいかにもまずかったと思われた。

政所の広い敷地内へ入って、やがて主屋の玄関へ到達した一存は、そこにも出迎えの士の中に弾正の姿がないと見て、眦を引きつらせる。出迎えの者どもは、顫えあがった。

「弾正はどこにおる」

一存の問いに、すかさず、九曜屋形におられまするとの返辞があった。

「九曜屋形だとっ」

一存が愕いたのは、そこは六郎晴元が海船政所を訪れたときのために用意された一棟だったからである。

いまでは三好兄弟の敵となった六郎晴元が堺へ来ている筈はないから、弾正が九曜屋形にいる理由を、一存は咄嗟には思いつくことができなかった。

弾正が九曜屋形を居館にしているのだとしたら、これほどの不逞はない。その名のとおり、九曜屋形は細川氏の家紋の九曜を、中の襖や屏風などに描いた館なのである。

「弾正ごときが九曜屋形をつかいおるとは、いかなる料簡だ」

「いえ、弾正どのが居館としておられるのではなく、一昨夜遅くご来訪のお方に、弾正どのがあてがわれたのでございます」

「何者だ」

「われらは名を知らされておりませぬ」

「武家であろうな」

「は。身分卑しからぬお方のようにおみうけ仕りました」

ふん、と一存は鼻を鳴らしてから、主屋の玄関を離れ、勝手知ったる敷地内を、また大股に歩きはじめた。

（弾正め、増長いたしおって）

腕の一本も斬り落としてくれるか、と一存は本気で考えた。

九曜屋形の廊下を伝って、その続き部屋の前までくると、声もかけずに、次之間の障子戸をがらりと開けた。

こちらに背を向けて座していた男が、慌てもせず、ゆっくりと振り返った。堺商人たちが陰で飛鼠とよぶ異相が一存と相対する。

これはイエコウモリではなく、ウサギコウモリか。それほど弾正は、尖って長い耳をもっている。潰れた鼻、尖った口先、突き出た胸、鉤を思わせるような手指もそうだが、着衣が上下とも黒っぽいものであることが、弾正の風貌を一層蝙蝠じみたものにみせていた。

これで体軀が大柄であれば、戦場往来の猛将にもみえようが、その異相をかえって際立たせるように、躰つきは貧相そのものであった。稗や粟ばかり食らっている者とかわらぬ体格である。

「左衛門督どの。無礼にござりましょうぞ」

弾正が、一存に向かって叱声を浴びせた。その押し潰されたような声は、容貌に似て、あくが強い。

「なにっ」

左衛門督を通称とする一存は、気色ばんだ。弾正の態度は、三好の家臣が総領長慶の実弟にとるそれではない。

（こやつ）

怒りにまかせて、左手に提げた大太刀の鯉口を切ろうとした一存だったが、ふと室内の奥、上段之間にいる侍烏帽子の人物に眼をとめて、それを思い止まった。

「典厩二郎さまの御前にござり申す」

弾正が釘を刺すごとく云った。その一言は、一存の気勢を殺いだ。

一存は、あらためて、上段之間の人へ射るような視線を送る。両脇に扈従を控えさせた典厩二郎は、一存と弾正の険悪な成り行きを、不安げに見守っていたが、鬼十河の炬眼に見つめられると、怖じ気たか、眼の下の筋肉をひくひくさせた。

（これは六郎どのより小形だのう……）

一存は、ひと眼で、典厩二郎の凡庸なことを見抜いた。

通称を典厩二郎という細川氏綱は、つい半年ほど前までは、反六郎晴元派に担がれて、三好長慶と干戈を交えていた男だ。こんど六郎晴元を敵にまわすことになった長慶は、典厩二郎を名目上の総大将として擁することになったものである。また典厩二郎は、その資格だけは具備していた。

当時の細川一門は、五ケ国半を領しており、宗家の京兆家が摂津・丹波・讃岐・土佐四ケ国の守護を兼ね、庶流に阿波守護家、和泉半国守護家があった。といっても、これらは形ばかりの守護で、細川氏の威令が行き届いている国は、一国とてない。讃岐・阿波は三好兄弟の勢威強力で、摂津・丹波も大小の国人土豪が割拠し、和泉半国に到っては主（あるじ）なきにひとしい状態であった。

典厩家は、これら三家と違って、もともと知行は少なく、領国をもたぬ。ただ家格は高く、代々右馬頭（うまのかみ）（唐名で典厩）を官途として、将軍の御供（おとも）衆に列せられ、京兆家を輔佐する任を負った。

二郎氏綱は、前管領細川高国を輔佐した典厩細川尹賢（これかた）の子だが、高国の実子が没した後、その跡目を襲った。従って、二郎氏綱が右馬頭に任ぜられたことはなく、実際には典厩二郎とよばれるのは妙なものなのだが、これは典厩家出身の二郎どのというほどの意味である。このころの典厩家当主は、二郎の従兄弟の晴賢で、六郎晴元派であった。

前管領細川高国の家督相続者である典厩二郎が、京兆家を嗣（つ）いで管領職に就くべきは自分であると主張し、高国を滅ぼした六郎晴元に敵対しつづけるのは、正当といえばいえる。しかし、応仁ノ乱後の管領職は、戦って奪取するものであって、正当性を主張したところで、軍事的実力がなければ、誰も認めてはくれぬ。

典厩二郎が野望を達成するためには、結局は強大な軍事力をもつ者にたよらなければならなかった。それが、半年前まで敵だった三好長慶であろうと、六郎晴元を駆逐してくれるのなら、手を結ぶことを拒む理由はない。

むろん長慶の立場から云っても、典厩二郎を推戴(すいたい)せねばならぬ政治的理由がある。

過去の確執がどのようなものであれ、三好宗三を討つと称して、実は主君六郎晴元に刃を向ける長慶は、つまりは逆臣である。いくら反六郎晴元派の諸侯が、長慶の実力を認めていても、逆臣の旗の下に馳(は)せ参じるのを、とうぜん躊躇(ためら)う。また六郎晴元が、将軍を後見する足利義晴を抱え込んでおり、将軍家からみれば陪臣にすぎぬ長慶では、それだけでも一方の旗頭にはなりえぬ。身分的に軽いのである。

ところが、実質的には同じ戦いでも、前管領の跡目たる典厩二郎が、六郎晴元の幕政壟断(ろうだん)の非を鳴らして、これを討つのを長慶が援(たす)けるという体裁をとるだけで、事情は一変する。

戦国時代というと、実力だけがものをいい、武家社会のそうした仕組みは崩壊していたと思われがちだが、実情は決してそのようではなかった。源平争乱で無力な頼朝が総大将に担がれて以来、血統や家柄の良い者を戴いて戦うという武門のならいは、厳然と生きつづけていた。

十河一存は、長慶が典厩二郎を戴くことを、むろん事前に知らされてはいたが、こうも早くとりこんでいようとは、予想していなかった。或いは、長慶と六郎晴元の決裂を知って、典厩二郎のほうから早々に渡りをつけてきたのかもしれぬ。

いずれにせよ、名ばかりとはいえ、総大将となる典厩二郎に対しては、一存もそれなりの礼をとらねばならぬ。一存は、鴨居の下に長軀を折り曲げて、のそりと中へ入った。

はるか上段之間の典厩二郎は、巨人が敷居をまたいできたのを恐怖し、腰を浮かしかける。

「典厩二郎どのにご挨拶申し上げる。退け、弾正」

一存は、弾正の背後に突っ立った。

次之間のほぼ中央に座していた弾正は、身をわずかに一存の左側へずらす。そのようすを、一存はぎょろっとした双眼で睨みつけるや、おのれは、と怒号しざま、大太刀の鞘で弾正の首を払った。

頸骨が折れたのではないかと思われる音がして、弾正の貧相な五体は大きく吹っ飛び、障子戸を破って廊下へ転がり出た。

「おのれの席は、そこだ」

弾正にとって主である長慶の実弟一存が次之間を座とするからには、弾正の身分では、次之間でもはるか下座に控えるか、或いは廊下に出なければならぬ。そのことを一存は、弾正に思い知らせた。

だが、一存のこの論理は強引にすぎる。何故なら、弾正にとって、主筋は三好氏であって十河氏にあらず。また弾正は、その三好氏総領の長慶から、この海船政所をあずけられている者。一存を遇するに、長慶の客将としての扱い以上にする必要はなかった。

それでも弾正は、直ちに身を起こして、廊下に平伏した。抵抗の言葉を発するどころか、まったくの無言である。

それで溜飲を下げたものか、一存はようやく頷くと、上段之間へ向き直って、その場にあぐらをかき、蒼ざめた表情の典厩二郎に向かって挨拶をはじめた。

「讃岐国十河城城主、左衛門督、十河又四郎一存にござり申す」

その一存の大音を耳にしつつ、廊下に平伏している弾正の姿は、これから食い殺す昆虫めがけて、いまにも飛び立たんとする闇中の蝙蝠にそっくりであった。

三

三好長慶は、一昨夜密かに典厩二郎を伴れて、みずからも堺へ赴いて来た理由を、そう説明した。

「典厩二郎どのも、六郎どのに劣らず、堺では評判が悪うございますからな」

弟の冬康は、疲れたようすに見える兄の身を案じる眼色で云った。

六郎晴元と戦をするにあたっては、武器の調達も含めた経済的支援を、堺の富商たちにたのむことになるが、長慶が推戴する典厩二郎はかつて堺を攻めたことがあって、会合衆に好かれていない。それで長慶は昨夜、千宗易ら会合衆の代表を数人、この顕本寺へ内密によんで、典厩二郎のことで、かれらに納得のいく折り合いをつけた。おそらく無尽蔵ともいえる富を所有する堺商人たちに対して、こうした政治的配慮をしないでは、三好氏が戦争に勝利することは、およそ不可能であろう。

「摂津の国人衆の旗幟は、いかがにござりましょう」

「会合衆の諸意をな」

冬康が問うのへ、

「伊丹と茨木のほかは、ほぼわが陣に翻ることになろう」

満足そうにこたえた三好長慶、二十七歳。骨柄逞しく、実直そうな風貌の持ち主で、とてものこと主君六郎晴元への逆意を蔵しているようには見えぬ。

ここは、三好兄弟の父元長戦死の地、堺南荘顕本寺の一室である。長慶、冬康の二人きりであった。

兄弟は、かねてより幾度も使者を遣わし合って、戦略については練りあげており、長慶はその確認のために、堺滞在を一日延ばして、冬康をよんだものである。

十河一存を同席させていないのは、長慶がひそかに堺へきていることを、一存には知らせてないからであった。一存は、その身を動かすだけで目立つ存在であり、生来の武辺者らしく策を用いることを厭う。そういう男と秘密の会見などすれば、長慶の隠密裡の行動は敵方へ洩れる危険性がある。もしいま長慶が堺へ出向いていると敵に察知されようものなら、六郎晴元は主のいない越水城を一挙に攻囲しないとも限らぬ。

戸外で時鐘が鳴った。亥ノ中刻（午後十時）である。冬康が海船政所の酒宴を中座して、顕本寺へ赴いたのが初更ごろだったから、二人の密談は一刻近くに及んでいた。

「わしは夜明けに発つ」

と長慶は云った。商船に乗って、西宮の浜まで出て、そこから陸路、わずかに北上して、越水へ帰るのである。難波(なにわ)の海の東端をひとまたぎするだけゆえ、距離は五、六里ほどしかなく、夜明けに出立すれば、かなり余裕をもって朝のうちに帰城できる。

「典厩二郎どのを、このまま堺にとどめおかれますのか」

「六郎どのは、いざとなれば、どのような手段を用いても二郎どののお命を狙(ねら)うであろう。堺におれば大事ない。むろん、六郎どのが戦陣に出張ってまいられた場合は、二郎どのにも総大将として出陣していただく」

二郎どのがことは弾正にまかせておけばよい、と長慶は付け加えた。

このとき冬康の穏やかな面に、かすかに血が昇ったのに気づかず、長慶は、ではこれまでと致そう、と云って立ち上がった。

「兄上」

冬康がよびとめる。不作法だったため、長慶はいささか驚いた。冬康らしくない。

「何かの」

長慶は、また腰をおろす。

「ひとつだけ、おきかせ願いとう存ずる」

「云うてみよ」

「将軍家がことは、いかがなされます」

それだけでは、冬康の云いたいことが咄嗟には解しかねるのか、長慶は怪訝そうな面持ちになった。

「平島の義維公、義栄公御父子におかせられましては、此度のことに御期待を寄せておられましょう」

「………」

長慶は、道義と仁慈の人といわれる弟の心中を窺おうとするかのように、その温顔に凝っと鋭い視線を注いだ。

阿波国那加郡平島に、阿波守護細川持隆より三千貫を賦与されて暮らす将軍家の血筋があった。すなわち、足利義維とその子義栄である。義維は、公的には足利義晴の異母弟ということになっているが、事実は一歳か二歳上の異母兄であった。

義維・義晴兄弟の父の義澄は、十一代将軍だったころ、前将軍義稙を擁した細川高国によって京を逐われ、流浪の果てに竟に将軍職を剝奪されて、失意のうちに亡くなっている。

このとき、高国の政敵細川澄元（六郎晴元の父）も、自身の後ろ楯だった三好之長（長慶の曾祖父）の敗死で撤退を余儀なくされたが、時節到来を期すため、本拠の阿波へ帰国するのに、義澄の長子義維を伴った。ところが澄元は、時節に出遇うことなく病死してしまう。

一方、京都では、将軍職に返り咲いた義稙が、たちまち高国と不仲になって追放の憂き目に遇い、これもまた阿波へ逃れた。それで高国が、近江に逼塞していた義澄の遺児義晴をひっぱりだしてきて十二代将軍に樹てると、阿波の義稙は義維を養子として京都奪回の野望を燃やした。

義稙の野望は、その死後、三好元長（長慶の父）の力によって、なかば達成されかける。前に触れたが、元長は足利義維を奉戴し、澄元の遺児六郎晴元を首班として、堺に幕府を開いたのである。そのさい義維は、従五位下・左馬頭に叙任された。これは、将軍となる前段階まで昇ったことを意味する。

しかし、高国を滅ぼした元長の増長をおそれた六郎晴元が、三好宗三と謀って、これを顕本寺に攻め滅ぼしたことも、前に述べた。義維がどれほど元長をたのみとしていたかは、顕本寺が六郎晴元の放った一向一揆の大軍に包囲されたとき、自分も中へ入って元長と一緒に死ぬと云った一事だけで、察することができよう。これはさすがに六郎晴元の手の者に制せられてしまったが、元長の惨死は義維を絶望させたという。

その後、義晴を擁した旧高国党の抵抗が根強かったために、義維が将軍職に就ける望みは次第に薄れていく。六郎晴元としても、元長さえ排除してしまえば、あえて危険を負って義維の望みをかなえてやる義理はなかった。

再び平島にくすぶる身となった義維は、以後も幾度か上洛の機会を得られそうになっては、そのたびに諸々（もろもろ）の情勢がゆるさず、思いを遂げられないまま今日に到っている。

義維にすれば、足利氏の中で自分以上の尊貴の身はないと信じていた。義維は、十代将軍義稙の養子にして、十一代将軍義澄の長子であると同時に、十二代将軍義晴の兄でもあり、また当代義藤の伯父にあたる。足利将軍になるべき血筋的資格を、これほど華麗なまでにもちあわせた者は、ほかにはいないといってよい。

また、十二代将軍となった弟義晴は、父義澄お手付きの下婢（はしため）より生まれ出たが、義維のほうは、足利一門の名族斯波（しば）氏の腹より誕生している。この一事をもってしても、将軍になるべきは自分のほうではないかと義維は思う。

なのに将軍になれぬどころか、京より海を隔てて遠く離れた阿波の田舎（いなか）に、わずかな供廻（ともまわ）りとともに侘（わび）しく暮らす毎日である。この境遇は、義維にとって、不当であり、屈辱的ですらあった。

それを堪（た）え忍んできた義維の心の支えは、いつかは必ず将軍になる、という恐ろしいまでの妄執であった。こんどの長慶の六郎晴元への謀叛によって、その妄執に希望の光が当てられた、と義維が期待するのは当然であろう。義維・義栄父子は、表向きは阿波守護細川持隆を保護者と恃むが、実際には三好氏に扶養されている。

そのあたりのことを冬康は問い質そうとしているのだ、と長慶は察した。

「神太郎。そなたらしゅうもない愚問よな」

暫しの沈黙の後、ようやく長慶は云った。きっぱりとした口調である。

「六郎どのには管領職を退いていただくことになろうが、この長慶、将軍家に対し奉り、異心はないぞ」

それとも、と長慶はつづけた。

「将軍家がこと、義維公ご自身より出たお言葉か」

「いえ、さようなことは。ただこの神太郎が、義維公のお気持ちをかってに忖度いたしたにすぎませぬ」

「そなたの云わんとするところは分かる。義維公は、われらが亡き父上のなされしことと同様のことを、われら兄弟に望んでおられるからの。されど、父上の頃とは、もはや情勢がちがう。将軍職も義晴公のお血筋へ世襲されておるいま、おそれながら義維公にはご野心をお棄ていただかねばならぬ」

ならば、ご当代の義藤公が身罷(みまか)りしときは、という問いを冬康は発しなかった。

(孫次郎兄上は刺客のことをご存知ない)

そう信ずるに到ったからである。

ひと月ほど前、京都東山の法観寺で将軍義藤が刺客団に襲撃された事実を知る者は、少ない。義藤がなぜか、その場に居合わせた供廻りの者たちに、箝口令(かんこうれい)を布(し)いたからであった。池田の問題で畿内の情勢が緊迫している最中のことだったゆえ、或(ある)いは争乱が一挙に拡大することを憂えて、義藤はあえて沈黙を守ったのかもしれぬ。とすれば、義藤という将軍は、年少ながらなかなかの器量であると冬康は思った。

それは措(お)くとして、冬康が刺客団のことを知ったのは、偶然ではない。

三好の知謀は安宅冬康より出ずる、といわれるくらいで、冬康は京畿の情報を自身の手の者に絶えず集めさせている。義藤が何者ともしれぬ刺客団に襲われたが、無事だったという一件も、そうして知りえたのである。

冬康は真っ先に義維を疑った。義藤が死ねば、次代の将軍として、義維自身はむりとしても、その子義栄が有力視される可能性は大きい。

冬康は、十日前、兄之康と会見すべく、阿波へ渡った。阿波国内の三好宗三派をおさえるのに、必要とあらば、守護家の怒りに触れぬ程度に淡路から助力することを、あらためて約束するためであった。

その帰途、冬康は、ご機嫌伺いと称して、平島へ立ち寄った。義維のようすから、はたして刺客団と関わりがあるのかどうか、それとなく探ろうとしたのである。義維の印象は、黒に近い灰色であった。

ところが辞去するさい、門前まで送ってきた義栄が、なにげなく云った一言に、冬康は愕然(がくぜん)とした。義栄は、従兄弟の将軍義藤より二歳下のまだ子どもである。

「夏に弾正の持参した菓子は旨(うま)かったな」

夏に松永弾正が平島を訪れたことなど、義維は冬康に一言も云わなかったではないか。

夏のある夜、弾正は義栄が寝所へ入るころに平島館(やかた)へきたそうで、義栄はその姿をちょっと見かけただけであった。翌朝、目覚めたときには、すでに弾正の姿はなかった。その朝、父義維が、これは堺から届いたものじゃと云って菓子を差し出したので、義栄は弾正がもってきたのだなと思ったという。夜分に訪問して、夜明け前に出ていったということは、義維と弾正が人に聞かれたくない密議をこらしたと考えて間違いあるまい。

弾正は長慶の懐刀(ふところがたな)である。となれば、その一夜の密議は、長慶の密命を帯びた弾正が、義維の言質をとりにいったものではなかったろうか。すなわち、将軍暗殺計画に対する義維の承諾である。

幸か不幸か将軍暗殺は未遂に終わったが、もし刺客を放ったのが長慶だったとしたら、いかに兄とはいえ冬康にはゆるせるものではない。かつて義維を将軍に樹てようとした亡父元長でさえ、当時の将軍義晴に対してそこまでの逆意を抱いたことはなかった。京を治め、畿内を掌握せんと欲するのは、乱世の武将としてはやむをえぬが、将軍殺害ばかりは悪逆非道にすぎる。

「将軍家がことは、いかがなされます」

と冬康が長慶に投げた問いの裏には、実はそういう経緯と冬康の思いが隠されていたのである。だが、長慶の反応は、将軍暗殺未遂事件を知っている者のそれではなかった。

身内に安堵感のひろがるのをおぼえながら、冬康は、

「由ないことをおききいたし、申し訳もござらぬ」

兄に向かって、深く頭をさげた。

そうして顕本寺から辞した冬康が、海船政所へ戻ると、主屋ではそろそろ宴も果てようというようすであった。

海船政所に滞在中の冬康は、主屋からはかなり隔たって建つ、木立に囲まれた離屋(はなれ)に起居する。

「弾正をよんでまいれ」

離屋へ入るなり、冬康は近侍の者に命じた。

(将軍への刺客は、弾正ひとりの計らいであろう……)

今では、そう確信している冬康であった。

四

弾正が離屋へ伺候すると、冬康は燭(しょく)を灯(とも)して読書に耽(ふけ)っていた。

「松永弾正、お召しにより参上仕ってござる」

背を向けたまま冬康は、うむと頷いただけで、書見をやめようとはせぬ。弾正は、苛立(いらだ)ちはしないが、苦々しげに尖った唇許(くちもと)をゆがめた。

(何用あるか知らぬが、これが神太郎どのがいつもの手よ……)

冬康はいつも、鷹揚(おうよう)たる風姿をみせて、心に疚(やま)しいことのある者を落ち着かなくさせる。尤(もっと)も戦国史に極悪人として名を残すことになる弾正には、さしたる効き目はない。

この松永弾正久秀が三好長慶に仕えるようになった時期は、長慶が畿内で活動をはじめた天文二、三年ごろである。当時まだ十二、三歳だった長慶が弾正を気に入った理由は、この男が京都とその周辺の事情に精通していたからであった。

戦国時代の三大梟雄の中でも、松永弾正は、北条早雲や斎藤道三以上に素生が知れないといわれる。摂津の百姓の伜だったとか、京都西岡の商人くずれだったとか、あるいは、斎院の賤隷あがりという説もある。

しかし、弾正は最初、右筆として長慶に仕えた。右筆は文書を司る職掌ゆえ、教養を必要とする。となれば、弾正の出自は賤しいものではない。また弾正の弟長頼が、三好軍団の部将として早くから武名を挙げていたことが史料にみえており、これが事実とすれば、兄である弾正がもともと武士でなかったとは考えにくい。弾正は、やはり三好氏あるいは細川氏の被官で、阿波の出身とみるのが自然であろう。

弾正は、三好長慶よりも十余歳の年長ゆえ、最初は長慶上洛以前の晴元政権下で、端役ながら文吏に任じられていたのではないか。そのころ弟長頼は、阿波にあって三好長慶の近習だったかもしれぬ。そのつながりで、長慶が上洛した際に弾正と会い、その才を見込んだものであろう。

長慶の右筆となった弾正は、文書を作成する段に、若い長慶に様々な献言をしたに違いなく、それで次第に信を得た。弾正は、経済にも明るかったのか、やがて訴訟事を任されるようになる。富の集散する堺の政所代官に任じられたのも、そういう才幹をもちあわせていたからであろう。

このようにして弾正は、文吏として出世してきた男であった。

ところが、三好の自慢は兵にあるから、弾正も戦場に出る。出るが、しかし、さしたる武略を顕すこともなければ、むろん十河一存のような勇猛さも、このころの弾正は表に出すことがなかった。

そのため、武辺者の十河一存などが、何の武功もないのに、長慶の寵をたのんで権勢家になろうとする弾正を、鼻持ちならぬ奴と思うのは、無理からぬことであったろう。

こういう感情は、ひとり一存のみのものではなく、その兄たちである三好之康も安宅冬康も、少なからずもっている。ただ冬康の場合は、一存のように直情径行ではなく、また物事を深く考える性質でもあったから、弾正の異能をそれはそれとして評価していた。

やがて冬康が、書見のきりがついたらしく、膝をずらして温顔をゆっくり弾正のほ

う へ向ける。視線だけが鋭かった。

「平島にかまうでない」

弾正は、内心、あっと思ったが、その一瞬の狼狽を表情に出すようなまねはしない。

（おれが将軍へ刺客を放ったことを知っているのか……）

冬康の想像通り、義藤へ刺客団を差し向けたのは、弾正の独断だったのである。

事前に長慶に相談すれば、反対されるに決まっていた。六郎晴元の命を奪う決心さえつかぬ長慶には、将軍弑逆など思いも及ばぬことであろう。それで弾正は、阿波平島の足利義維を唆した。独断といっても、上に命じられたという形をとっておかねば、後々の保身がおぼつかないからである。

夏のある夜、平島を訪れた弾正は、将軍暗殺計画を明かして、義維の言質をとるのに成功した。将軍職への妄執が棄てられぬ義維にすれば、否やはなかった。

弾正は、将軍暗殺計画を、極秘裡にすすめる。長慶には、成功した後で告げるつもりでいた。

周到にも弾正は、刺客団を、東山の法観寺ばかりではなく、北山鹿苑寺と奈良の興福寺にも送って、待機させておいた。両寺には、義藤の二人の弟が、早くから入室している。義藤暗殺が成功したら直ちに、その弟たちも殺害する手筈であった。

事が首尾よく運んでいれば、義藤の擁立者である六郎晴元は、これを三好長慶の仕業と決めつけて激怒し、長慶を絶対にゆるさなかったに違いない。

そうなった場合、長慶の立場はどういうものになるか。

義藤とその弟たちが死ねば、次期将軍となるべき人間は、誰の眼からみても、阿波の義維・義栄父子のほかにはありえぬ。そして、この父子の事実上の養護者たる三好長慶は、長慶自身が好むと好まざるとにかかわらず、一挙に六郎晴元を跳びこえて、名実ともに幕府首相の地位に就かざるをえない立場に追い込まれるのである。

つまり、六郎晴元に対し下剋上を行わざるをえないところまで長慶を追い込む。弾正の狙いは、その一点にあった。

だからといって、弾正の将軍暗殺計画は、主人長慶の栄達を願うあまりの行き過ぎた忠義心から思いついたことでは、まったくない。これは、弾正自身が頂点に昇りつめるための、前段階にすぎぬ。まず主人を頂点まで押しあげ、その後で何もかも乗っ取る。そういう遠大な悪謀を、弾正という男は抱いていた。

弾正は、まさか冬康がそこまで見抜いているとは思えなかったが、将軍暗殺未遂の一件を知られてしまったことだけは疑いなかった。

（どうして知ったのだ……）

三好につながりそうな者は、ひとりも刺客につかってはいない。全員、伊賀忍びで、それも弾正まで辿れぬよう、何人もの仲介者を入れての暗殺依頼であった。

暗殺失敗のあと、将軍家が騒いだようすもないし、また騒いだとしても、刺客団が何者の命令で動いたか知れる筈はなかった。

（やはり神太郎どのは、三好の知恵嚢。侮れぬわ……）

蝙蝠顔が、みるみる歪んでいく。がばっと弾正は板床に額をこすりつけた。

「畏れ入りましてござりまする」

そのまま弾正は両肩を顫わせ、嗚咽の声を洩らしはじめる。

「左馬頭（義維）さまのご不遇を思い、またわがご主君、筑前守さまの京兆家に疎んぜられるを見るにつけ、この弾正、臣として口惜しいばかりにござり申した。このうえは、あまりの無道とは知りつつも、将軍家を……将軍家を……」

弾正の涙声が途切れがちになる。

「弑し奉って……」

そこまで告白したとき、もうよい、と冬康が遮った。

「弾正が愚かでござり申した」

叫ぶように云って、弾正はその場に突っ伏すと、憚ることなく号泣する。心からの後悔のために身も世もあらぬという態であった。

ここで冬康に、おのれの悪業を恥じて自裁せよと命じられれば、弾正の命は終わる。だが、弾正には確信があった。仁者冬康は、泣きすがる弱い人間を見棄てたりはせぬ。冬康は、弾正が気を鎮めるのを、辛抱強く待っている。

やがて弾正が泣きやむと、それを受け継ぐかのように、鈴虫が鳴きはじめた。弾正が思わずはっと面をあげたほど近いところで、ふいに起こった鳴き声である。

冬康の膝前(ひざまえ)の床に、いつのまにか虫籠(むしかご)がおかれていて、鈴虫はその中で鳴いていた。いまや秋たけなわで、鈴虫の時季はわずかに過ぎているが、めずらしいというほどでもない。だが冬康は、意外なことを云った。

「去年の秋に捕らえての」

おほかたの秋をば憂(う)しと知りにしを
　ふり捨てがたき鈴虫の声

源氏物語に登場する女三ノ宮の歌を、なんのつもりか、冬康は低く詠じる。

「飼ってみぬか、弾正」

冬康は、腕を伸ばして、虫籠をそうっと弾正の前へ押しやった。

「心より慈しめば、三年は生きよう」

命の尊さを知れ、と冬康は云いたい。いま将軍を殺せば、畿内はますます混乱し、あちこちでまた戦が勃発して死人が殖え、無益な許りではないか、それを分かれ、弾正。去秋より生きつづける鈴虫をもって、冬康はそう諭していた。

この諷諫はつまり、今回だけは罪を問わず、誰にも告げぬと冬康が約束してくれたもの、と弾正は理解した。理解するや、

（さすがに仁者よ、甘い甘い）

内心では嘲りながらも、感極まったとしか見えないような表情を、即座に作ってしまえるのが、松永弾正という男のただならぬところであった。

「摂津守どのが御恩、弾正、生涯忘れはいたしませぬ」

ふたたび弾正は、額を床に押しつけて、むせび泣いた。ほんとうに涙を流すのも、この男らしい為様といえよう。その実、暗い床を瞶めながら、この瞬間、安宅冬康に殺意を抱いた。

（神太郎どの。いずれ、その甘さを後悔させて進ぜる……）

弾正がそのような悪心を抱いたとも知らず、冬康は満足げにうなずくと、部屋まで

送らせようと云って、近侍の者をよんだ。

「政所のお屋敷内にござれば、どうかそのようなお心遣いはご無用に」

と弾正は、恐縮の態を示す。

「この屋敷内に、おぬしをきらう者が少なくないのは、おぬし自身がよく存じておろう」

溜め息まじりの冬康の意見である。これはその通りゆえ、弾正は心中で苦笑を洩らした。

神太郎どのらしい、と弾正は思った。自分がよびつけたその帰途に、もし弾正が闇討ちにでも遇えば、冬康が疑われる。それで仁者の評判に瑕がつくことを、冬康は惧れるのに違いなかった。

「それでは、ご厚情に甘えることにいたしまする」

五

「そのほう、名は何と云う」

冬康の離屋を辞して、木立の中を往く弾正は、松明をもって先に立ち、かれの足もとを明るくしている若侍にきいた。冬康が付けてよこした者である。

「明智十兵衛光秀」

若侍は、爽やかな声音でこたえた。

「新参だな」

「京の美濃屋の紹介により、三ケ月ほど前から、摂津守さまにお仕えいたすことに相なり申した」

京の美濃屋は紙屋で、自家の評判があがるように、歌や書をよくすることで高名な安宅冬康へ、高級紙を贈っている。

弾正は、三好長慶の上洛以前に、六郎晴元政権下の下級官吏として一時、京都に住んだことがあるので、洛中の有徳人の名はたいてい知っている。弾正の記憶では、美濃屋の者たちは、慥か屋号どおりに美濃国の出身だったはずである。

「では、おぬしも美濃の出か」

「さようでござる、弾正どのも美濃に縁者でもおありか」

「なぜ、そう思う」

「いま、懐かしげなお顔をなされたゆえ」

「美濃に知り人などおらぬ。ただ、会うてみたい男がいる」

十兵衛が云い当てると、弾正は、ほうっと感心したようにその横顔に視線をあてた。

「おぬし、人の心がよめるか」

「似た者同士と思うたまで」

「おれと斎藤道三とが似ていると申すか」

「蝮の道三」

弾正に悪い気はしない。斎藤道三といえば、一介の油売りから身をおこして、竟には美濃一国を手に入れた男で、いわばこの時代の申し子といえた。

もちろん、一国奪取の過程では、謀略の限りを尽くし、多くの血を流させているであろう。にもかかわらず、道三が国主となってから、美濃はよくおさまっているときく。そのため弾正は、道三がじつに手際よく一国を盗み取ったような印象をうけていた。四十歳にして、いまだ細川氏の家臣のそのまた家臣にすぎぬおのれを振り返るとき、弾正はしばしば、斎藤道三に強烈な憧憬を抱かずにはいられぬ。

「土岐政頼どのは……」

と十兵衛は云った。土岐氏は、源頼光の玄孫が美濃国土岐郷に土着して以来の名門で、ながく同国の守護であった。

「初めて斎藤道三を引見されたとき、こう仰せになられたらしゅうござる」

「何と仰せられた」

弾正は、ひそかに私淑する道三のことだけに、蝙蝠の眼を輝かせた。

「大事をひきおこす曲者（くせもの）である」

弾正は、立ち止まった。ウサギコウモリの大きな耳が、ぴくぴく動いた。

「明智十兵衛とやら。似た者同士とは、そういうことか」

「お気に障（さわ）られましたかな」

振り返った十兵衛は、いたずらっぽい笑みを、満面にひろげている。

（こやつ……）

弾正は警戒した。

（神太郎どのの前で、おれが抱いた殺意を、戸外で感じとったと申すのか）

弾正は、左手をそうっと上げて、大刀の鐔（つば）に指をかけた。

「気早なお方ですな。他意はござらぬ」

「他意なくして、そのようなことを口にいたす筈はあるまい。おぬし、何者だ。この弾正の命を狙う者か」

「疑（うたぐ）り深うござるな。それがしが刺客ならば、弾正どのの首は疾（と）うにそこいらに落ちておりましょう」

「では、何のつもりか」

「弾正どのの人物をみたかった。それだけにござる」

「おれの人物をみる……。妙なことを云うやつだ。で、おれをどのような男とみた」

「悪心を見抜かれたからには、いかなる手段を用いても、明朝までにはそれがしを殺す。そういうお人だ、弾正どのは。かの油売りよりもたちが悪い」

すると弾正は、尖った口をあけて、顎（あご）をカクカクいわせた。笑ったようである。

「では、どうする。殺される前に、ここで先手をうつか、明智十兵衛」

「弾正どのを斬っても、それがしに益するところはござらぬ」

そこまで云うと、にわかに十兵衛光秀の表情が険しくなり、弾正をぎくりとさせた。

ぞくっとするような沈黙が、束の間、あたりを支配したかと思うと、ふいに鈴虫が短く鳴いた。弾正は右手に、冬康よりもらった虫籠をさげている。

「されど、弾正どの。頭上のお人は、どう思うておられますかな」

「なに」

弾正が頭上を振り仰いだ瞬間、枝葉を鳴らして巨（おお）きな黒影が、銀色の筋とともに降ってきた。

間髪を入れず、十兵衛の手から松明（たいまつ）が投げられる。銀色の筋が一閃（いっせん）して、松明は両断された。あたりに火の粉が散った。

黒影は、落下の勢いのまま、銀色の筋すなわち刃を、弾正の脳天へ突き刺そうとしたのだが、その必殺を期した一撃は、これで失敗に終わった。

黒影は、立ちすくむ弾正の左方、二間ほどのところに着地するや、暇をおかず、第二撃を見舞った。そのときには、すでに十兵衛が跳躍している。

黒影の第二撃は、弾正の躰へ達する前に、割りこんできた十兵衛の一刀の鐔元で止められた。細かく散った火花が、十兵衛の刀の鐔の桔梗花を、ちらっと浮き出させた。

十兵衛を手強いとみたのか、黒影は、音もたてずに滑るようにして後退するや、闇に没してしまった。

「逃げたか」

ようやく動揺から立ち直った弾正が、闇をすかし見て云う。

「さあ、どうでござろう」

十兵衛のほうは、のんびりとしている。

「どうでござろうとは、何だ。まだそのあたりにおるのか」

「おるかもしれませぬし、おらぬかもしれませぬな」

「たよりにならぬやつだ」

「あれは忍びにござる。それも、恐ろしく腕が立つ。気配を絶つぐらいは、いともたやすいことにござろう」

そんなことを云いつつも、十兵衛は刀を鞘におさめてしまう。

「それがし、これにて失礼いたす」

「何を云いだすのだ」

弾正があわてても、

「もういちど襲われたら、それがしていどの腕では、こんどは殺られる。恩も義理もない弾正どのの道連れは、御免こうむる」

十兵衛は、にべもなかった。

「せめて、この木立を抜けるまで供をせよ。おれを部屋まで送り届けよと、摂津守どのに命じられておる筈ではないか」

「それがし、摂津守さまも、いま見限り申した。どうもお主とするには、三好は物騒すぎる。それでは、これにて」

十兵衛は、本当に弾正に背を向けて、ひとりですたすたと歩きだしてしまった。

「待て、明智。待て」

急いで追いかけようとする弾正の耳に、早くも闇の中に姿を消してしまった十兵衛の声が届いた。

「弾正どの。ふり捨てがたき声をお忘れあるな」

あっと弾正はうろたえた。鈴虫を入れた虫籠が手にない。刺客に愕いて、放りだしてしまったのである。

弾正は、地にころがっている松明を拾いあげ、まだ近くに潜んでいるかもしれぬ刺客への恐怖感を抱きつつも、狂ったように虫籠を探しはじめた。

（おれを殺せるものなら殺してみよ。おれは絶対に死なぬ。のしあがって、のしあがって、誰もかれもおれの前に、這（は）いつくばらせてやるのだ……）

おのれが地を這いまわりつつ、弾正は心中でそう喚き散らしていた。

六

「あっ、塀の上に人が」

海船政所前の船着場に沿った道を歩いていた少年が叫んだ。火縄に火を点じたままの鉄炮を担いでいる。

「猿。寄越せ」

並んで歩いていた男が出した手へ、猿とよばれた少年は素早く鉄炮を渡す。

海船政所の長い塀の上を、音もたてずに走って、黒い旋風のように向こうへ遠ざかる人影は、忍びの者であろう。男は、立射の構えをとった。慣れた者らしい微動だにせぬ姿であった。

「旦那さま。もう見えないよ」

深夜のことで、猿面の少年の云うとおり、忍びの者らしい速影は、すでに闇の中へ溶け入ってしまっている。

「ごちゃごちゃいうな」

うるさそうに叱りとばすや、男は引き金を引いた。こもった爆発音がして、銃口から炎が噴いて出た。弾丸発射時の強烈な反動で、男の上体はわずかに後ろへのめった。銃口のまわりに白煙がたゆたい、硝煙のにおいが流れる。着弾音はまったく聴こえてこない。的を外したのは瞭かであった。

「ほらね」

名を日吉丸という猿が、くすくす笑った。

「ふん。狙いは外してへん。あの曲者が玉を躱しおっただけや」

負け惜しみの言葉を返したこの男こそ、鉄炮又こと橘屋又三郎であった。商人に似合わず、への字なりの唇が無愛想で、やや狷介そうな性格を思わせる。職人のような風貌といえようか。

「いまのやつ、きっと細川京兆さまの間者だね」

日吉丸がしたり顔で云うのへ、又三郎は、どうでもええ、とにべもない。

「三好は、田舎者や」

又三郎は不機嫌であった。讃岐衆を迎えた海船政所の今夜の酒宴で、又三郎は自作の鉄炮を披露し、実射もしてみせたのだが、十河一存から、こんなものは子どもの玩具にひとしいもので合戦の用には立たぬ、と一蹴されたのである。

そのとき又三郎は、憤然として酒席を辞しかけたが、三好兄弟を怒らせてはならぬと同席の会合衆に止められたため、宴の果てるまで、むっつり押し黙って盃を干しつづけ、いま漸く帰途についたところであった。

腹の虫がおさまらぬゆえ、門を出るとき、政所の小者が差し出した松明さえ受け取らなかった。尤も又三郎は、堺市中ならば、眼を瞑っていても自在に歩くことができる。

又三郎と日吉丸の右方は、青白い海明かりに敷きつめられているので、船着場に沿って歩くぶんには、さほど暗さを感じない。

又三郎は、鉄炮を日吉丸へ放った。抱え受けた日吉丸は、ずしりときた重さに腰をふらつかせる。

「やっぱり、旦那さま」

と日吉丸は云う。

「こんなもの、三好のお殿衆じゃなくたって、買わないと思うけどなあ」

「なぜそう思うんや」

「だって、この種子島っていうやつは、すごく重くて扱いづらいもの。それに、火薬入れたり、玉を込めたり、火縄の火を噴きおこしたり、撃つまでにうんと手間がかかるしね。だいいち、雨が降ったら、火が消えちゃって役に立たないよ」

「情けないやつや。行く末は武士になろう思うてる男子が、種子島をみて、そないなことしか考えられへんのか」

「だったら、鬼十河のからだに玉を撃ちこんでみせてよ」

「なんやてっ」

さすがの又三郎も、びっくりする。いくら子どもとはいえ、途方もないことを云いだすやつだ。

「めったなことを云うんやない」

「どうしてさ。旦那さまは、種子島を売りたいんだろ。あの化け物みたいな豪傑の鬼十河を殺せる武器だって分かれば、飛ぶように売れるじゃないか」

理屈である。又三郎は苦笑した。

「まあええ。いずれ近いうちに、種子島が合戦の勝敗を決するようになる時代が、必ずくる」

この橘屋又三郎と日吉丸が出会ったのは、半年ばかり前のことである。

堺市中の路上で揉めていた振り売りの商人と客との間に、日吉丸が入って、たちまち仲をとりもってしまう場面を、偶々通りかかった又三郎が眼にとめたのがきっかけであった。それから日吉丸は、伴れの少女とともに、橘屋で下働きをするようになった。この少女こそ、真羽である。

去年の晩夏、京において、日吉丸が命懸けで真羽を歓喜楼から救いだした、その理由は、鬼若の欲望の異常さに気づかなかったとはいえ、真羽を拉致するのに手をかしてしまった後ろめたさを償いたいからであった。

歓喜楼を抜け出すとき、鬼若の手下に発見されたが、見知らぬ助け人の出現で無事逃げ了せることができた。その助け人は、旅の武士だったが、笠の内の顔を見る余裕も、名を訊ねるひまも、日吉丸にはなかった。

がった。

真羽の手をとって夢中で逃げた日吉丸は、このまま洛中にいては、鬼若の追手がかかるかもしれぬと危惧し、京を出ることにした。身寄りがない真羽も、日吉丸にした

何をしても稼げる逞しい少年と少女であった。二人は西国筋をあちこちまわりながら、日々の糧に困ることはなかった。堺に身を落ち着ける気になったのは、日吉丸も真羽も、愛想はないが温かい橘屋又三郎と波長が合ったからである。

「それより、猿。昨日の話、本気なんか」

「うん。おいら、やっぱり、どうしても武士になりたい。日本国中、見てまわって、一番強い殿様に仕えるんだ」

「惜しいわ」

「どうして」

「お前には、商才がある」

「へえ、おどろいたな。旦那さまに褒めてもらえるなんて」

「あほ抜かせ。武士には向かんいうことや」

うんにゃ、と日吉丸は首を振った。

「旦那さま。これからの武士は、商才が必要だって、おいら思ってるんだ。だから、

おいらきっと、立派な武士になれる」

　日吉丸は、ただでさえ皺だらけの猿面を、さらにくしゃくしゃにした笑顔で云う。

底抜けの見本といえた。

「お前には、かなわん。好きにしたらええ。そやけど、真羽のことはどないするのや」

「旦那さまに預けていくよ」

「預けるいうのは、いずれ迎えにくるいう意味か」

「うん。おいらが立派な武士になって、お城をもつようになったら」

「城持ちとはまた、たいそうな出世を望むやつや」

　又三郎の唇が思わず綻ぶ。こういう大法螺は、堺商人の好むところである。

「そのときは」

　と云ってから、日吉丸は、勿体をつけて、えへんと咳払いをする。

「真羽を側妾のひとりにいたす所存にござる」

「側妾やてっ」

　これには、さすがの堺商人も眼を白黒させる。

「なんで正室に迎えへん」

「おいらにその気持ちがあっても、城持ちともなれば、ほら、正室にはしかるべき家柄の息女を迎えないと、家臣どもが承知しないだろ。だから側妾じゃないとね」

「なるほど。さもあろうな」

笑いをこらえるのに、又三郎は唇をぎゅっと結ばねばならぬ。

「ほなら、日吉丸。おまえが城持ちになるいうなら、この橘屋又三郎が、出世者にふさわしい妻になれるよう、真羽を躾けといたるわ」

「できっこないよ、そんなこと。真羽がどれほどの乱暴者か、旦那さまだって知ってるだろ」

「だから面白いのや」

「変わり者だね、旦那さまは」

このとき、後ろから、かすかに唄声が流れてきた。

　堺舟かや　君待つは
　風をしづめて　名のり会をと……

塩飽節のようだが、寂びのきいた佳い声である。日吉丸は振り返ってみるが、唄声の主は、日吉丸たちと同じく灯火(とうか)を携えていないので、影すら見えない。

「こんな真夜中に、そぞろ歩きなんて、堺には変わり者が多いや……」

日吉丸はあきれたように云った。

その唄声が、一年余り前、鬼若の手下どもを蹴散(けち)らしてくれた旅の武士の喉(のど)から発せられているとは、日吉丸は知る由もない。

たったいま三好を見限ってきたばかりの明智十兵衛光秀であった。

第九章　父子

一

明けて、天文十八年（一五四九）。

この年は、のちの天下人、尾張の織田信長が父信秀の病没により十六歳で、三河の松平竹千代（徳川家康）は父広忠の横死により八歳で、それぞれ家督を嗣ぐことになる。

京では一月の末に強い地震があった。三月には日食も見られた。六郎晴元の幕府軍と筑前守長慶の三好軍とが、摂津一国を戦場と化さしめて、一進一退の攻防を繰り広げる騒然たる世情のさなかでは、天変地異は神仏のくだした罰であると思い込まれていた。そして、朝廷ではおさだまりの加持祈禱が行われた。

足利十三代将軍義藤(よしふじ)は、十四歳。まだ戦火の飛び火しない京にあって、相変わらず武芸三昧(ぶげいざんまい)の日々を送っている。義藤のその姿は、天を掩(おお)い尽くす黒雲の向こうで、太陽の中から飛翔の時機(とき)を凝(じ)っと窺(うかが)う鳳凰(ほうおう)の雛(ひな)にも似ていた。ただ、眼前の黒雲は、いずれ鳳雛(ほうすう)みずからの翼(つばさ)で吹き払わねばならぬ。

義藤は、武衛陣(ぶえいじん)町に建てられた別邸(べってい)に起居していた。今出川御所より、室町通を下ること、十丁足らずのところである。

武衛陣町は、かつてこの地に、幕府の執事を管領(かんれい)と称し始めたという斯波義将(しばよしゆき)が住み、以来その代々の当主が多く左兵衛督(さひょうえのかみ)に任じられたので、兵衛府の唐名によって武衛家と俗称されたのが、町名として残ったのである。

義藤は、広庭の黒い砂利を敷き詰めた一帯の真ん中に、両脚をぴったり揃(そろ)えて、微動もせずに立っている。素足であった。

両の素足が踏んでいるものは、いかにも座りの悪そうなでこぼこの石であり、しかも爪先(つまさき)や踵(かかと)がはみ出すほどの小ささでしかない。全体重をのせて、均衡を保つのは至難のことであろう。どの方向へでも、ほんの少し体重を移動させるだけで、下の石も動いて、義藤はそこから落ちてしまう。

ところが、落ちることはできぬ。黒い砂利とみえたものは、鋭利な鉄菱(てつびし)であった。

落ちれば足裏を踏み抜く。

義藤を円く囲繞して、隙間なく敷き詰められた鉄菱の圏外までは、五間余りある。跳び越えることも不可能とみえた。

義藤から見て、鉄菱圏外の前方は塀、後ろが館の建物、左右は青葉若葉を繁らせた木立である。

義藤のほかに人影は見当たらぬが、もしこのようなところへ矢を射かけられたら、身動きのとれない義藤はいともたやすく討たれてしまうのではないか。

北西の空に入道雲が湧き出ており、時折、遠雷が轟く。蒸されたような微かな風は、最前から鉦や太鼓や笛の音を運んできている。どこかで祇園囃子の稽古をしているらしい。尤も、近々に京が戦場になるのは避けられぬゆえ、今年の祇園会は流れるであろう。

義藤は、依然として動かぬ。こうして静止相を保つことだけでも、尋常の修錬では到達しえぬ一境地に違いない。

木立の梢が鳴った。風は少し強くなった。瞬間、義藤の身が、両足の下の石を回転軸にして、立ち姿のままくるりと回った。同時に、左の腰間から白光を噴き出させている。

義藤の頭上間近で、矢柄を両断された矢が左右へ分かれて、鉄菱の上に落ちた。そのときには義藤は、鐔鳴りをさせて、すでに刀を鞘におさめ、身をもとの位置に戻して静止している。

どこからか飛来した矢を、抜刀して斬り払うや、直ちにその刀を鞘の中へ戻すという動作を、足下の不安定な石と一緒に身を一回転させるうちに、義藤はやってのけたということであった。

「途方もないご上達ぶりだわい」

浮橋は舌を巻いた。義藤の背後の建物の屋根上に、いつのまに出現したものか、弓を手にして浮橋はあぐらをかいている。

浮橋は、義藤に矢唸りの音を気取られぬよう、梢の鳴った瞬間に射放ったのだが、義藤の五感はそれに勝った。本物の鏃を付けていない矢を払い落とす気楽さがあるとはいえ、躰に中れば痛い。それで鉄菱の絨毯の上へ落ちれば血をみることになるのだから、義藤の剣技はやはり瞠目に値する。

このとき浮橋は、義藤の右手の木立の中から、銀光が飛び出してくるのをその眼に捉えて、悲鳴をあげそうになった。

木立から姿を現した朽木鯉九郎は、鉄菱の圏外から、実に六間柄という恐ろしく長い槍を、義藤めがけて繰り出した。この修行のために誂えたものであろう。

しかし、この修行は、飛び道具の襲撃を、義藤が石の上に立ったまま禦ぐのを常としており、突然に鯉九郎が現れて長槍で突くなど、初めてのことであった。事前に浮橋も知らされていなかったし、義藤にとっては不意討ちというべきではないか。

襲いかかる穂先に気づいた義藤の面は、さっと蒼ざめた。

槍の穂は真剣とみえた。いくら実戦を模した修行とはいえ、これは度を越えている。

「若っ、おやめくだされ」

屋根上の浮橋は、思わず腰を浮かせて叫んだ。

鯉九郎の長槍が、義藤の右脇腹を抉ろうとした刹那、義藤は石を蹴って真上へ跳びあがった。そうして足下の中空へ流した槍の柄を、落下しざまに踏みつけた。千段巻のあたりを、両足裏と石との間に挟んだ。

鯉九郎は、低い気合を発して、長槍を手前上方へ引いた。それで義藤はすっころぶ筈である。

だが、この出色の弟子の対応は、師の思惑を上回った。義藤は、鯉九郎が長槍を引く時機に、寸分の狂いもなく五体の動きを合わせていた。ために鯉九郎は、千段巻の上に立った義藤の五体をのせたまま、長槍を撥ね上げるかっこうになった。

鯉九郎もすぐに長槍を手放したが、後れをとった。鯉九郎がそうするより一瞬早く、義藤は槍の長い柄の上をつつっと滑り、その短い助走を利して宙高く舞い上がっている。

疾風となって落下してくる義藤の剣に、頭上すれすれで抜き合わせるのが、鯉九郎ほどの手錬者でも精一杯であった。

がっと刃の打ち合う烈しい音がして、腰を落とした鯉九郎の頭上で火花が散る。頭上に横たえたおのが剣の背が、鯉九郎の額を強く押した。

鯉九郎の総身から、どっと汗が噴き出す。いま瞬きするほどの間でも、抜き合わせるのが後れていたら、鯉九郎の頭蓋は、義藤の剣によって真っ向から深々と割られていたに違いない。

義藤が、跳び退って、八双にかまえた。鯉九郎も大きく後退して、下段につける。

ひと呼吸の間をおいて、双方、同時に奔った。

屋根上の浮橋は、ほとんど戦慄したといってよい。いまこの瞬間、鯉九郎も義藤も、これが稽古であることを忘れてしまったとみえた。

（相討ちになる）

師弟が、ともに血飛沫を奔騰させて斃れるさまを、浮橋が脳裡にまざまざと描いたとき、両人は一足一刀の間境を踏み越えていた。

鯉九郎の下段の剣が、眼にもとまらぬ迅さではねあがり、義藤の喉首へ突きを見舞った。浮橋には、眼を被いたくなるような場面である。

鯉九郎は、義藤の技倆がすでに、師である自分を凌いでいるとみて、この暴挙に出た。この突きは、義藤の八双からの打ち下ろしによって、叩き落とされると予想した上での迅業でもあった。

ところが、必殺の突きは、なんと高くはねあげられてしまう。何が起こったのか、剣をはねあげられた当人の鯉九郎が、分からなかった。

義藤の右斜め上方へ伸ばした右腕の先に短い白刃があった。脇差である。

義藤は、左手のほうは八双に大刀を持したまま、その位置を変えずに、右手を左腕の下へ伸ばして脇差の抜きあげの一閃をもって、鯉九郎の突きを禦いだのであった。

八双は、対手に左半身を向ける姿勢をとるから、しぜん右腕は後ろへ引かれて、場合によっては対手の死角に入る。といって、鯉九郎ほどの達人ならば、義藤の右腕の動きを捉えられぬ筈はない。鯉九郎が、このときに限って気づかなかったのは、それがまさかの防禦だったからであろう。

今の一刹那（いっせつな）、鯉九郎の火の出るような突きを禦ぐのに、八双からの打ち下ろしをもってするしか、ほかに術はない筈であった。それも両手でしっかりと剣欛（けんぱ）を握りしめて、鯉九郎の剣を強く打撃せねばならぬ。

義藤はそうしなかった。いったん右肩の高さまであげていた右手を、左腰まで下ろして脇差を抜くや、その片手撃ちでもって鯉九郎の迅業をはね返してみせたのである。これには超人的な速度と膂力（りょりょく）を要することは云うまでもないが、そのような型破りの対処を瞬時になしえるところに天才剣士、足利義藤の本領があるというべきであった。

しかも義藤の防禦は、ただ鯉九郎の剣をはねあげただけでなく、はねあげると同時に攻撃へと転化（てんげ）させた見事なものである。突きをふせいだ右手の脇差も、左手の大刀も、八双からの片手斬り（かたてぎ）の用意ができており、いずれもあとは鯉九郎めがけて振り下ろすばかりであった。

剣をはねあげられた不安定な状態の鯉九郎が、この二段構えの片手斬りをふせぐのは、もはや不可能である。鯉九郎は、義藤の大刀の一颯（いっさつ）を鐔元（つばもと）で受け止めたにすぎなかった。

間髪を入れず、義藤の脇差の白刃が鯉九郎の左頸根へ落ちてきた。寸止め（すんど）である。

屋根上の浮橋が、それまで詰めていた息をほうっと吐き出し、中腰の状態からへなへなと崩れ落ちた。

「やれやれ、このような修行は、見ているだけで死にそうになるわい」

忍びの者というのは、むろん剣技にも長じており、浮橋などは並みの武士では及びもつかぬ達者である。だが今の義藤と鯉九郎の剣闘は、忍びの者のそれとは、けたがちがう。見ているだけで極度の緊張感を強いられ、浮橋ほどの者でも、終わったあと虚脱感に襲われた。

これが浮橋の不覚となった。眼下の左手の木立の中に動いた影に、渠はいま初めて気づいた。気づいたときには、その影は、音もたてずに木立を抜け、塀外へ躍り越えるところであった。

「しもうた」

浮橋は、庭へ跳び下りた。右手の木立の前から、鯉九郎が振り返り、どうした浮橋、と大声で呼びかける。

浮橋は返辞もせず、驚いたことに鉄菱の上をあっという間に駆け過ぎて、正面の塀を一挙に跳び越えると、姿を消してしまった。

「浮橋の足は金物でできているのか」

と義藤が、眼をまるくする。

むろん浮橋は鋼鉄の肉体をもっているわけではない。現今でも、素足でガラス片の上を歩いたり、鉄鍋で焼いた砂に手を突っ込んだりしても何ともない術者がいる。鍛練を積んだ人間が、気を集中することで一瞬の間だけ不死身になるのは、めずらしいことではない。

室町通へ出た浮橋は、通を北へ向かって一散に走り去る曲者の姿を発見した。すでに一丁余の先である。

（あやつを伊勢どのには会わせぬ）

曲者が伊勢貞孝の放った忍びであることを、浮橋はすでに承知している。名も突き止めてあった。多羅尾ノ杢助という甲賀者である。

義藤が鯉九郎に武芸を習いはじめて一年ほどの間に、杢助は貞孝の命をうけて、時折ひそかにその監視にきていた。貞孝は、将軍が武芸上手となって、おのれを過信し、幕府首脳の傀儡であることから逸脱するのをもっとも惧れている。

貞孝の思惑を鯉九郎は見抜いていた。杢助の眼を感じると、義藤をおよそ武芸には向かぬ軟弱者であるかのように地に這わせてみせた。義藤の腕があがって、容易には叩きのめすことができなくなってからは、鯉九郎は故意に稽古を疎かにして、杢助の眼をごまかした。

その効あってか、義藤の修行場へ杢助が近づいてくることは少なくなっていた。これは貞孝が、杢助の報告から、義藤に武芸上達の見込みなしと断じたとみてよい。鯉九郎は漸く安堵した。

それでも浮橋だけは慎重であった。多羅尾ノ杢助は、甲賀者の中でも名のとおった忍びである。果たして、その一流の忍びを本当に騙すことができたか。その疑念を払拭できずにいた。このあたりが、忍びの勘というものであろう。

しかし、さすがの浮橋も、こうして六月に入っても杢助の気配すら感じないようになると、気が弛んだ。

杢助は、同じ忍びの者として、最も警戒を要する対手の浮橋にそういう虚が生じるときを待っていたのかもしれぬ。そのことに、浮橋は早く気づくべきであった。そのうえ浮橋は、おのれの虚に乗じられたあげく、義藤と鯉九郎の凄まじい剣闘にわれを忘れて、邸内に潜入した杢助の気配を察知することもできなかった。

あの義藤のおそるべき剣技こそ、杢助にもっとも見せてはならぬものであった。

杢助は貞孝に向かって、自信をもってこう告げるであろう。

「公方さまは、稀代の達人におなりあそばされ申した」

その報告をうけた貞孝は、あらゆる手をつかって義藤の武人的成長を掣肘しようと謀るに違いない。隠然たる力をもつ貞孝ならば、年若い義藤を骨抜きにして、大器を未完のままに終わらせるぐらいは、難しいことではなかろう。

その手初めに、鯉九郎が排除されることは云うまでもない。それは抹殺を意味しよう。

杢助を貞孝のもとへ報告に戻らせてはならなかった。伊勢邸は、今出川御所の東、烏丸通ひと筋を隔てて建っている。杢助が伊勢邸へ入る前に、浮橋はこれを捕捉し、殺してしまわねばならぬ。

浮橋は、室町通を北へ駆けていく。背筋を伸ばした上体をまったくぶれさせず、腰を落として、足を地へ滑らせるように繰り出す走りかたは、一見異様だが、場合によっては馬よりも速く走ることができる。

異様なかっこうで、しかも音をたてないから、道往く人は、自分の横を何かが駆け抜けていったとき、それが人間であるとは、すぐには分からぬ。茫然と見送りつつ、あれは慥かに人間だったと気づいたときには、すでに浮橋の姿は遥か彼方に遠ざかって見えなくなっている。

朽木谷で修行中の少年時代に、浮橋は、同じ忍びの者たちから、風の甚内とよばれた。それほど抜群の走力の持ち主である。これは、今のころころした躰つきになっても、かわりはない。

伊勢邸まで、およそ十丁。起ちあがりの遅れを取り戻して、多羅尾ノ杢助を伊勢邸へ達する前に捕捉する自信が、浮橋にはあった。

五、六丁走ったあたりで、浮橋は鞭音高く響かせて馬を疾走させる武士とすれちがった。鞍上の顔に見憶えがある。

(右大将さまの近習ではないか)

将軍生父足利義晴の近習が、この日中の都大路を、人々を馬蹄にかけんばかりの勢いで急ぐのは、よほどの大事が出来したからだと考えられる。

だが、いまの浮橋は、余のことにかまっていられる状況ではない。多羅尾ノ杢助の背が二十間ほど先に見えていた。

浮橋は、懐から飛苦無をとりだした。

二

多羅尾ノ杢助も、さすがに名のとおった甲賀者であった。浮橋が飛苦無を投げうつ前に、右手の塀上へ跳んでいる。

仏陀寺の塀である。杢助の姿が境内へ消えた。だが浮橋は、これを追って、自身もすぐに塀を跳び越えるような愚を犯さぬ。浮橋は、前からきた僧侶の笠に手をかけた。

「ごめん」

飛苦無で素早く笠緒を切るや、笠を杢助の越えたあたりの塀上めがけて放り投げた。同時に浮橋の五体も、その場から跳んでいる。浮橋は、前方の空中で笠に手裏剣が突き刺さったのを見ながら、塀を越えて境内へ着地した。

「ちいっ」

五間ほど向こうで、浮橋のほうへ向き直った杢助の舌打ちが洩らされる。

浮橋は、にやっと笑った。笠はおとりであった。

二人が対峙している場所は、参道からはずれた疎林の中だが、人目にまったく触れぬということはない。ただ参詣者の数は少なかった。二人とも忍び装束ではなく、小素襖、返股立にした袴、脚絆という、どこにでもいる下級武士の装ゆえ、不審の眼を向けられる惧れはない。

「やはり、こういうことになったな」

杢助が、陰気臭い顔をつるりと撫でて云った。

「そちらのせいでござるよ、多羅尾ノ杢助どの」

明るい声で応じた浮橋の顔は、対照的ににこにこ笑っているようにみえる。杢助が義藤の武芸稽古を盗み見るようなことをしなければ、このようなのっぴきならぬ事態を招かずに済んだ、と浮橋は云いたかった。

「こっちも、おぬしの名を知っているぞ。朽木谷ノ甚内」

「浮橋でござるよ」

「判官流とやらか。おぬし、殺しをおそれる腰抜けだそうだな」

「ようご存知じゃ」

浮橋は屈託がない。事実は、人を殺傷することをできうる限り避けてとおるのを、身上としているだけであった。

浮橋が必要とあらば殺人を辞さぬ非情さを示す男であるのは、堺の海船政所に乗り込んで松永弾正を暗殺しようとしたことで分かる。むろん鯉九郎の命令によって、義藤暗殺計画の立案者が松永弾正であることを突き止めた上での襲撃だったが、義藤に害を及ぼす弾正のような危険人物は、浮橋自身も生かしておくつもりはなかった。弾正が身辺を厳重に固めてしまったため、あれ以来、さすがの浮橋も二度目の襲撃を控えている。

「腰抜けが、この多羅尾ノ杢助を殺せるか」

杢助が嘲ったが、浮橋の笑みはあいかわらず明るい。

「腰抜けには、腰抜けの戦法というものがござってな」

「では、みせてもらおうか」

「かしこまって候」

忍び同士の戦いがまさに開始されようというとき、余人から声をかけられた。

「待て」

こちらへずかずかと歩いてきた男に、杢助は嫌悪感をあらわにした。対決を邪魔された腹立たしさからではなく、その男が汚穢物そのもののような風体だったからである。

杢助の鋭い観察眼は、京中にごろごろしている乞食のたぐいだろうとはみなかった。浮橋も同様である。

男の日焼けと垢とで黒ずんだ、剝き出しの双腕、両脛の筋肉は、波濤に鍛えられた岩礁のような盛り上がりをみせている。破れ衣の下の胸板は、さらに猛々しい。途方もない膂力の持ち主に違いなかった。恐ろしく長大な剣を斜めに背負っていることでも、それは証明されよう。

男は、対峙する浮橋と杢助を左右に等距離に見る位置まできて止まった。三者で三角形を描くかっこうになる。

「わぬしら、忍びやろ。強いな」

この闖入者は、眼をぎらぎら輝かせながら、何かうれしげに云った。意外なほどに若い声である。

（餓えておるな……）

と浮橋は見抜いた。餓えといっても、空腹のそれではない。野望への飢餓である。

「二人ともおれと勝負せえ」

だしぬけの決闘申し込みであった。この若者は名乗りさえあげていない。

「やつがれどもがお手前と斬り合わねばならぬ理由が分かり申さぬ」

浮橋が持ち前の笑顔を崩さず、やんわりと云う。

「おれは、強いやつと戦いたい。それでええやろ」

「こちらにも都合がござるによって」

「わぬしらの都合などきいてへん。おれと戦うのがいやなら、いまこの場から遁げてみい」

その威し文句を吐いて、若者は背負いの剣を引き抜いた。

浮橋も杢助も、後ろへ三間ほど跳んで、若者の刃圏内から遠ざかる。その背負いの剣を抜いた迅さには瞠目せざるをえなかった。忍びの者は、剣を背に斜めに負って活動する場合が少なくないゆえ、敵を眼前にして瞬間的に抜くことの難しさを、よく知っている。

さらに、この二人を驚かせたのは、若者が胸前に立てた剣の姿であった。双刃の長剣で、身幅がおそろしく広い。いわば西欧の中世騎士が使ったようなものに近い形で、まさしく大剣とよぶにふさわしい代物であった。

唐渡りか、あるいは日本の刀鍛冶に特別に鍛えさせたものか、それは分からぬが、みるからに重量のありそうな大剣を自在に揮うには、独特の法と超人的な膂力を必要とするであろう。浮橋は、正直、身の竦む思いがした。

蓬髪敝衣の若者は、にやりとする。外見の汚さとはうってかわって、歯は皓かった。犬歯が肉食獣の牙を思わせるほど大きい。

ふいに杢助の視線を感じて、浮橋は、ちらりとそちらを見やった。杢助の眼が嗤っている。

「われらが勝負は後日だ。この場はおれにまかせて、遁げいっ」

杢助は、そう口走るなり、若者めがけて、たてつづけに手裏剣を投げうった。

（これはいかぬ）

咄嗟に、浮橋は杢助がいま考えついたことを悟った。

若者は、大兵に似合わぬ敏捷さで、浮橋のほうへ跳び転がって、杢助の手裏剣を躱す。

背負いの大剣を抜いた迅業をみれば、その場を動かずとも手裏剣を払い落とすのは容易だった筈。それを敢えて五体を浮橋のほうへ転がして躱したのは、杢助の言葉への反応である。

杢助と浮橋の戦いの事情を知らぬ若者にすれば、二人がこの場だけは休戦、協力して自分にあたってくると判断した。杢助が遁げよと叫んだ瞬間、もう一方の浮橋は、そのまま遁げるか、さもなくば遁げるとみせて攻撃を仕掛けてくるか、いずれかを選ぶ。

この瞬間において、杢助のほうはすでに戦う意志を示して遁走する虞れはないが、浮橋の進退は定かではない。となれば、浮橋が行動を起こす前に、これを先に斬ってしまおうと考えるのは、当然のことであった。若者が手裏剣から身を躱しながら、浮橋へ接近するという動きをみせたのは、そういう理由による。

杢助は、浮橋に対して放った遁げろという一言が、若者にそういう反応を起こさせることを予期していた。杢助のその意図を浮橋も看破した。が、わずかにおそかった。

五体を転がしてきた若者が、浮橋の二間手前まで迫った。もはや浮橋は遁げることもかなわぬ。戦うしかない。こちらへくるっと背を向けて一散に遁走にかかった杢助の姿が、浮橋の眼の端に映った。

背後の気配で、若者も、杢助が遁げをうったことを察したようだが、当面の対手である浮橋を真っ二つにすべく、大剣を打ち下ろしてきた。勝利を確信したその顔が、二年前の夏に洛北の山中で、義藤を印地打で翻弄(ほんろう)した熊鷹(くまたか)のものであるとは、浮橋は知る由もなかった。

その頃(ころ)。

浮橋と騎馬ですれちがった義晴の近習は、武衛陣町の義藤邸へ駆け込み、今出川御所で異変が起こったことを告げている。

「父上が刺客に……」

義晴が庭を散策中に、突如、塀を乗り越えてきた刺客に襲われたという報せであった。盲点といってよい。刺客自身に決死の覚悟があるならば、多勢の警固者の随従する外出時よりも、誰もが寛(くつろ)いでいる邸内へ急襲を仕掛けたほうが、事は決しやすかろう。それも真っ昼間となれば、それだけで意表を衝くことになるから、成功率は高いといえる。

幸い義晴の命に別状はなかった。刺客は、義晴の左股に一太刀、浅く斬りつけたところで取り押さえられたという。

刺客を三好筑前守長慶の手の者に相違ないと義晴はきめつけているらしいが、刺客自身は、自分が何者で、誰の命令によって襲ったのか、頑として口を割らぬそうな。任務に失敗した刺客は、黙して死を待つのみということか。

「もう首を刎ねてしまったのか」

義藤の問いに、今出川御所からの使者は、まだ刎ねておりませぬ、とこたえる。義晴は，捕らえた刺客を摂津へ送って長慶軍の眼前で処刑せよ，と命じたという。

「馬を曳け」

義藤は、扈従に命じて、座を起った。廊下を足早に歩きながら、随う鯉九郎の意見をきく。

「父上を襲った者は、刺客ではない。鯉九郎はそう思わぬか」

「ご慧眼」

鯉九郎も同意した。

将軍生父という要人中の要人を襲う刺客に、失敗は断じてゆるされぬ。となれば、一撃必殺の手錬をもつ者が刺客にえらばれるのが常識であろう。まして複数ではなく、単身で送りこまれるほどの者ならば、その剣技は凄まじいものに違いない。つまり一太刀で即死させられる腕の持ち主でなくてはならぬ。

義晴は、武芸のできる人ではない。決死の覚悟の手錬者に斬りつけられて、これを防ぐことなど不可能である。左股に浅傷を負っただけで済んだのは、斬りつけたほうの未熟さを示す事実でしかなかろう。そのような未熟者が、刺客である筈はない。

使者の報告をきいただけで、義藤はそう判断した。武芸に通暁した人間だけがもつ思考法で、鯉九郎も同じことを思った。

「ただの狂人か、さもなければ父上に深い怨みをもつ者か、いずれかだな」

もし後者だった場合、首を刎ねる前に、どのような怨みなのか質しておかねばならぬ。足利政治への怨みであれば、これをよくきいて、のちの政に生かすのが、禍を福に転じる法というものであろう。

「それが為政者たる身のつとめだとわしは思う」

鯉九郎は、大きく頷き、胸を熱くした。

（ご成長なされた……）

父親が襲われて怪我をしたと聞いたのにもかかわらず、義藤は怒りをおさえて事を冷静に視つめている。万人の上に立って、公正を旨としなければならぬ為政者に、これは最も必要な資質のひとつといわねばなるまい。

そういうことを義藤に教えたことなど、鯉九郎は一度もなかった。義藤が自己を厳しく律して武芸に打ち込んできた過程の中で、みずからつかんだものであろう。

義藤は、鯉九郎と幾人かの近習を供にして今出川御所へ急行すると、まず父を見舞うため、その寝所へ向かった。

手当てを終えたばかりの義晴は、床に座して左足を投げ出す恰好で、まわりの者に喚いていた。居宅が近いために逸早く駆けつけたらしい伊勢貞孝の姿もみえる。

「筑前じゃ。三好筑前のほかに、誰がわしに刺客を差し向けるか」

義晴は、義藤が入ってきたのにも気づかないほど、まだ興奮さめやらぬ状態であった。

「筑前守はそれほど愚かではないでしょう」

眦を吊り上げた顔を急激に振り向けた義晴は、その声の主が義藤だったことにひどく愕いたようすであった。

「おお、大樹。いつ座せられた」

「たったいま。傷の具合は、いかがでございましょう」

「痛むわ。筑前めがっ」

吐き捨てるように云ってから、義晴はいまの義藤のことばを思い出した。

「大樹。そなた、筑前はそれほど愚かではないと仰せのようだったが、何故そう思われるのじゃ。あやつが、管領を六郎から典厩二郎に、将軍をそなたから阿波の左馬頭の子義栄にすげかえようと企んでおるのを、ご存知ないか」

管領のことはともかく、将軍すげかえの野望までは長慶がもっていないことを、義藤はすでに知っていた。去年の秋、法観寺に義藤を襲った刺客団に、長慶がまったく関与していなかったことは、浮橋の調査で判明している。あれは、長慶の寵臣松永弾正の独断を、阿波の足利義維が黙許するという形で実行に移されたものであった。

あの暗殺未遂事件に関しては、公表すれば畿内の争乱に拍車をかけるばかり、という鯉九郎の意見がもっともと思われ、義藤は箝口令を布いた。義晴にも一言も告げなかった。むろん、いまさら告げるつもりもない。

「筑前守にもしそのような企みがあるのなら、父上ではなく、この義藤を狙うはず」

「大樹はいまだご年少。筑前めは、将軍家の意志がどこから出ているか、よく弁えているのじゃ」

将軍家の意志は自分から出ている、と義晴は云いたげではないか。

義藤はふいに、父がひどくあわれに思えた。足利将軍家の意志など、応仁ノ大乱よりこのかた、尊重されたことが一度でもあるか。いや、一顧だにされなかったといってても云い過ぎではない。そんなことは義晴自身が、誰よりもよく分かっている筈ではないか。

くっくっと義晴が突然、笑いをかみ殺したような声を発した。

「筑前は、この足利義晴が恐ろしいのじゃ。わしには鹿苑院さまのような威が具わっていると、皆が云うておるからな」

鹿苑院さまとは、三代義満のことで、最も輝きのあった足利将軍である。父に義満公の威が具わっているなどと、誰が云ったのか。義藤はきいたことがない。義晴は今度はひどく上機嫌に口をあけて笑っていた。

(父上はどうなされたのだ……)

義藤の心に不安が擡げてきた。見れば義晴の顔は、唐突に笑うのをやめて、再び眦を吊り上げ、こめかみに青筋をたて、般若のような表情にかわっていた。その形相のまま、天井へ視線をあてて、筑前め、筑前めと罵りはじめる。

義藤は、さすがに異様な感じをうけて、胸が騒いだ。そうは思いたくないが、狂気のようなものが義晴の神経を蝕んでいるような気がした。

義藤は、足利将軍家の諸事一切を司る伊勢貞孝に声をかけた。

「伊勢。父上はお疲れのごようすだ。静かにお息みあそばすよう、気を配っていよ」

義藤は、寝所の外へ出ると、義晴の近習のひとりに、捕らえた刺客の監禁場所へ案内させた。鯉九郎だけを随行させる。

刺客は、今出川御所内の薪炭小屋に放りこまれていた。

男は、あぐらをかいた恰好で首、両肘、両手首を直結させる十文字縄をかけられ、柱に縛りつけられている。身に着けているものは、ぼろきれ同然であった。

がっくり項垂れていたが、足音に気づいて、のろのろと男は面をあげた。義藤は眉宇をひそめた。殴打の痕が酷い。凝固した血がまだら模様を描いているのも不気味である。

義藤と鯉九郎を見ようとするが、瞼が眼を被い隠すほど腫れあがっているため、うまくゆかず、男は首を左右に振るばかりであった。

鯉九郎が話しかけようと一歩前へ出かけたのを、義藤は手を挙げて制す。

「よい。わしが話す」

形を変えられてしまった男の顔が、わずかに動いたのを、鯉九郎は見逃さなかった。義藤の口調から、よほど高貴の人が眼前にきたのだと察したに違いない。

「わしは足利義藤だ」

義藤が名乗ると、男は悲鳴のような声を発した。と同時に、ぶるぶると総身をふるわせたかと思うと、遽に落涙しはじめる。

あまりの意外な反応に、義藤は当惑した。一体どうしたというのか。

やがて男は、おそれながら申し上げまする、と涙声のまま云った。

「手前は、お嬢さまをお慕い申していた者にございます」

「お嬢さま……」

何を云っているのだ、この男は。やはり狂人だったかと義藤は思った。

だが、つぎに男が口走った女性の名は、義藤を愕かせた。

「お玉さまにございます」

三

「手前の名は、辰三と申します。五年前の秋まで、美濃屋の手代をしておりましてございます」

五年前の秋といえば、義藤が慕ってやまなかった侍女お玉が、この今出川御所より忽然と消えた時期に重なる。当時九歳だった義藤は、お玉は遠いところへ嫁いだのだときかされ、しばらくの間、泣き暮らしたものである。

以来、お玉の消息については、義藤の周囲では誰ひとり口の端にのぼらせたことがない。義藤の思い出の中では、今もお玉は汚れなき永遠の女神のように、生きつづけている。

そのお玉を、辰三はひそかに思慕していたという。そのことが、辰三の義晴襲撃と、どういう関わりがあるのか。義藤は、何やら得体の知れぬ不安感にとらわれながらも、辰三が全身の傷の痛みを堪えて、途切れがちに語る話に、凝っと聴き入った。

お玉の実家で、辰三が手代をつとめていた美濃屋は、今出川御所より西へ三丁ばかりいった上京小川に見世をかまえる紙屋である。もともと、美濃国で代々守護代をつとめた斎藤氏の出であった。応仁ノ乱で活躍し、その神謀武略を中国の名将韓信や白起にも譬えられた斎藤妙椿の晩年の子に、利延という者がおり、僧籍に入っていたが還俗し、京へ出て商いを始めたのが美濃屋の興りである。

利延は、商才に恵まれて、一代で富商とよばれる身代を築いたが、その子利武は、祖父の血を受けたのか、武門が商人に堕すことを潔しとせず、父のもとを離れて、斎藤の故郷美濃国へ戻った。

当時の美濃国では、守護土岐家の家督相続問題で、家臣が二つに割れており、その紛乱に乗じてめざましい擡頭をみせている男がいた。西村勘九郎、すなわち、のちの斎藤道三である。

利武は、一介の商人から成り上がった野心家の道三と反りが合わず、悉く対立した。軈て道三が土岐家の執事長井長弘を殺害し、漸くその野望をあらわにしたとき、利武はこれを討たんとして兵を挙げたが、却って道三派の手にかけられ憤死してしまう。

この利武のたったひとりの遺児が、お玉であった。ときに十一歳。

お玉は、曾祖父妙椿と父利武に似て、気性が烈しく、幼少より武芸を好んだ。利武も、男児を得られなかったこともあって、お玉の武芸熱を煽るようなところがあった。戦国の世では、戦力になるならぬは別として、女武者はめずらしい存在ではない。真実、お玉は小太刀に天稟をあらわした。お玉は、道三を父の仇と思いきめ、これを討つ機会が訪れるのを待って、さらに武芸に精進する。

五年後、好機が訪れた。そのころの道三は、守護代斎藤氏の家督を嗣いで斎藤新九郎利政と名乗って、名実ともに美濃一国の宰相的立場にのしあがっていた。

ある日、道三は、城下の一宇に逗留中だった高名の禅僧をたずね、問答に時を過ごすうちに、帰りが明け方になった。そこをお玉は、待ち伏せたのである。

堂々と名乗りをあげてお玉が勝負を挑むや、意外にも道三は、対手が女子であることを嘲るでもなく、尋常の立ち合いをあっさりと承諾した。供の家来たちにも手出しを禁じた。道三は、坊主あがり、商人あがりである。武芸をまともに学んだことはない筈であった。それなのに、自若（じじゃく）たるようすで、微笑すら浮かべた。この男は残忍無情の極悪人であるとばかり思い込んでいただけに、お玉は、風評とのあまりの落差に愕然（がくぜん）としてしまう。

結局お玉は、一度も打ち込めなかった。人間の器（うつわ）が違う。そう思えたのは、お玉が武芸において、かなりの高処（たかみ）に達していた証左でもあるが、お玉は仇討（あだう）ちを思い切った。

そのころ京では、常哲（じょうてつ）と号する祖父利延が病床に臥していた。お玉は、上洛（じょうらく）して常哲を見舞うと、その懇願にほだされて、京にとどまる決意をする。おかげで常哲の病は快方に向かい、一命をとりとめた。

美濃にいたころの生活から一転して、お玉は、女らしい習い事をはじめる。もともと小太刀をとって一芸に秀でていたから、何を習っても覚えが早く、たちまち、宮中に昇っても恥ずかしくないほどの諸芸と優雅さを身につけた。常哲に随行して、得意先の公家・武家に出入りした。だが、その美貌は、決してなよやかではなく、凛然たるものであった。そういうお玉に、辰三があこがれを抱いたのも無理はない。ただ辰三は、奉公人の身分ゆえ、主家の娘に恋慕してはいけないと自分に云いきかせた。

お玉は、十九歳の終わりに恋をする。相手は、和田新五郎という若武者で、三好長慶が摂津守護代に任ぜられてより、その被官となった者だが、挙措の爽やかなことから長慶に鍾愛せられていた。

お玉に将軍家からのお召しがかかったのは、そんな時期であった。常哲の供をして近衛家へ商いに行った折り、お玉の進退の美しさがその家司の眼にとまったのである。近衛家の息女は、当時の将軍義晴の正室で、その世継ぎ菊幢丸（義藤）の母であった。将軍家のお召しを断ることはならず、期限をきっての侍女奉公、菊幢丸の元服時まで仕えるという約束で、お玉は将軍御所へあがる。新五郎はそれまで待つことを誓った。

「そんな事情があったのか……」

義藤は溜め息をつく。あれほど好きだったお玉の生い立ちを初めて知り、なかば茫然とする思いであった。

「では、お玉は、和田新五郎のもとへ嫁いだのか」

義藤は確認するように訊ねた。お玉が消えたのは、義藤の元服以前のことだったが、辰三の語った事情から推せば、夫が和田新五郎以外である筈はない。

辰三はかぶりを振った。それから、しばらく押し黙ったままでいる。やがて、何かを振り切るように、辰三は呟いた。

「お玉さま。おゆるしくだされ」

辰三がお玉にゆるしを乞うとは、どういうことなのか。義藤の胸はさわいだ。

「これから先の話を、公方さまはお信じになられますまい。手前の話すあいだ、これ以上はお聴きになりたくないと思し召さば、その場でお手討ちを賜りとう存じます。殺されぬ限り、手前は最後まで舌を動かしつづけるつもりでございます」

並々ならぬ決意といえる。辰三が義藤にとって何か重大な意味をもつ事実を告げようとしているのは瞭かであった。義藤は、ごくりと生唾を呑んだ。

「わしは、さいごまできくぞ」

それをきいて辰三は、小さく頷いてから、お玉さまはいずれへも嫁いでなどおりませぬ、と告げた。

「お玉さまは、右大将さまより咎をうけ、六条河原において、首を刎ねられたのでございます」

鉄塊で脳天をぶん殴られたような衝撃に、義藤は襲われた。

(父上がお玉を殺したというのか。ばかな……)

膝から力が抜けそうになる。嘘だ、と叫びたかった。

だが、瞼が腫れあがっていて義藤の反応を見ることのできない辰三は、最初の宣言通り、かまわずに話しつづける。

「それも、素裸にひき剝かれ、市中を引き回されたあげくでございました」

そのときの怒りやら悲しみやら無念の思いやらが蘇ってきたのか、辰三の声はまた湿っぽい顫えを帯びた。

当時、右大将足利義晴は将軍職にあったが、何の実権ももたず、行動の制限もされている傀儡にすぎず、酒色と遊芸に耽る日々を送っていたことは、今とかわらぬ。お玉が将軍家へ奉公にあがってきたとき、その美貌に食指を動かされた義晴だったが、三好長慶の寵臣を許嫁者にしていると知って、さすがに手を出しかねた。

このころの長慶は、幕政を壟断していた木沢長政を太平寺ノ合戦に討ちとった直後であり、すでにその実力を畿内に鳴り響かせていた。その余勢を駆った長慶が、専横の振る舞いの目立つ六郎晴元の権臣三好宗三を隠居に追い込んだのは、お玉が義藤付きの侍女となって三年目のことであった。義藤がすでにお玉のことを、母とも姉とも師とも、そしてたぶん恋人とも思っていた時期である。

表向きだけの退隠とはいえ、政敵長慶に敗北したかっこうの三好宗三は、報復手段を考えた。すなわち、義晴を唆して、お玉を犯させることである。

宗三は義晴に、お玉の許嫁者の和田新五郎が妻を娶り、お玉との婚約破棄を美濃屋常哲まで通告した、と嘘をついた。そのうえで、一夜、謀って痺れ薬を呑ませたお玉の無垢の身を、宗三の京邸へ運んだ。痺れ薬は、武芸達者のお玉が義晴に抵抗できないようにするためであった。お玉は、半覚半睡のような状態で、義晴によって処女を汚される。

同時に宗三は、ひそかに新五郎のもとへも人を遣り、将軍義晴がお玉を手籠めにしたことを告げた。若い新五郎が憤怒のために度を失い、単騎、摂津越水より京へ駆けつけてくることを、計算に入れていた。果たして、その通りになった。

また、痺れ薬の効力が切れたとき、気性の烈しいお玉が義晴に斬りつけることも、宗三は予期していた。

翌朝、義晴の寝間の周囲に十名の手錬者を待機させておいた宗三は、お玉が刀をとって義晴を蒼白にさせた瞬間に、渠らをとびこませる。お玉の抵抗は凄まじく、逆に五人まで斬り伏せられたという。

義晴は、所詮は身勝手な貴族であった。情けをかけてやったのに、刃を向けてくるとは恩知らずの女だと激怒し、取り押さえたお玉を、手錬者たちに凌辱させた。このときには、京へ入ってきた新五郎も搦め捕られている。

この一件に、六郎晴元も絡んだ。六郎晴元は、お玉と新五郎の処刑を即決する。罪状は、将軍世子の侍女という清浄でなければならぬ身が密通をしていた、というものであった。

三好長慶は、寝耳に水ともいうべきこの事件を報されて急ぎ上洛、六郎晴元に異を唱えたが、突っ撥ねられてしまう。長慶は、これは六郎晴元と宗三が結託して、自分を挑発するために拵えた事件であることを悟った。新五郎のことがもとで長慶が叛旗を翻すのを、六郎晴元と宗三は望んでいる。

長慶の声望と軍事力は、日増しに大きくなりつつあった。これ以上、放置しておいては、六郎晴元と宗三ではついに対抗しえない実力を、長慶はつけてしまう虞れがある。だが、いまならまだ互角に戦えよう。しかも、長慶が将軍の意に逆らってまで、寵臣の密通罪を不当として謀叛をおこすとなれば、これに味方する者は多くない。六郎晴元と宗三はそこまで見越している。二人にとって、これは長慶打倒の好機であった。

三好長慶は、若いころから、合戦にも強いが、教養も高く、冷徹な判断のできる男である。この時点では、宗三らと戦うことの不利を見抜いた。長慶は、新五郎を見捨てた。

　こうして、お玉と新五郎の処刑は執行される。全裸に剝かれたお玉は、車に縛りつけられ、市中引き回しの後、六条河原に刎首。新五郎は、一条戻橋において鋸引きという惨刑に処された。天文十三年（一五四四）の初秋のことであった。夏がぶり返したみたいに恐ろしく残暑の厳しい日だったことを、辰三はいまも忘れていない。

「お玉さまは、ご自分の最期のときまで、菊幢丸さまのことを案じておられました」

　市中を引き回されている途次、とりすがる常哲に向かって、お玉はこう語ったという。

「柳営では、わたしが公方さまの逆鱗にふれて首を刎ねられたことを、菊幢丸さまには秘密にする筈です。わたしに懐いておられた幼い菊幢丸さまの心の痛手を思えば、それは当然のことでしょう。ですから、お祖父さまも、わたしがこのような死に方をしたことを、菊幢丸さまには絶対に教えないで下さい。菊幢丸さまは大器におわします。このさき素直にお育ちになられれば、必ずやこの乱世の光明となられるお方。わたしごとき者のことで、お父上を怨み、おとなたちを憎み、それで菊幢丸さまが心のねじまがった人間になってしまわれるようなことは、断じて避けねばなりませぬ。これが、この二年半、厳しくお育て申し上げたにもかかわらず、わたしを格別にお慕いくだされた菊幢丸さまへの、せめてもの恩返しと思うております」

最愛の孫娘を喪った常哲は、美濃屋を同郷の番頭に譲って、洛北へ隠栖する。辰三も、主人に付き添ったが、義晴への憎悪を拭いがたく、折りをみて洛中へ出てきては復讐の機会を窺った。

お玉と新五郎の惨劇の裏に権力者たちの薄汚い駆け引きが存在したことや、京の宗三郎でお玉がどれほど酷い目にあわされたかを辰三が詳しく知ったのは、そうして義晴の動静を探っていたころである。

事情を知ってみれば、最も憎むべき相手は、この謀略劇を仕組んだ三好宗三かもしれなかったが、それでも辰三は義晴こそゆるせないと感じた。宗三に騙されたとはいえ、義晴は現実にお玉を犯し、ついにはその処刑を止めることもしなかった。武門の頂点に立つ将軍のすることではない。こんな男はこの手で地獄へ堕としてやる。辰三の憎悪の炎はさらに燃えあがった。

辰三は、義晴を襲うのは、お玉の死んだ年から五年後と定めた。なぜなら、かつてお玉が、父の仇と狙った斎藤道三に勝負を挑んだのも、父憤死から五年後だったからである。一度も打ち明けることなく、ひとりお玉を想いつづけた男の、それは唯一の愛の表現だったといえよう。

　そしてもうひとつ理由があった。そのときには、お玉が大器と確信していた菊幢丸も十四歳になる。武家では十四、五歳で元服する。もし大器の質ならば、その年齢で物事の理非を判断するのも可能であろう。そこまで成長した菊幢丸ならば、辰三の告発をきいて、三好宗三らを裁いてくれるに違いない。そう辰三は期待したのである。

　むろんその告発は、義晴を討ったあとのこと。義晴が生きているうちに、あの事件のことを告発したのでは、菊幢丸は最愛のお玉を無惨に処刑した父と対決せねばならない。お玉は、そのような最悪の事態を避けるためにも、自分の死にざまのことを菊幢丸には秘しておくようにと末期（まつご）に願ったのだから。

　その願いに反して、こうして真相を語る決意をしたことから、辰三は最初に、お玉の霊へ、ゆるしを乞うたのである。

「これで、すべてお話し申し上げました」

　烈しい虚脱感からであろう、辰三の肩ががっくりと落ちた。五年もの長きにわたって、体内を蝕みつづけてきた怒りと悲しみの腫瘍（しゅよう）ともよぶべきものを、一挙に吐き出してしまったのだから、無理もない。

　そんな哀れな辰三を見下ろす義藤の顔貌（がんぼう）は、それとはっきり分かるほど歪（ゆが）んでいた。

強く噛み合わせた歯をぎりぎりと軋ませ、大粒の涙をぼろぼろとこぼし、きつく握った両拳をわななかせている。

「なんていう……なんていう……」

それ以上は、言葉にならない。こんな残酷きわまる事実を、どうやって受け容れろというのか。誰でもいい、なぜもっと早く教えてくれなかった。

(お玉がもうこの世にいないなんて……父上が殺したなんて……)

義藤にむりやり武芸を仕込んだために、周囲から反感をかっていたお玉を、義晴が咎めることもなく、また義藤付きの侍女からはずしもしなかったのは、その寛大な心からではなかった。柳営の女たちが、お玉は遠いところへ嫁いだと云った、その遠いところとは黄泉の国であった。そして、義晴が三好長慶をきらっているのは、政治的な理由からではなく、たんに和田新五郎のことを想起する不快感からに違いない。

思えば、真羽がおとなたちからきかされたという話は、嘘ではなかった。公方さまは、家来を鋸引きにしたり、女子供でも首をちょん斬る。

お玉は市中引き回しのうえ六条河原に斬首、和田新五郎は一条戻橋で鋸引き。ならば京中の人々が、これを見物しているに相違ない。高熱を発した義藤をしっかりと抱いてくれたお玉の新雪のような肌が、無数の好奇の眼にさらされたのである。

（わしひとりだけが知らなかったのか……）

義藤は、あたり憚らず声を放って泣きはじめた。

師である鯉九郎にさえ、いまの義藤にかけるべき言葉は出てこない。そのとき、背後から翳がさしたので見返った。

半開きの扉口を塞ぐようなかっこうで、抜き身をひっさげた男が立っている。右大将義晴ではないか。

義晴は、両眼をぎらつかせ、肩を喘がせていた。その興奮ぶりは、いまの辰三の話を、盗み聴いたからに違いない。

（まずい）

さすがの鯉九郎も、蒼ざめる。

しかし、おそすぎた。義藤も、背後のただならぬ気配に勘づいて、振り返った。

泪を瞬時に乾かす憎悪の炎が、瞳の中にぽっと燃え立った。

義晴のほうは、義藤を見ていない。その視線は、辰三ひとりに注がれていた。

「お玉っ」

喉も裂けんばかりの絶叫を発し、義晴は白刃を前へ突き出しながら、中へ走りこんできた。

義藤の右手が、遅疑することなく、脇差にかけられる。

「大樹。なりませぬ」

鯉九郎は、父子の間へ身を躍らせた。

四

「ごめん」

鯉九郎は、義晴の白刃の前へ立ちはだかるや、そのひと声をかけて、鮮やかに刀を奪いとって放り捨てた。そのまま義晴の矮軀を抱きとめる。

「なにゆえ密通いたした。お玉。申せ、お玉。予が恩を忘れたか」

鯉九郎の腕の中で、義晴は、歯を剝き出して、わけの分からぬことを吼えまくる。

（これは……）

鯉九郎は、戦慄をおぼえた。義晴のようすには、極度の興奮状態というより、生来の疾が激発した不気味さが漂う。

「ええいっ、首を刎ねよ。お玉の首を刎ねよ」

なおも義晴は喚きちらす。狂気のなせる業かもしれぬが、これでは義藤の殺意を煽るばかりであろう。

「退け、鯉九郎」

　義藤の怒声が、鯉九郎の背へ斬りつけられる。鯉九郎は、義晴の短軀を戸口のほうへ押しやった。戸外では、見張り番たちがおろおろしたようすで、中をのぞきこんでいる。

「右大将さまを外へお連れ致せ。早く」

　このとき義藤が脇差に手をかけたまま一歩二歩と踏みだしてきたのを、鯉九郎は背中に感じている。

　周章てて跳びこんできた見張り番たちに、暴れる義晴の身柄を押しつけるや、鯉九郎は、もみあう渠らをまとめて外へ突きとばす。そうして素早く戸をたて、義藤のほうへ向き直った。

　とつぜん外光を遮断されたために、小屋の中は一瞬、墨をぶちまけたような闇となった。義藤の足が止まる。その機を逃さず、鯉九郎は義藤へ身を寄せ、脇差の欛にかけている右手を押さえこんだ。

「はなせ、鯉九郎」

「大樹、よくおききあそばされよ」

鯉九郎も思わず声を荒らげる。

「右大将さまは、お心を病んでおられるのです」

義藤が、一瞬、びくんとする。

「なんと申した」

「お父上は……」

鯉九郎は、いったん言葉を切った。

「お父上は、気がふれておられます」

小屋の外では、ばたばた走りくる大勢の足音と、義晴の身を気遣う不安げな声が次々とあがっている。

「寄るな、下郎どもめ」

義晴の金切り声もきこえてきた。

「予を何者と思うのじゃ。予は、征夷大将軍足利義満なるぞ。日本の王なるぞ。そのほうらごとき下民が予を見てはならん。消えよ。消えてしまえ」

悲鳴が湧いた。義晴が近くにいた者を殴りつけでもしたのに違いない。それで充分であった。義晴は紛れもなく狂気を発している。

義藤は、哭いた。鯉九郎の襟にしがみついて哭いた。

鯉九郎は、胸に惻々と迫るものを怺えて、立ち尽くすばかりである。

鯉九郎を感動させたのは、義藤が熄むはずのない慟哭を、自身に強いて短く終わらせたことであった。

「父上をお鎮め致さねば……」

顫えを帯びつつも、ほとんど落ち着いた声で、義藤は云った。

鯉九郎が、先へ立って戸に手をかけた。

「人殺し」

突然の罵声は、辰三のものであった。義藤は暗がりの中で振り返る。

「あんたの親父は……足利義晴は人殺しだ。極悪人だ。鬼だ」

辰三は、憎々しげに吐き棄てた。それまで感情を抑え、義藤に対して礼を失わぬ態度だった男の、遽の豹変である。

「将軍家に生まれねば、ただの阿呆の小男ではないか」

「なに」

いかに深い怨みをもつとはいえ、あまりな云いざまに、義藤はさすがに気色ばんだ。

「京童はみんな云うとるぞ。義晴公は、将軍さまの中では、いちばんの出来損ないだと」

「やめろ」

堪えきれずに義藤は叫ぶ。

「されど義晴公にも立派なところはある。蓄妾さかんの陽物じゃ」

「黙れ、黙れ」

「それ、まな板烏帽子ゆがめつつ、気色めきたる青大将……」

辰三はとうとう節をつけて唄いはじめた。青大将は、男根を表す隠語のひとつであり、右大将義晴にひっかけたものであろう。

「黄昏時になりぬれば、浮かれて歩く色好み……」

戸の内側に立ちつくす鯉九郎は、暗くて辰三の表情を窺えぬが、その唄声が哀調を帯びているのを聴き分けた。鯉九郎は、この瞬間、辰三の豹変の真意を悟った。

「黙れえっ」

怒号しざま、義藤が辰三めがけて奔る。鯉九郎は、結果を知りつつ、止めなかった。

義藤の脇差が、辰三の胸を貫いた。ところが義藤は、間近になった辰三の顔がひどく安らかな微笑を湛えているのを認めて、はっとした。

「菊幢丸さま……ありがとう存じまする……ご無礼を、おゆるし……」

それが末期の言葉であった。辰三の首が、がくりと前へのめるのを眺めながら、義藤は困惑した。

「どういうことだ」

殺されて笑みを浮かべ、礼をいう人間がどこにいるか。

「お分かりあそばしませぬか、大樹」

鯉九郎が、歩み寄って、やさしく云う。

「辰三は、大樹のお手にかかって死にたかったものと察します」

「えっ……」

「わざと大樹のお怒りをかうようなことを申して……」

「まさか……なぜだ、鯉九郎」

「お玉どのとの絆がほしかったのでございましょう」

鯉九郎のみたところ、辰三は死を怕がっているようすはなかった。むしろその逆で、凄まじい怨念によってみずからの神経をすり減らしてきた五年間を思えば、生命を断たれることは、辰三にとって安らぎを得るにひとしいことであったろう。死ねばお玉に再会できる。同じ死ぬのなら、お玉の慈しんだ菊幢丸の刃にかかって死にたい。そうすることで、自分ははじめてお玉と強い絆で結ばれるのだ、と辰三は信じたに違いない。

「そんな……」

この期に及んで初めて、義藤は、自分の怒りと悲しみばかりを面に出して、辰三の苦しみを少しも忖度しなかったことに気づいた。お玉の死を今日まで背負ってきた辰三の思いは、今の義藤のそれなど比べものにならぬほど、筆舌に尽くしがたいものだったに相違ない。なぜそこに思い到らなかったのか。

(民を思い遣る心をお持ちにならねばなりませぬ)

お玉はそう諭してくれた。

「わしは、なんという酷いことを……。なぜ止めてくれなかった、鯉九郎」

義藤の双眼より、泪が溢れ出る。

「いかなる理由があろうとも、将軍ご生父を殺害せんとした罪は免れませぬ。そのとき辰三が、今のような安らかな微笑を浮かべて死ぬと思われますか。大樹は決して酷くなどありませぬ。辰三は、大樹のお手にかかったからこそ、それをお慈悲と思い、無念の魂魄をさまよわせることもなく、お玉どのの待つ黄泉へ向かうことができた。そう思し召されよ」

鯉九郎は、淡々と語った。

たぶん鯉九郎の云うとおりなのであろう。だからといって、義藤が辰三を殺した事実は消えようがなかった。やはり酷いことをしたのだと思う。義藤は、その場に片膝をつき、辰三の亡骸に向かって、瞑目した。

「鯉九郎。わしは辰三にゆるしを乞うたのではないぞ」

何か宣言するような、きっぱりとした云いかたであった。鯉九郎にさえ有無をいわせぬような強い響きがあった。

「往くぞ」

義藤は、踵を返した。

二人が小屋の外へ出ると、小雨が降っていた。義晴はまだ暴れており、家臣たちはこれを遠巻きにしてうろたえている許りであった。義晴の髪はざんばらで、小袖の前ははだけている。その手にある大刀は、家臣から奪いとったものであろう。

義藤は、無手のまま、無造作な足取りで義晴まで歩み寄った。

「大樹、危のうございます」

誰かが叫んだが、義藤はかまわぬ。鯉九郎も、義藤が手もなく刀を奪いとるだろうと安心している。

父と子の眼が合った。父の眼は狂気に満ち、子のそれは哀しみに彩られていた。

義晴が、何やら喚きざま、斬りつける。義藤は、何を思ったか、左腕を額の前にかざし、刀鋒でもって浅く斬らせた。その二の腕に、すうっと血の筋が引かれるのを見て、鯉九郎は痛ましく思った。

（お父上を正気にかえそうと……）

わが子に斬りつけ、血を流させて、それでもなお正気を取り戻さぬ親がいる筈はない、と義藤は思ったに違いなかった。そうでなければ、義藤ほどの武芸達者が、腰もさだまらぬ義晴にむざと傷を負わされる愚を犯す筈はあるまい。

義藤の負傷に愕いた幾人かが、遠巻きの円から中へ跳び入ろうとしたが、それを鯉九郎は制止する。

「手出し無用」

義藤は、二度三度と義晴の狂刃に腕の皮を斬らせた。だが竟に義晴は狂気から解き放たれることはなかった。やむなく義藤は、義晴の手もとへ入り、刀を奪った。

義晴は、義藤の胸倉をつかんで、烈しく揺さぶる。

「返せ、予の刀を返せ。返さぬか」

義藤は無言であった。父のされるがままになっている。

「そうか。そちは、予から将軍職まで奪うつもりじゃな。誰のさしがねじゃ」

ふいに義晴は、はっとして、義藤から手を放してあとずさる。

「道永だな……道永が奪えと命じたのじゃな」

道永とは、十八年前に六郎晴元と争って敗死した前管領細川高国のことである。その管領時代には、政争の道具として義晴を十一歳で将軍職に就け、ほしいままの専権をふるった。それ以前の高国は、義晴の父義澄をさんざんに攻めて、流浪の憂き目にあわせ病死においやっている。この男のいいなりで送らざるをえなかった成長期に、義晴の心がどれほど病み疲れたか想像するにあまりある。

義晴は、けたたましく笑いだした。

「奪え、奪え。将軍の首をすげかえるのが、道永、そちの仕事であろう。伯父御どのの次はわが父で、わが父の次はまた伯父御どので、それから予か。いや、それとも予が舎弟か。いやいや、予と舎弟で代わる代わるがよかろう。足利を称する者なら誰でもいい、将軍にしてやれ。将軍なんぞ、うたかたと同じじゃ。薄汚れた淀みにぽっかりできては、ぱちんとはじけ、ぱちんとはじけては、またぽっかりできる。じゃが、道永……」

義晴は笑いを消す。眦を吊りあげた。

「菊幢丸には指一本ふれさせぬぞ。菊幢丸は尊氏公の再来じゃ。わが宝じゃ。菊幢丸がいつの日か、汝など滅ぼしてくれよう」

菊幢丸という名が出たことで、父に正気の戻る兆しか、と義藤は一縷の望みをかけた。だが、義晴の義藤を見る憎々しげな眼色に変化はない。父親としての本能が、狂気の中でも無意識のうちに、わが子への愛情を一瞬だけ垣間見せたのにすぎなかった。

「父上……」

肺腑を抉られるような悲しみと絶望感に、義藤は立ち尽くしたままである。

義藤を細川高国と思いこんでいる義晴は、その悄然たる姿を指さしながら、けらけらと笑った。

「ぽっかりぱちん、ぽっかりぱちん、ぽっかりぱちん、ぽっかりぱちん……」

擬音を繰り返しつつ、義晴は義藤のまわりを、手足で拍子をとりながらまわりだす。

このとき、漸く駆けつけてきた男が、義藤の視界に入った。雨よけに檜扇を頭上にかざしている。伊勢貞孝であった。

義藤は凶暴な怒りに駆られた。貞孝には、父上をよく息ませてくれるようにと命じておいた。なのに義晴は、傷を負うた躰で、ひとりでここまでやってきている。義晴が寝所を出るのに誰も気づかなかった筈はあるまい。義晴が辰三の告白を聴かなければ、或いは狂気を発することもなかったかもしれぬ。

（道永や六郎ばかりではない。この男も、将軍家の家政を思いのままにして、父上を

狂気におぃやったひとりなのだ）

その思いが義藤には勃然と湧いてくる。

「大樹。右大将さまのご乱行は一時のこと。一日お眠りになれば、きっとよくなられましょう。案じることはありませぬよ」

貞孝の口調には、あやすような感じがあった。あいかわらず義藤を子どもとみている。そのため貞孝は、義藤が断固たる調子で命じた次の一言に戸惑った。

「踊れ、伊勢」

明確に聴こえたが、それでも貞孝は、何と仰せられました、とき返した。

「踊れと云うた」

義藤の右腕が動いた。と見えたときには、貞孝の手にあった檜扇を奪って、それでその額をぴしりと打ちすえている。

「伊勢、驕慢ぞ。そちは足利将軍家の一家僕にすぎぬ身であることを忘れたか」

義藤は、貞孝を炯々たる眼光で睨み据えた。そのまま、左腕をすうっと上げた。すかさず寄った鯉九郎が、躊躇なくおのが大刀を鞘ごと腰からはずし、手渡した。

「そちには、首を刎ねられる覚悟ができている筈だ。真羽のことでわしが怒ったとき、みずからそう申したな」

二年前の夏、貞孝は真羽の行方を探すふりをして、そうしなかったことを義藤に難詰された。そのとき、将軍家のためを思えばこそと強弁し、お気に召さぬとあらばこの首を刎ねられよと居直ったものである。

あのときの貞孝は、義藤には斬れる筈がないと高を括っていた。真実、将軍家のためを思って、自身の生命を投げ出すほどの度胸は、この貞孝という男にはない。義藤はいつのまにか、人間の器の大小を測る眼をもつようになっていた。

「それへなおれ、伊勢」

「お、お赦し願いまする。伊勢が悪うございました。本当に悪うございました」

貞孝は、地べたに額をこすりつけて、命乞いをする。

（これが将軍家の執事か……）

義藤は、斬り棄てるのがばからしくなった。檜扇を投げ棄てる。

そうして、後ろに随う鯉九郎に告げた。

「摂津へ往く」

「摂津とは……」

鯉九郎は不安をおぼえた。摂津は今、長慶軍と六郎晴元・宗三軍とが激突して、戦乱の最中であり、危険きわまる地である。

「何用あってお出向きあそばします」
「仕残したことをやり遂げる」
「大樹、それは……」
「お玉の仇を討つ」

第十章　炎上

一

「六角どのは、榎並城を見捨てるおつもりか」

三好宗三は、入道頭から湯気を立ち昇らせて、主君六郎晴元に食ってかかった。

「しずまれ、宗三。六角は必ずまいる」

一段高いところから、六郎晴元が宥めようとする。

「お屋形さまが近江へ出向かれたのは、二ケ月余の前にござりますぞ。そのとき援軍派遣を約されたにもかかわらず、いまだ参陣されぬとは、六角どのはいかなる料簡にござるか。その気がないとしか思えませぬ」

「六角江雲は、わが舅じゃ。この晴元がたのみを蔑ろにいたす筈があるまい」

「あてになり申さぬ。六角どのは、おのが領国にかかわりなき戦で兵を損じたくない。それが本音でござりましょうぞ」

「宗三、口がすぎるぞ」

「わが倅は……」

と叫んで、ついに宗三は突っ立ち上がった。動くと、躰じゅうから音を発する。小具足姿であった。

城中の一室ではあるが、臨戦態勢のため、この軍議の席に居並ぶ諸将いずれも、軍装が調っている。あとは兜と胴鎧を着用するだけで、すぐにでも戦場へとび出せる。六郎晴元の鉄漿をつけた歯だけが、この場にそぐわない。

「右衛門大夫政勝は、籠城八ケ月にござる」

宗三は髭を顫わせる。感情を抑えきれなかった。

宿敵三好長慶が、宗三父子誅伐の旗印を掲げて、本格的な軍事行動を起こしたのは、昨年の十月二十八日。この日、十河一存を先鋒とする長慶軍は、長慶の居城である西摂の越水城（現兵庫県西宮市）を出兵、淀川の支流群が複雑に交錯して難波の海へつながるデルタ地帯を北摂より迂回して、北河内の十七箇所へ出た。同地は、現在の大阪府守口市の大半を占める一帯で、当時は幕府御料所であった。長慶軍の狙いは、南摂欠郡の北端に位置する三好右衛門大夫政勝の居城榎並城（現大阪市城東区）を孤立させることにあった。

すでに長慶は、越水出兵の前に、摂津国衆の調略を済ませている。六郎晴元の帷幕である茨木長隆と伊丹親興をのぞけば、池田はもとより、芥川・三宅・入江・安威など、その有力国衆のほとんどを味方に引き入れることに成功した。長慶軍が、越水から十七箇所まで無人の野を行くごとく進軍できたのも、その効果のあらわれであった。

さらに長慶は、岳父である河内国若江城主の遊佐長教をはじめとして、大和の筒井順昭、和泉の松浦興信、丹波の内藤国貞ら周辺諸国の実力者とも款を通じ、これらといつでも連繫出来る態勢を整えていた。

三好政勝の榎並城は、そうした長慶の摂津国内に止まらぬ巨きな軍略の網に、完全に搦めとられてしまったのである。

むろん京の六郎晴元も手を拱いていたわけではない。長慶の動きに対し、和泉の細川元常、紀伊の根来寺衆徒、伊賀の仁木氏らを招いて、戦力の増強をはかった。

ただ六郎晴元の打つ手は、長慶のそれに比してどこか頼りない感じを否めない。長慶の越水出兵に先んじて、榎並城へ赴援させる者に河原林対馬守を選んだことなど、その一例といえよう。河原林対馬守は、一時期越水城主だったのを、長慶に逐われて、このころは長く牢々の身であり、それを六郎晴元が召し出したものであった。対馬守は長慶への復讐心からよく働く、と六郎晴元は見込んだのである。だが、別の見方をすれば、牢人者などに期待しなければ戦えぬ自軍の窮状を、六郎晴元みずからが露呈した出来事にほかならぬ。

　六郎晴元方にとっての救いは、榎並城が、小城といってよい単廓の平城ながら、三方を川に囲まれた天然の要害の地に築かれていることであろう。残る東方にさえ万全の備えをなせば、長慶軍がいかに大軍をたのんで強攻してこようと、容易には陥落せぬ堅城であった。この榎並城の東方にひろがるのが、長慶軍の布陣した十七箇所である。

　一方の長慶は、当初から長期戦を覚悟している。いかなる難攻不落の城も、救援を期待できぬ苦境に立たされては、いずれは自壊せざるをえない。そのときまで、けっして無理攻めをせず、じっくり腰を据えて戦うつもりであった。

　こうした戦況の下、焦燥感に駆られたのは、云うまでもなく六郎晴元と三好宗三のほうである。わけても宗三は、孤立させられた榎並城にわが子政勝が籠もっているだけに、不安でたまらなかった。

今年、つまり天文十八年になると、宗三は南丹波路から迂回して北摂へ入り、そこで六郎晴元派の塩川氏より兵を藉りて、一月下旬には池田市場に放火、伊丹親興と連絡をとった。

これに対して長慶は、十七箇所を遊佐長教に委せ、自身は尼崎へ出陣し、伊丹の動きを牽制した。この間に、弟の安宅冬康が淡路水軍を率いて来援している。

榎並城をめぐる戦雲は、急速に動き出した。

二月の末に到り、宗三は淀川の支流神崎川を強行渡渉して、細川晴賢の柴島城（現大阪市東淀川区）へいったんは援軍を入れることに成功するが、ただちに長慶軍の猛攻撃を浴び、早くも三月一日には陥落させられてしまう。この柴島城の南へ、淀川をこえて一里の地点に榎並城はある。宗三は、榎並城の救援どころか、わずかな供廻りに護られて、命からがら同城へ遁げ込むことになった。

いまだ京を動かず、この敗報に接した六郎晴元は、あらためて長慶の軍事力の強大さを思い知らされた。と同時に、五年前ならば、と悔やまれたことであった。

五年前の秋、六郎晴元・宗三主従の謀略によって寵臣和田新五郎を処刑されながら、長慶は憤怒を怺えきった。あのとき長慶が挑発にのせられ、謀叛を起こしてくれていたら、これを敗る自信が六郎晴元らにはあったのである。

たとえば遊佐長教は、あの時点では長慶と縁戚ではなかった。しかも長教は、その後の数年間、典厩二郎を担いで、そのころは六郎晴元に属していた長慶と、幾度も戦っている。この敵同士だった両者が和議を結んで舅と婿の関係になったのは、去年の四月のことである。河内最強の実力を誇る梟雄、遊佐長教を味方につけただけでも、長慶の軍事力の規模は五年前とは比較にならぬ大きさになっている。

柴島城陥落に慌てた六郎晴元は、四月の初めに近江へ行き、観音寺城に南近江守護六角江雲と会して、早急の出兵を要請した。こちらも六郎晴元は婿、江雲が舅という関係である。六郎晴元方に近江半国の兵が援軍に加われば、長慶の勢いを止めることはもちろん、あるいは攻守の逆転も可能であろう。

だが、江雲はしぶった。六郎晴元は、長慶と決裂する数ケ月前まで典厩二郎と戦っていた許りではないか。そのときも江雲は、この婿に協力して、近江兵を参陣させたし、自身は敵方との調停に奔走している。これと同様のことを、江雲は六郎晴元政権の初期より、どれほどやってきたことか。池田問題を端緒とする今回の争いにしても、長慶との衝突を避けるように、と再三にわたって六郎晴元に釘を刺してきた江雲なのである。いかに幕府管領の出兵要求とはいえ、いい顔をしなかったのは当然であろう。

それでも江雲が出兵を約束せざるをえなかったのは、やはり六郎晴元政権の中枢に長く座を占めてきたからであった。この戦いに六郎晴元が敗れて、管領が典厩二郎にかわり、その実権を長慶が掌握するという形になれば、六角氏の幕府における地位も危ういものとなる。

江雲との会見を終えた六郎晴元は、四月下旬、前に宗三が辿(たど)ったのと同じ道をとって、北摂多田（現兵庫県川西市）の塩川氏の居城一庫(いちくら)城に入った。

一方の長慶は、さきに柴島城を落としたあと、そのまま南下して堀城に入り、ここを本営としていた。堀城は、中嶋城ともいい、その名のとおり、淀川下流の中洲(なかす)にあって、榎並城を西方から脅かす存在であった。これで長慶軍は、十七箇所の遊佐長教軍とで東西から榎並城を挟撃できる形をとったことになる。

味方不利の事態を憂慮した六郎晴元は、榎並城包囲軍の敵兵力の分散を狙って、摂津各地で攪乱(かくらん)戦法に出た。三好軍団の兵站(へいたん)基地である堺へも、反長慶の牢人衆を攻撃に向かわせた。

その結果、さしもの長慶軍にも隙(すき)が生じ、六郎晴元の部将香西元成(こうざいもとなり)が三宅城を奪取、これを占拠することに成功する。三宅城は、現在のＪＲ東海道本線千里丘付近にあった城で、その北東の六郎晴元方の茨木城が、この存在によって動きを封じられていただけに、六郎晴元にすれば大収穫といえた。

三宅城奪取は、長慶の妹婿芥川孫十郎の守る芥川城に、少なからぬ打撃を与えることにもなる。芥川城の築かれていた場所は、現在では高槻市北郊の新興住宅地裏の小山に、その址らしきものをわずかに発見できる程度にすぎぬが、当時のこの地は、京からの道を扼する東摂の要衝であった。さきに宗三も六郎晴元も、摂津入りするのに南丹波路を迂回せざるをえなかったのも、芥川城が立ちはだかっていたからである。そして、芥川城が悠然と京摂街道を押さえていられたのは、後ろに三宅城が控えておればこそであった。

あとは、この芥川城さえ落とせば、京摂の道はひらけ、近江より来援する筈の六角軍の進軍路を確保できる。香西元成は、三宅城奪取の余勢を駆って、一挙に芥川城攻撃へ向かった。が、これは長慶軍の三好長逸によって、その手前で撃退されてしまう。

五月五日、宗三は、榎並城から三宅城へ移るや、一庫城へ使者を派して、六郎晴元に早々の出陣を促した。しかし六郎晴元のほうでは、六角軍が到着するまで動くつもりはない。苛立った宗三は、しつこく毎日のように出陣を迫った。六郎晴元が、渋々ながら重い腰をあげて、一庫城から三宅城へ移ってきたのが、五月二十八日のことである。

ところが六角軍が来ない。待てど暮らせど来ない。五日たち、十日たちしても、近江を出てくる気配すらない。

　宗三にすれば、いますぐ救援軍に駆けつけてきてもらいたい。三宅城を奪ったからといって、戦況は依然として六郎晴元陣営に不利であった。すでに籠城八ケ月に及ぶ榎並城では兵の疲弊は限界にきている、このままでは落城は近々のうちだ、と宗三はみていた。自身も二ケ月ばかり籠もっただけに、城内のようすを知っていた。だから六角軍の遅延に宗三は激怒し、江雲の心事に疑いをもったのである。

　六角江雲にしても、べつに援軍を送る気がないわけではない。その証拠に、部将のひとりで近江国朝妻城城主の新庄直昌（しんじょうなおまさ）を、寡兵ながら摂津へ先着させている。六角には六角の事情がある。六角氏の目下の敵は、北近江に蟠踞（ばんきょ）する浅井氏で、これが強い。摂津へ派兵するにあたっては、浅井氏に対して充分な牽制策を施しておく必要があった。手薄になったところを攻め込まれでもしたら、自身の領国を奪われかねないのである。

　その程度のことが分からぬ宗三ではない筈（はず）だが、それでも、六角軍いまだ動かずという情報は、宗三の頭に血を昇らせずにはおかなかった。

「もはや我慢できぬ。この宗三ひとりで榎並城を救（たす）けん」

　そう喚（わめ）くや、宗三は軍議場に背を向けた。権謀家のこの男らしからぬ逆上ぶりといってよい。籠城中のわが子かわいさとしか考えられなかった。

「待て、宗三。六角軍の来援なくして、筑前に勝てると思うか。いまはこの三宅城を固守しつづけるが上策ぞ」

六郎晴元も大声をはりあげるが、それを背に聴きながら、宗三は振り返らなかった。眼を血走らせている。

この瞬間、六郎晴元と宗三の敗北は決したといってよい。六月十一日のことであった。

二

江口ノ里、という。日本史上、最古といわれる遊里である。

「天下第一の楽地なり」

と『遊女記』に記したのは、大江匡房である。

延暦年間、和気清麻呂が桓武天皇の勅令を奉じて開鑿工事を行い、淀川と神崎川を繋いだことにより、山陽道、南海道、太宰府の貢船が、難波津を経ずに長岡京の河港筑紫津へ直通できる水上路が拓かれた。以来、この新しい川筋は、行旅の客をもてなす娼家が軒を並べて盛況を呈する。わけても両川の分流地、つまり山陽道・西海道と南海道との分岐点の江口（現大阪市東淀川区）は、交通の要衝たるをもって殷賑をきわめる色里となった。

この江口ノ里と遊女たちが日記、紀行文、歌集などに繰り返し謳われたことは、後世の人々にもよく知られるところである。鎌倉に武家政権が開府され、東海道が最重要交通路となって以後は急激に衰えたが、それでも江口が、実に四百年にもわたって色里の代名詞だったことは疑うべくもない。

それほどの由緒をもつ土地でありながら、戦国時代の江口といえば、旅人の一顧すら与えられぬ湿地の一寒村にすぎなかった。

六月十一日、六角軍来着の遅いことに痺れをきらせた三好宗三が、六郎晴元の制止も肯かず、三宅城をとび出して南下し、陣を布いた場所が、この江口である。このとき宗三が、平井、高畠、田井ら六郎晴元の奉行人もひきつれたので、長慶方では六郎晴元自身も同行したのではと勘違いした。

江口は、淀川と神崎川の三角洲の付け根ゆえ、左右と背後をその両川に護られてはいるが、これは同時に背水の陣という姿でもあって、戦いに敗れた場合は逃走路がなく、全滅する危険性がきわめて高かった。しかも宗三の入った江口の砦は、榎並城のように何度も修築を重ねた堅城でもなければ、兵糧の貯(たくわ)えもない。敵を圧倒する兵力を擁するなど、不敗の用意があれば別だが、宗三の場合はみずから死地にとびこんだとしかいいようがなかった。敵方にすれば、思わぬ絶好機の到来といえよう。

翌日の六月十二日には、早くも戦端が開かれ、六角軍の先遣隊として近江より来援していた新庄直昌が戦死する。緒戦(しょせん)から宗三軍はつまずいた。

三好長慶は、この宗三の死地を全(まった)きものとするべく、糧道を断つ作戦に出た。すなわち、安宅冬康・十河一存をもって、三宅城と江口の中間にある別府村を占拠せしめたのである。これが六月十七日のことであった。

かくして宗三軍は、北に神崎川を挟んで別府村の十河一存ら、東を淀川を間にして十七箇所の遊佐長教、西には陸続きで堀城の三好長慶という、三方より包囲されるかっこうになった。宗三軍が江口より榎並城へ向かうには、さらに南下して淀川を渡河せねばならぬが、砦を出たが最後、たちどころに三方向より長慶軍に押し潰(つぶ)されてしまうに違いない。宗三軍は袋の鼠(ねずみ)である。

十河又四郎一存は、時を移さず江口砦に総攻撃を掛けることを長慶に進言した。ところが長慶は、すぐにはこれを許さぬ。

「又四郎に伝えよ。六郎どのが所在をたしかめよと」

別府村の十河軍からの使者に、長慶はそう返辞をした。長慶には当初から、六郎晴元を殺すつもりはない。もし六郎晴元も江口にきているとすれば、乱戦の中で生命を落とすこともありうる。三好長慶という男の武門としての秩序の中では、主君殺しは最悪の所業であった。

一存が激怒したのは、云うまでもない。

「なんのための戦ぞ」

兄長慶の気持ちがどのようなものであれ、すでに公然と主君六郎晴元に叛旗を翻しているではないか。いまさら謀叛人の汚名を着たくないとは、むしがよすぎる。

それに一存は、鬼、あるいは夜叉などとよばれる戦場往来人だけあって、合戦の機微というものを本能的に察知できる男であった。慥かに今の戦況は味方に有利だが、それも敵に六角軍が到着するまでのこと。それまでに、けりをつけておかねば、形勢をひっくり返されるやもしれぬ。そうなっても支えることはできるが、以後の戦いは泥沼になるほかはない。六郎晴元の助命に固執して、宗三入道まで討ち洩らすことになったら、どうするのか。戦機はもう熟しきっている。今こそ、これまでの緩やかさをかなぐり捨てて、全軍挙げて急になるべきときではないか。

そうして一存が長慶の不決断を詛っているころ、江口砦では宗三が、こちらも六角軍の来援の遅速が勝敗の分かれ目とみて、毎日、淀川の流れを東方遥かにまで望んで、やはり切歯扼腕している。

川舟を留て近江の勢も来ず
　　問わんともせぬ人を待つかな

「近江の勢も来ず」は「江口の明け暮れに」だともいう。近江軍の来ないことの無念さを歌った、宗三の一首である。

江口砦の兵糧が尽きて、士卒の意気が阻喪しはじめた六月二十四日の早朝、同日中に六角軍が山崎に到着するという情報が、宗三軍、長慶軍双方にもたらされた。山城国山崎から摂津江口まで、余すところわずかに半日の行程となる。

六角軍は、江雲の嫡子義賢に率いられ、総勢一万の大軍と伝えられた。当時、一国の守護でも、一度に動員できる兵力は数千人であって、万には届かなかったという。すでに守護大名から戦国大名への発展途上にあった六角氏は、それだけの力をもっていたと思われる。

一万の六角軍が到着すれば、一存の危惧は現実のものとなろう。一存は、長慶の命令を待たず、ただちに反応した。

一存はまず、三宅城へ向かい、鬼十河の堂々たる兵威を誇示して、城方を顫えあがらせるや、そこに押さえの兵を残し、自身は別府村へとって返した。

ここで淡路水軍が活躍する。十河軍は、舟を列ねて、神崎川を押し渡り、江口砦へ猛然と襲いかかった。

「死ねや、死ねや」

味方に烈しい叱咤をくれつつ、一存みずからが先頭に立っての怒濤の攻撃である。

十河軍暴発の急報に接した堀城の長慶は、

「已んぬるかな」

その一言を発しただけで、ただちに兵三千を率いて出撃した。とうとう主君殺しの汚名を着るのか、という苦い思いであったろう。

江口砦は急造のものである。十河軍を対手にするだけでも守勢一方のところへ、西から長慶軍の本軍が押し寄せてきたから、たまらない。それこそあっという間に、土塁を越えられ、逆茂木や柵を踏み倒され、木戸をぶち破られた。

この戦闘で宗三軍は、六郎晴元の奉行人らも含めて、八百人の戦死者を出した。鉄炮の使用されぬ合戦としては、かなり大量の人数であり、宗三軍が一方的に敗れて壊滅的打撃を被ったことが分かる。

　宗三自身は、わずか五名の家来に護衛されて砦を脱すると、南へ向かう。この五名は、つねに宗三に影のように寄り添って離れぬ手練者ばかりであった。五年前の秋に宗三邸でお玉を凌辱したのは、この者たちである。主従六人、馬にも騎らず、榎並城をめざして、文字通り死に物狂いの遁走を開始した。

　そのころ榎並城へも江口の戦闘のことは伝わっていたはずだが、宗三軍を援けるためにうって出れば、かえって遊佐長教軍の餌食になるため、動くことができなかった。

　太陽は高く、灼けつくような暑さである。宗三主従は、埃と泥にまみれた鎧の下を汗でぐっしょり濡らして、丈高い夏草を掻き分け、羽虫のうるさい藪を突っ切り、蟬噪の疎林を抜け、やがて淀川北岸へ達した。

　追走軍に発見されないうちに、向こう岸へ渡らねばならぬ。だが、南岸には、榎並城を牽制する敵の遊佐軍が、宗三軍の敗走を予想して兵を配置してあるに違いなかった。

　ただ、南岸全域を押さえることは不可能ゆえ、間隙がある筈であった。そこを渡河すればよい。宗三主従は、岸辺の葦原にひそみ、敵兵の姿を探して、対岸を見霽かした。どうやら幸いなことに、敵影は見えぬ。

「よし。押し渡ろうぞ」

宗三はそう云って、甲冑を解きはじめた。溺れないためである。家来たちも皆、それにならう。

そうして宗三主従が、葦原から川原へ出ようとしたときである。上流から、小舟が一艘、滑ってきた。渠らは、後退して、また葦原に身を伏せた。

小舟の舳先に、木瓜紋の旗が翻っている。間違いなく遊佐軍だ。淀川を上下に遊弋して、江口からの敗走者を探索しているのだろうと思われた。

しかし、接近してくる小舟には、たった二名しか乗っていない。それに、同僚舟も見当たらなかった。これは、下流のどこかの味方へ、何か連絡をつけるためだけにやってきたのかもしれぬ。さらに好都合なことに、敵の小舟はこちらの岸寄りのところを下ってくるではないか。

「未だわれらに武運あり」

あの遊佐方の小舟を奪うと決めた。舟さえあれば、この大河を渡るのも容易であるし、向こう岸の敵兵の配置状況によっては、さらに下流へ遁れてもよい。

宗三主従の手持ちの武器は、それぞれの刀と、二本の鑓のみであった。弓は、疾うに矢が尽きたので、途中で捨てている。小舟の二人を仕留めるには、投げ鑓でもって狙うほかはない。渠らは、小舟が狙いやすい位置まで下ってくるのを、息を殺して待った。

小舟の二人は、甲冑武者と足軽であった。武者は舟床の中央にあぐらをかいており、足軽のほうは艫で流れに竿をさしている。これがいよいよ、宗三主従の正面にさしかかろうとしていた。

充分にひきつけてから、家来の中の二人が、ぱっと葦原から立ち上がった。そのまま、助走もつけずに、同時にそれぞれの鎗を投擲する。二筋の鎗はいずれも、標的めがけて真っ直ぐに飛んでいった。

次の瞬間、宗三主従を唖然とさせることが起こった。小舟の二人は、飛来した鎗を、いともやすやすと躱してみせたのである。艫の足軽はわずかに身をずらし、座っていた武者は仰のけにひょいと寝そべっただけであった。どちらも慌てたようすは微塵もなく、したがって舟を動揺させることもなかった。

飛び道具を失った宗三主従が、もはや川中にいる小舟を奪うことはできぬ。それどころか、小舟の二人が合図の笛を吹くなり何なりして味方を呼び寄せれば、居所をたちまち知られてしまう。

このとき宗三が、まだ伏せている家来の三人に、そのままにしておれと命じてから、自身は何を思ったのか、葦原から立ち上がって、小舟の二人に向かって姿をさらしてみせた。

「そこな河内衆」

　宗三は大音に呼びかけた。

「吾は越前守、三好宗三である。わが首を挙げて、武門の誉れといたせ」

　これは宗三が咄嗟に思いついた賭である。

　戦場では誰でも敵の大将首を挙げたい。その機会が訪れれば、勇士はこれを逃さないものだ。いま見たところ、小舟の二人は、宗三の家来の投げ鑓をたやすく後ろへやり過ごしたほどだから、腕におぼえの者たちであろう。敵方の事実上の総帥といってよい三好宗三を眼前にして、これと戦わぬような男たちではない筈であった。

　案の定、小舟の二人は頷き合うと、艫の足軽が竿を巧みにあやつって、舳先を宗三主従の立つこちら岸へ向けた。陸にあがって、いざ立ち合わんとの構えである。

　それを見て、宗三の家来たちも漸く、主君の意図を察した。宗三が姿をさらして名乗ったのは、敵の小舟を岸へ着けさせる方便であり、三人を伏勢としたのも、こちらの人数を少なくみせて、小舟の二人を安心させるためであった。

　宗三と鑓を投じた二人は、葦原から石ころの多い川原へ進み出る。待つほどもなく小舟が着岸され、遊佐方の二人が陸へあがった。双方の間隔は、五間ほど。

遊佐方の武者は、兜を着け猿頬を当てているので顔つきがよく分からぬが、かなり若そうであった。宗三は、ちょっと首をひねった。どこかで会ったことがある。そんな気がする。

その武者の身を護るようにして足軽が前へ出た瞬間が、図らずも斬り合い開始の合図となった。

「出合え」

宗三の右に位置していた家来が叫びざま、足軽めがけて奔った。刀は最初から抜き身のままである。

おうっ、と呼応して葦原の伏勢三人が、これも抜き身をひっさげて駆け出てきた。

渠らの致命的な失策は、鎧を解いてしまっていたことと、敵のひとりは足軽風情だという侮りがあったことであろう。

真っ先に斬りかかった家来は、足軽のすれ違いざまの抜き討ちに、胴をざっくりと割られた。だが、あまりの鋭い斬れ味に、その一瞬は自分が斬られたことに気づかず、そのまま前へ走りつづけた。斬られたことを自覚したときには、岸から川中へ前のめりに倒れて絶命している。

伏勢だった三人は、宗三と残るひとりの横を駆け抜けて、足軽の前面と左右へまわった。

足軽はしかし、左右には眼もくれず、前に立ちはだかった者へ無造作に間合いを詰め、これを真っ向から斬り下げた。そのまま、つつっと宗三のほうへ接近する。石ころだらけで足場が悪いのに、その足取りに淀(よど)みはなかった。

足軽の左右についた二人はあわてて、その背へ斬りかからんとしたが、おのれの背後に凄(すさ)まじい殺気をおぼえて、いずれも足運びを乱した。

そのわずかな油断を逃さず、足軽は長身をくるっと反転させる。まるで背中に眼がついているみたいではないか。

銀光二閃(にせん)。直後に真っ赤なしぶきが川原に飛び散って、また宗三の家来が二人、斃(たお)された。

残った最後の家来は、おのれも手錬者であるだけに、この足軽とは技倆に絶望的なひらきのあることを、漸くにして悟る。渠(かれ)は、死ぬために斬りかかっていき、望みどおりになった。

（こんなばかなことが……）

宗三は茫然(ぼうぜん)と立ち尽くした。家中きっての手錬者たちが、こうもたやすく斬られてしまうとは。しかも全員、即死ではないか。

かつて、お玉という将軍家の侍女に、やはり五人を斬られたという苦い経験をもつ宗三だが、あのときはこれほど一方的なやられ方ではなかった。

いまや味方は、ひとりもいない。

（三好宗三ともあろう者が、足軽に討たれるのか……）

早くもその無念の思いを抱いて、宗三は足軽の長軀に焦点を合わせた。その血刀をさげた立ち姿を見たとたん、足に顫えがきた。思ってもみなかったことであった。恐怖感にとらわれている。

ところが、足軽は、刀身に拭いをかけると、それを鞘におさめてしまった。生け捕るつもりなのだと宗三は解釈する。正直なところ、ほっとした。

「無念だが、投降しよう。だが、わしは幕府軍の副将だ。縄をうつな。うてば、後でおぬしらが、軍陣の作法を知らぬと叱りをうけよう」

安堵すると、いつもの強気が出た。幕府軍と称し、自分をその副将と位置づけたのは、必ずしも間違っているわけではないにせよ、これも宗三らしいといえよう。

「作法を知らぬは、宗三、そのほうだ」

聴き覚えのある声であった。宗三は、どきりとする。だが、まさか、と思い直した。

足軽は後ろへ退き、かわりに甲冑武者がゆっくりと歩み寄ってくる。

「このうえまだ生き恥をさらしたいか、宗三入道」

武者は、兜と猿頬をとりさった。

「あっ……」

のけぞるほどに、宗三は愕（おどろ）く。

「こう云えば、分かるであろう。お玉の仇討（あだう）ちだ」

将軍足利義藤は、左手で佩刀（はいとう）の鯉口（こいぐち）を切った。

刃渡り二尺四寸余の一刀が、鞘より迸（ほとばし）り出る。大般若長光（だいはんにゃながみつ）であった。

宗三の首を刎（は）ねた瞬間、義藤の中で何かがはじけて消えた。それは、いつもどこかでお玉が見成（みまも）っていてくれるという甘えだったかもしれない。

義藤の少年時代は終わった。

三

六月二十五日未明、洛中（らくちゅう）武衛陣町の将軍義藤の別邸（べってい）に、今出川御所より火急の使者が参上した。

義藤は、この数日、病臥中ということで、誰にも会っていない。父義晴の乱心ぶりを目の当たりにした直後であり、周囲では、ご心労のあまりとみて、この面会謝絶を納得した。

その間に義藤は、鯉九郎ひとりを供に、隠密裡に京を抜け出し、摂津へ潜行するや、遊佐方の士卒になりすまして、三好宗三を討つ機会を窺ったのである。摂津入りするなり、長慶軍と宗三軍がすぐに決戦を開始し、そのおかげで早々に宗三と遭遇できたのは望外のことであった。

義藤と鯉九郎が、摂津を脱して帰京し、この別邸へ戻ったのは、つい一刻ばかり前の深夜のことである。

義藤は、使者を引見した。用向きは分かっている。摂津の六郎晴元陣営の惨敗のことだ。はたして使者は、そのことを、不安の面持ちを隠さずに報告した。

「三好宗三どの討死の由にございます」

つづけて使者は、宗三以外の戦死者で、将官級の者の名を何人か挙げる。

三好宗三の最期については、淀川を泳いで南岸へ渡りきったところを遊佐軍の足軽に首級を挙げられたとも、あるいは岸へ届く前に力尽きて溺死したとも後にいわれた。

将軍義藤が人知れずこれを討ったとは、誰も夢想だにしないであろう。

「六郎は」

と義藤は下問する。べつに六郎晴元の安否を気遣っているのではない。管領が殺されたとなれば、幕政のさらなる混乱を招き、また庶民の不安を一層煽ることにもなると案ずるからであった。

「ご生死、いまだ分明ならず」

話は前後するが、昨日の江口の宗三軍大敗北によって、六郎晴元陣営は浮き足立ち、その日のうちに総崩れとなっている。八ケ月も持ち堪えた榎並城も、あえなく陥落し、城主三好政勝はいずこかへ落ちた。

三宅城の六郎晴元は、城を捨てて丹波路へ遁げ、翌日つまり本日中には山城国嵯峨まで撤退、その足で直ちに入京することになる。本日未明の現時点では、六郎晴元はまだ必死の逃走をつづけている筈で、生死確認の報が京に届いていないのは無理もない。

また六郎晴元入京の前後、一万の六角軍は東寺に着陣していたが、摂津の敗報に接すると、これも直ちに近江へ引き上げてしまう。

義藤は後で知るが、六郎晴元の逃走に護衛として随行したのは、安宅冬康から密かに遣わされた淡路兵だったという。

　実は冬康は、開戦前に長慶より、六郎どのの命を守ってくれ、という密命をうけていた。おもに誰の鋭鋒から守るのかというと、末弟の十河一存のそれからである。長慶がつねに冬康を一存に添わせたのは、それゆえのことであった。実際、一存は、江口砦を落として、そこに六郎晴元のいないことを確認するや、討ち洩らしてはならじとばかり、すぐさま軍兵を率い三宅城へ殺到している。冬康が六郎晴元の居場所をつかんで、これを脱出させるのが、いま少しおくれていたら、途方もない兄弟喧嘩が始まるところであった。

「在京の諸将は皆、軍評定をいたすべく、次々と御所へ駆けつけております」

　と使者は、報告の最後に付け加えた。

「大儀なことだな」

　義藤は、他人事のようにその一言を洩らしただけで、べつのことを使者にきいた。

「父上のおかげんはいかがだ」

「平穏に過ごされておられます。侍医の方々が付き切りにございますゆえ」

「そうか」

　では、もうよいぞ、と義藤は話を打ち切った。

　使者は当惑した。この緊急事態に、義藤は今出川御所へ行くようすをみせぬ。将軍後見役の義晴が狂気を発しており、管領六郎晴元は生死も分からぬという最悪の状況で、諸将が軍議を開くというのに、いかに年少とはいえ将軍が同席しないのでは形がつかぬ。

「いまさら軍評定もあるまい」

義藤のその呟きを聴き洩らした使者は、義藤の胸中を測りかねながら、退がるほかはなかった。

この日、一日中、今出川御所では、将軍不在のまま、諸将が今後の対応について侃々諤々の論議を闘わせる。その間に、六郎晴元が無傷で逃げ帰ってきたので、一時は気勢があがったが、それだけのことであった。味方不利の状況が動かしがたいことは、誰もが分かっていた。

長慶軍はいまにも京へ攻め上ってくるであろう。これに対して、抗戦するのか、撤退するのか。

抗戦派は少なかった。当然のことである。京という町が攻めるに易く、守るに難きことは、過去の無数ともいえる戦いでいやというほど証明し尽くされていた。まして兵の質量ともに劣る六郎晴元軍が、精強の長慶軍を支えきれるわけがない。

となれば、撤退するほかなかろう。

和睦という手もあるが、これは現時点では論外といわねばならぬ。六郎晴元軍は、形式上、将軍家を擁し、また管領を大将としているのだから政府軍である。敵の長慶軍は、賊軍ということになる。政府軍から賊軍へ和睦を申し入れるなど、現実がどうであれ、できるものではなかった。

つまり和睦する場合は、賊軍のほうから申し入れがなければならぬ。政府軍は、それに応じるという形をとり、賊軍神妙なれば、慈悲をもって、このたびの罪を赦す。そういう手順を踏むことになる。だが、圧倒的優位に立っている長慶が、そんなばかなことをする筈はなかった。

但し、この先、膠着状態がつづくようなことになれば、話は別であろう。その間に、双方が水面下で条件を提示し合って、折り合いがついたところで、形だけは前記の手順を踏んで和睦に到るということは、充分にありうる。むしろ、過去の例をみても、将軍家の絡んだ戦いは、そうした曖昧な結着をみることが多い。

その方向へもっていくにしても、いまはやはり撤退するしか、六郎晴元軍に道はないのである。

翌六月二十六日、義藤の別邸へ再び使者がやってきて、和戦いずれに決するか、ご裁可を仰ぎたいので、きょうは是非とも今出川御所までお出向きを賜りたいという六郎晴元からの口上を伝えた。御所には、武家衆ばかりでなく、准后近衛稙家（義藤の伯父）、内大臣近衛前久（義藤の従兄弟）、大納言久我晴通ら公家衆に、聖護院や三宝院などの門跡衆そのほか大寺の高僧ら、さらには都下の富商どもも参集しているという。

（あざといことを……）

六郎晴元の魂胆を見抜けぬ義藤ではない。

つい先頃までは、いかなる大事のときも、義藤は裁可どころか意見すら求められたことはなかった。将軍後見人が乱心し、管領職にある者が惨敗を喫した途端に、今後のことは将軍自身の判断によるという体裁を繕って、長慶の鋒先を鈍らせようというのが、六郎晴元とその帷幕の思惑らしい。そのためには京の伝統、宗教、経済の諸勢力が列座する場で、将軍義藤から直にことばを賜り、六郎晴元軍は紛れもない牙軍（将軍の軍隊）であることを、殊更に世間へ印象付けておく必要がある。同時に、長慶入京後も、それら京の諸勢力のかわらぬ支援をとりつけておきたいというのが、六郎晴元の本音であろう。

そうした六郎晴元の周章てぶりは、義藤にはいっそおかしかった。

「気ままの旅とは面白かろうな」

暫く（しばら）したら今出川へ行くと使者に返辞をして、奥へ引っ込んだ義藤は、着替えをはじめながら、そばに控える鯉九郎に問いかける。

「面白うございます」

鯉九郎は、義藤が何を云いたいのだろうと考えつつ、率直に答えた。十年余の歳月を諸国の戦塵（せんじん）にまみれて暮らした鯉九郎だが、どこの武将にも属さずに、ただただ旅寝を重ねて遊び暮らした日々もある。国が違えば、気候も風土も人心も違う。そうしたものに出会えるだけでも、冒険心に満ち、感性の鋭敏な若者には、旅ほど心躍るものはない。

（旅情をそそられたごようすだ……）

と鯉九郎は察した。慌ただしく、かつ隠密裡の行動だったとはいえ、仰々しい供揃（ともぞろ）えもなく、鯉九郎と主従二人だけで摂津へ旅してきたことが、若い義藤の身内に新鮮な興奮をもたらしたのであろうか。

このとき義藤が心に思い描いたことを鯉九郎が知るのは、数年後のことになる。

「では、今出川へ行こう」

着替えをすませた義藤は、部屋を出ていこうとする。すかさず鯉九郎が随う。

「鯉九郎は残ったらどうか。浮橋（うきはし）からまだ何の知らせもないのだろう」

「浮橋がことは、ご案じめされますな。そのうち、ひょいと現れましょう」

「いや。こたびばかりは気にかかる」

義晴が辰三に襲われた日、浮橋はこの別邸を物も云わずに跳び出していったきり、一度も姿をみせていない。何か不慮のことが出来したのに相違なかった。鯉九郎がその日のうちに、足取りを追ったところ、仏陀寺の境内で争闘のあったことを突き止め、そこに血痕を発見した。だが鯉九郎は、そのことを義藤に告げていない。血痕が浮橋のものかどうかは判らぬが、義藤に要らざる心配をさせないためであった。

その翌日には、義藤と鯉九郎は摂津へ向かったので、浮橋の安否は不明のままである。ただ鯉九郎は、別邸を抜け出すとき、浮橋宛ての暗号文による書状を、天井裏へ忍ばせておいた。留守中に、浮橋がそれを読めば、直ちに摂津へ奔ってくる筈であった。

昨日の六月二十五日の暁闇に紛れ、義藤を護って京へ舞い戻った鯉九郎は、すぐに別邸の天井裏を調べたが、書状はそのままで、読まれた形跡はなかった。浮橋は何者かの手に落ちたのか、或いは殺されたのか。

（浮橋ほどの者が……）

ありえぬ、と鯉九郎は思う。だが、どんな忍びの名人上手でも、不意を衝かれることがないとは云い切れまい。

不意を衝くといえば、忍びの者が連想される。多羅尾ノ杢助の名が鯉九郎の脳裡に浮かんだ。伊勢貞孝に飼われている忍びで、義藤の武芸稽古を盗み見ることを仕事にしていた者である。今年に入ってから偵察にきたようすは一度もなかったので、鯉九郎は安心していたのだが、まずは真っ先に疑ってかかるべき人間であろう。

それで鯉九郎は実は昨夜、伊勢邸へ潜入している。だが、多羅尾ノ杢助に遭遇することもできなければ、ほかに浮橋の行方の手掛かりを発見することもできなかった。

鯉九郎は、その伊勢邸探索のことも義藤に報告していない。ところが、勘の鋭い義藤のほうで、浮橋の身にただならぬことが起こったと疾うに察していたのである。この別邸で浮橋の素生を知る者は、義藤と鯉九郎以外にはいない。もし浮橋が何らかの方法で連絡を寄越したとき、どちらも不在では困る。だから義藤は鯉九郎に、別邸に残っていたほうがいいと云ったのだ。

「浮橋の顔を見られないのは、寂しくてたまらぬな」

ほんとうに義藤は、寂しそうに笑った。

鯉九郎は、柄にもなく、ちょっと湿っぽい気分を湧かせた。

どれほど情け深いと評判の武将でも、忍びの者などは道具のひとつぐらいにしか考えていないのがふつうである。様々な武将の下で合戦を経験した鯉九郎は、そういう実例を少なからずみてきた。なのに将軍たる義藤が、浮橋のことをまるで身内のように思っている。

（いまの大樹のおことばを、浮橋がきいたら、あいつ、泪を流すだろうな）

鯉九郎は、深く頷いて、義藤を送り出した。

四

「……申し上げましたように、今の賊軍の勢いには抗しがたく、此度は都をお落ちあそばされるほか手立てはないものと、われら愚考仕った次第。甚だご無念と思し召されましょうが、何卒おきき届け下されますよう願い上げ奉る」

六郎晴元自身が、さも無念そうに、義藤に言上した。

今出川御所内の会所である。仕切りをすべて取り払ってあるので、大広間の形になっている。

そこに高位高官の武家衆に公家衆、及び高僧らがびっしりと居並んでいる。庇下の廊下に列なる者たちは、町衆の代表であろう。

まだ陽は高く、ひどく蒸し暑かった。それでも時折、風が吹く。風といっても、庭の立木の力強い青葉を揺らすほどのものではなく、たまさかに見られる病葉（わくらば）を微（かす）かにそよがせる程度であった。

御所の外から入ってくる騒音は誰の耳にも届いている。外では、市中の人々が、六郎晴元軍の敗報が伝わった昨日早朝より、家財道具をまとめて避難を開始し、その喧噪（けんそう）がつづいていた。むろんこの避難は、長慶軍の来（きた）るべき入京に伴う、兵たちの乱妨（らんぼう）狼藉（ろうぜき）を惧（おそ）れるからであった。

一段高いところに座す義藤は、集まった者どもの顔を見渡しながら、好きな貌（かお）はないなと思っている。とくに眼の前にいる六郎晴元のそれは、できれば見たくない。

「大樹。ご決断を」

六郎晴元が促した。

何をいまになって、と義藤は内心、腹を立てた。もともとこの戦いは、六郎晴元・三好宗三と三好長慶との私闘といってよいようなものではないか。最初から義藤自身は無関係であった。ただ六郎晴元によって擁立された将軍という、義藤にとっては益体（やくたい）もない世間的認知だけが、義藤をその私闘に巻き込んでいるにすぎなかった。

今それを云ったところで、どうにもならぬことは、義藤自身がよく弁（わきま）えている。それに、将軍生父の義晴が、この戦いに積極的だったという事実もある。結局は義藤が、無力な将軍であることから脱して、大いなる実力をつけぬ限りは、幕府宰相の地位にある男の意見を容れるしか、選ぶ道はなかった。

　六郎晴元にとっては、義藤はこれまでも、そしてこれからも自分の思い通りに動く傀儡にすぎぬ。傀儡は物を考えたりしないものだと思い込んでいるこの男は、義藤の急速な成長を認識していなかった。

　果たして義藤は、ささやかな反撃に出た。

「六郎。そちひとりで都を落ちればどうだ」

　六郎晴元は云うまでもなく、列座の人々全員が、思わず義藤を注視した。渠らは誰もが、六郎にまかすとか、よろしく計らえとか、その程度のことしか義藤の口から発せられないと思い込んでいた。それが、六郎晴元に対して、ひとりで都落ちしろとは、まさに驚天動地の言といってよい。まして、義藤が自身の意見を述べたのをはじめて耳にするから、驚きは尚更のことであった。

「おたわむれを」

　なかば引きつった笑みを浮かべて、六郎晴元は云う。

「そうかな。三好筑前の弟の鬼十河が、そちの首を挙げたくてうずうずしているときいたが、あれはまことではないのか」

「そ、それは、その、十河一存めは粗暴の男にございますゆえ……」

「そうであろう。だったら、そちは早く遁げたほうがよいのではないか」

「いついかなるときも、大樹のお供をいたすのが、幕府管領たるそれがしのつとめにございます」

「わしのことなら案ずるでない。三好筑前も鬼十河もわしを殺す気まではないらしい」

「彼奴（きやつ）らは謀叛人にございますぞ」

六郎晴元の声の調子が高くなった。その言葉を、義藤は無視する。

「それに、わしがここにおれば、三好筑前らもよもや、洛中に火をかけたり、狼藉を働いたりはすまい。さすれば京の民も、ああして逃げ出さずにすむと思うがな」

これはまことに正論である。将軍の首をすげかえる野心がない以上、長慶はできるだけ穏やかな入京を望んでいる筈であった。これから中央政権の座に就こうというのに、あえて都の人心を不安に陥れようというばかはいない。

義藤が京に残っていれば、そのまま長慶と典厩二郎に担がれてしまう。そしてほどなく典厩二郎が新しい管領に任じられ、その時点で六郎晴元のほうは逆賊へと転落する。そうなった場合、再逆転はほとんど望めぬであろう。なぜなら、以前に典厩二郎が将軍家を擁したときは、こちらに最強の長慶軍団がいたが、いまはそれが敵方にまわっているからであった。

六郎晴元にとって、いまこそ将軍義藤はかけがえのない玉である。義藤の身柄だけは、なんとしても手もとから放すことはできなかった。

或いは、もしかしたら義藤は長慶へ乗り換えようというのか。一瞬、その疑念が六郎晴元の脳中を、微かな恐怖を伴ってよぎったが、すぐにありうべくもないと打ち消した。

(たかが子どもではないか)

六郎晴元は、漸く落ち着きを取り戻した。

「そこまで民を思い遣るお心をお持ちあそばされますとは、この六郎、今日までお育て申し上げた甲斐があったと、愉しゅうございます」

そちに育てられたおぼえはない、と義藤は思った。が、顔色には出さぬ。

「されど、賊軍の京への乱入を大樹が座して待たれたのでは、将軍家が、そして幕府が賊どもに屈したことと相なりまする。京におわすのであれば、将軍として賊軍を迎え討たねばなりませぬ。それでは、京は灰燼に帰し、大樹のご本意ももむなしいものと相なりましょう。ひとたびは退かれても、後のご勝利を期されるのが、将たる者の道と六郎はおぼえまするる」

六郎晴元は、微笑さえしてみせた。いかにも年少の将軍を導く者は、自分しかおらぬという、それこそ得意げな表情ではないか。

（言辞を弄してわしをまるめこめると思うているのか……）

義藤は、あきれた。六郎晴元の底が知れたと思った。だが結局は、京から出ることになる。義藤は、六郎晴元への反撃に飽きた。

「六郎の云うとおりかもしれぬな。父上は何と仰せか」

「右大将さまも、此度は都落ちもやむをえぬと仰せにございます」

六郎晴元は即座にこたえたが、嘘に決まっている。義晴はいま満足に口もきけないような状態であった。ただ義晴の乱心を知る者は、まだ少ない。このところ風邪で臥せっていることになっている。

「そうか。では、父上のお言葉に従おう」

六郎晴元の意見だからではなく、父義晴の考えだから従う。その姿勢を示すぐらいが、いまの義藤にできるせめてもの抵抗であった。義藤は、座を立った。

この瞬間から、今出川御所をはじめ、六郎晴元党の人々の京邸は、慌ただしい避難準備でごった返すことになる。

翌六月二十七日、将軍義藤を擁した六郎晴元軍は、午前のうちに都落ちを開始した。落ちゆく先は、近江国である。暫くはまた常在寺が将軍仮御所および仮幕府ということになろう。

義晴は乗輿(じょうよ)の人となっていたが、義藤は輿(こし)をきらって、武門の棟梁(とうりょう)らしく馬上にあった。賀茂川を渡り了(お)えたとき、義藤は鞍上(あんじょう)より京の町を振り返った。義藤には、殊更に京に未練があるわけではないが、やはり一抹の寂しさを拭いがたい。

「二年か……」

何のことはない呟きだが、その一言には、義藤のこみあげてくる万感の思いが集約されている。

義藤と並んで騎上の鯉九郎だけが、その胸中の思いを察することができる。そして、義藤の様々な思いの中には、浮橋の存在も小さくない筈であった。

浮橋からはついに連絡がなかった。それでも鯉九郎は、浮橋が死んだとは思っていない。浮橋という稀代(きたい)の忍びのしぶとさに賭けていた。必ず生きて戻ってくる。そう信じた。

神楽岡(かぐらおか)(京都市左京区吉田神楽岡町)の手前まできたとき、異変が起こった。義晴が突然、輿から転がり出て、甲高い声で喚いたのである。

「誰が退却せよと申した。予は戦うぞ。評定じゃ、評定じゃ、軍評定じゃ」

六郎晴元、伊勢貞孝らをはじめ側近は皆、義晴の気がふれていることを知っているが、この退却軍に属する大半の将卒は、そんなことを夢にも思っていない。

六郎晴元は蒼くなった。いま将軍後見人たる義晴が狂気を発していることを、味方に知られてはまずい。徒に不安を募らせ、長慶方への寝返りを起こさせる原因にもなりかねぬ。そのため六郎晴元は、急遽、神楽岡に陣して、軍議を開かざるをえなくなった。今出川御所より東へ半里余りにすぎぬ地点であった。

神楽岡は、ここに吉田神社のあることから、別名を吉田山ともいう丘陵で、神々が神楽を奏した跡であるとの謂れをもつ。京の出入口のひとつ志賀越道を扼す場所にあたるため、足利尊氏軍と新田義貞軍が戦うなど、古くから幾度も合戦の争奪地となっている。

当時はまだ、頂へ上ると、尊氏軍の構築した砦の痕跡がわずかばかり認められた。

そこに六郎晴元は本陣を布いた。

「右大将さまには、逆賊三好筑前へのお怒りがあまりにお烈しいゆえ、京をお離れになる段に到って、俄に激昂あそばされたと察せられる。この六郎が、再度ご説諭申し上げてまいる」

諸将や、同行してきた高位の長袖衆に、六郎晴元はそう云うと、心利いた者に命じて別の幕舎になかば監禁させた義晴のもとへ足を運んだ。といって、義晴を説諭などできる筈もない。興奮がおさまるのを待つだけであった。

義藤は、父に付き添った。義晴は頻りに、六郎晴元に向かって、道永の援軍はいつ参るかと訊いていた。道永とは、前管領細川高国のことで、十八年前に死んでいる。幕府侍医らの投薬などによって義晴が漸くおとなしくなったのは、西方の山なみの向こうに陽が沈みかけるころであった。夏の夕焼けは華やかすぎて、却って義藤の気持ちを滅入らせる。

義晴が寝息をたてはじめると輿にのせ、六郎晴元は皆に、右大将さまより陣払いのご命令が出されたと告げた。

義藤は、父の寝顔があどけないものに見えて、胸を詰まらせた。足利将軍家とは何なのだ。この家には出入口がない。この家に生まれた者は、その絶対に存在せぬ出入口を必死に探し求めて、狭苦しい家内を駆けずりまわる。竟にはそれを見つけることができず、息苦しさに堪えかねて狂い死にしていく。自由というものを一度も味わうことなく……。

陣払いの最中に陽はすっかり落ちて、神楽岡の頂より望む京の町は、宵闇の底に沈々として、義藤の眼には巨大な墓場のように見えた。その不気味な静けさは、町衆の何割かが町を出てしまったことによるのであろうか。

義藤が再び馬上の人となったとき、遠くで光るものがあった。西のほう、洛中のうちである。

「大樹。あれは今出川御所のあたりかと……」

やはり鞍上より目敏く同じ光を発見した鯉九郎が、素早く見当をつけた。

その光が見るまに明るさを増したかと思うと、だしぬけに炎が噴きあがった。陣払い中の将兵たちも気づいて、騒ぎはじめる。

「御所に火をかけられたぞ」

誰かのこの叫びが、退却軍を恐慌状態に突き落とすことになった。長慶軍が早くも入京してきたと思い込んだのである。

今出川御所からこの神楽岡までわずか半里余り。逃げなければたちまち追いつかれてしまう。その恐怖感をおぼえたら、もう隊伍も何もあったものではない。兵たちは我勝ちにと遁走をはじめるし、随行の女房衆や侍女どもは金切り声をあげて右往左往する。

馬を寄せてきて焦った声で云ったのは、伊勢貞孝であった。

「大樹。お早く、下山あそばされよ」

義藤は、冷笑を浮かべた。貞孝はさっきまで輿に乗っていたのに、危機が焦眉に迫ったとみるや、遁走手段として最速のものをみずから選んだらしい。さすがに弓馬の家の当主というべきか。

「伊勢。あれでは明かりが遠すぎて、遁げ道を照らす用には立たぬぞ」

義藤は、二年前の勝軍山城落城のことを皮肉った。あのとき遁走に際して、その道を明るくするために、と貞孝が城を焼かせたのである。

幾分、顔をあかくした貞孝だったが、それをごまかすように、周囲の者たちに義藤の護衛を大声で命じてから、ご先導仕りまするると先に立って岡を下りはじめた。

義藤は、もう一度、ちらりと西方へ眼をやった。将軍御所が炎上している。ここまでは炎の燃え熾る音も、建物の崩れ落ちる音も届かぬが、義藤の耳ははっきりとそれらを聴いていた。いや、義藤の聴覚を顫わせたものは、或いは足利将軍家というものの断末魔の叫びだったかもしれぬ。そして、あの炎は、場所を選んで地上へ出現した地獄の業火ではないのか。

（いつかわしも、あのような火に灼き尽くされるのかもしれぬ……）

ただ、そのときに、おのれの生涯を振り返って悔いを残したくはない。

(おのれに正直に生きるのだ)

勃然と湧きあがったその決意を胸に、義藤は馬腹を蹴った。

義藤たちが、神楽岡の北側の麓へ下りて、東へ馬首を転じたときである。後方から黒い速影が急接近してきて、並走する義藤と鯉九郎の馬と馬の間に蟠った。その影は、おどろくべきことに、そのまま馬と同じ速度を保って走りつづける。

「浮橋」

義藤と鯉九郎、ほとんど同時に声をあげた。歓声である。それに応えて、浮橋はれいの福相を、さらに綻ばせた。

「生きていたか。愉しいぞ、浮橋」

真情のこもった義藤の言葉であった。浮橋は、思わず鯉九郎の顔を仰ぎ見た。

(大樹がどれほどお前のことをご案じあそばされていたか、わかるか浮橋)

鞍上より頷いた鯉九郎の眼は、そう語っていた。浮橋は、忍びにはめずらしい感激家である。泪の溢れるのを怺えきれず、その熱い滴を次々と後ろへ飛ばして走った。

「浮橋。怪我をしているな」

先に看破したのも、義藤であった。浮橋の走る姿に、いつものの軽やかさがないのを不審に思ったからである。

義藤は、馬上より手を差しのべて、浮橋の襟首をむずとつかんだ。

「わしの後ろに乗れ」

勿体(もったい)ないと拒もうとした浮橋だったが、義藤の一瞬の機を捉(とら)えた絶妙の引き上げに、知らずその五体を浮かせてしまい、あっと思ったときには命じられたとおりになっていた。

浮橋は事実、左の太股(ふともも)に深傷(ふかで)を負っている。いちおう手当てはしてあるが、常人ならば走るどころか、歩くのさえままならぬ筈であった。

「大樹。今出川御所に火をかけましたは、熊鷹(くまたか)という者にございます」

「なに、熊鷹が……」

熊鷹は、浮橋に傷を負わせたが、殺しはしなかった。

「おれは二年近くも山に籠もっていた。近頃(ちかごろ)の畿内(きない)や諸国の情勢に疎(うと)い。おまえは忍びゆえ詳しいはずや。知ってることを教えろ」

そう熊鷹は浮橋に強要したという。

そして、きょう将軍家が今出川御所を出ると、熊鷹は夜に入って、

「ようく見てろや」

と御所に放火し、忍びの者ならば将軍に近づくぐらいわけはなかろう、熊鷹が火を放ったことを公方に伝えろ、と云って浮橋を解放したのである。

「おそろしく腕の立つやつでござった」

溜め息まじりに浮橋は洩らした。

（この二年の間、わし以上に厳しい修行をしてきたに違いない……）

洛北の山中で、いつか再び対決せんと約束した義藤と熊鷹である。今出川御所への放火は、熊鷹の義藤に対する挑戦状と受け取ってよかろう。

義藤は、手綱を引き寄せて、馬をとめ、西方を返り見た。遠くで炎が躍っている。

「望むところだ。いつでも対手になってやる」

義藤のこの宣言は、熊鷹一人に対して向けられたものではない。この世を麻のごとく乱して慙（は）じない、あらゆる徒輩にぶつけた憤怒の言葉であった。

輿が数梃（すうちょう）列なって、あたふたとやってくるのが見えた。と思うまに、義藤たちを追い越していくそれらの一梃に、簾（すだれ）をあげて外へ顔を突き出している人物が視界に入った。父義晴である。この騒ぎに眠りを妨げられたのであろう。

義晴は、けらけらと笑っていた。双眼は遠くの炎を映して、妖（あや）しく輝いている。

「燃えろ、燃えろ。もっと燃えろ」

この後、父義晴が京に戻ることは二度となかった。一年後、流浪先において、四十歳にして世を去るのである。

愛憎(あいぞう)なかばした父を喪(うしな)った義藤は、十九歳の春に名を「義輝(よしてる)」と改める。

本書は2011年11月に刊行された徳間文庫『剣豪将軍義輝㊤鳳雛ノ太刀』の新装版です。

徳間文庫

剣豪将軍義輝（けんごうしょうぐんよしてる）㊤

鳳雛ノ太刀

〈新装版〉

2022年10月15日 初刷

著者 宮本昌孝（みやもとまさたか）

発行者 小宮英行

発行所 株式会社徳間書店

東京都品川区上大崎三−一−一 〒141−8202
目黒セントラルスクエア

電話 編集〇三（五四〇三）四三四九
販売〇四九（二九三）五五二一

振替 〇〇一四〇−〇−四四三九二

印刷 大日本印刷株式会社
製本

ISBN978-4-19-894786-6 （乱丁、落丁本はお取りかえいたします）